Ar

Fu

KUBA & NEUWIRTH

TOTORT

EIN MANN ERKLÄRT DEM STAAT DEN KRIEG

ROMAN

Deuticke

Der vorliegende Roman beruht auf einer wahren Begebenheit, die handelnden Personen sind jedoch frei erfunden, allfällige Ähnlichkeiten mit lebenden oder toten Personen sind rein zufällig.

1.

Dafür gebührt mir ein Orden

Franz Hofer mußte noch einmal austreten. Das Lampenfieber, das er immer hatte, wenn er unmittelbar davorstand, einen militärischen Einsatz anzutreten, begleitete ihn auch an diesem Abend. Ein schöner Abend übrigens, um zu bomben. Franz Hofer lenkte den Wagen an den Straßenrand. Ging ein paar Schritte in den Wald. Und erledigte, was nicht auf seiner Checklist stand. Dann klopfte er den schmutzigweißen Schnee von den Schuhen. Zog den Hosenzipp hoch. Und stieg wieder in den beigen, wohltemperierten Mitsubishi.

Jetzt waren es nur noch ein paar Kilometer. Die fluoreszierenden Ziffern der Autouhr zeigten ihm, daß er ganze vier Minuten verloren hatte. Die Regierung plane erneut eine Steuerreform, meldete der Nachrichtensprecher. Die Nächtigungszahlen im heimischen Tourismus seien weiter rückläufig. Und an den Grenzen gebe es derzeit keine Wartezeiten. Franz Hofer schaltete das Radio aus.

Willkommen in Oberwart, stand auf einem Schild hinter der Ortseinfahrt. Der ausgewählte Tatort lag jetzt genau 700 Meter vor ihm. Erster Gang, ohne Gas. So hatte es sich Franz Hofer immer wieder vorgesagt. Die permanente Wiederholung der Checklist sollte jeden Fehler vermeiden helfen und gleichzeitig vom aufkommenden Durchfall, der ihn an der Front immer plagte, ablenken. Ohne Gas, dachte Franz Hofer, ohne Gas. Ja, für den Anschlag auf die Zigeuner, seinen Anschlag, brauchte er tatsächlich kein Gas. Ein Katzenklo genügte.

Daß der Himmel über Oberwart exakt jetzt, vor seinem großen Auftritt, von Dutzenden Strahlen einer Lasershow auf dem Messegelände durchpflügt wurde, erheiterte ihn. Franz Hofer ließ den Wagen in der Unterführung der Umfahrungsstraße ausrollen. Er zog die Handbremse an und drehte den Zündschlüssel zurück. Die Siedlung »Am Anger«, das Ghetto, zu dem nicht einmal eine asphaltierte Straße führte, lag jetzt im Halbdunkel vor ihm. Er kannte keinen der Menschen, die dort in den abgewohnten Häusern lebten. Und das war gut so. Denn Täter, die ihre Opfer kannten, das hatte er oft genug gelesen, wurden sehr rasch ausgeforscht.

Der Gedanke an seine Opfer erregte ihn so stark, daß er die Wagentür aufdrücken mußte, um die kalte Luft der Winternacht einatmen zu können. Er war sich sicher, daß es ein altes Problem aller Krieger war, sich vor dem Einsatz fast in die Hose zu machen. Er verharrte noch so lange auf dem über den Polsterbezug gebreiteten Handtuch, das nach jedem Einsatz gewaschen wurde, bis das Gurgeln im Bauch verebbt war. Fünf, vielleicht zehn Minuten saß er einfach da. Sie kamen ihm ja doch nicht mehr aus. Jetzt nicht mehr.

Es hatte zu regnen begonnen. Franz Hofer beobachtete die feinen Tropfen, die von der Brücke fielen. Er blickte in den Seitenspiegel, in den Rückspiegel und blieb schließlich an seinen Händen hängen, die verkrampft das Lenkrad umklammerten. Es waren schöne Hände. Mit feingliedrigen Fingern und gepflegten Nägeln. Gute Hände, dachte Franz Hofer. Und stellte mit einem gewissen Stolz fest, daß dies bereits die sechzehnte Bombe war, die er dem Land und dem Drecksgesindel an der Staatsspitze vermachte.

Dann ging er los.

Die Digitalanzeige sprang auf 21 Uhr 30. Er streifte sich routiniert die hauchdünnen Latexhandschuhe über. Irgendwie vermittelten sie ihm das Gefühl, daß nicht er, sondern irgendwer, ein Chirurg oder ein Krebsspezialist, den Metastasen zu Leibe rückte. Denn irgend jemand mußte es ja tun.

Er öffnete den Kofferraum und hob den Sockel der zwölf Kilogramm schweren Sprengfalle aus dem Wagen. Ein mit Gips gefülltes Katzenklo aus PVC, gekauft in einem dieser riesigen Baumärkte am Rande der Stadt. Seine Katze war längst tot, er selbst hatte sie im Garten begraben. Auch damals hatte es genieselt. Beim Bau der Sprengvorrichtungen hätte sie ohnehin gestört.

Der Regen war stärker geworden. Das Laserlicht schien jetzt zu tänzeln. Der Schnee sog sich immer rascher mit Dreck voll und wurde braun, schmutzigbraun. Franz Hofer schlug die Decke vom Beifahrersitz zurück und griff nach den beiden darunter versteckten Aluminiumrohren.

Dabei erinnerte er sich noch einmal an den immensen Aufwand, den er für diese Bombe getrieben hatte. Erste Stufe: Quecksilberfulminat im Glühzünder. Zweite Stufe: ein Gramm Quecksilberfulminat in Stahlkammer. Dritte Stufe: 37 Gramm Glycerintrinitrat in aufgesetztem, koaxialem Alurohr. Vierte Stufe: verdichtete Trinitrozellulose. Trägheitsverdämmung weit überkritisch. Gesamtsprengstoffmasse: 145 Gramm. Allein der Einbau des Zeitgliedes hatte ihn zwei Tage gekostet. Ein zusammengeklebtes Kuddelmuddel, in das er die Elektronik erst hineinpressen mußte. Diese bestand aus einem winzigen, sehr schmalen Transistor japanischer Herkunft. Der Nitrozellulose-Sprengstoff war grau und hart. Und ausgiebig bemessen. Die Blechtafel aus Beständen des österreichischen Bundesheeres hatte Franz Hofer ohne Schablone bemalt. Besser, als es sein Bruder, der Maler, gekonnt hätte. »Roma zurück nach Indien«. Was für ein Einfall. Eindeutig, kurz und so elegant formuliert.

Er aktivierte den Stecker der Zündstromleitung. Bestrich den dreiviertel Zoll starken Rohrstutzen, in dem er den Auslösedraht angelötet hatte, mit Epoxidharz, einem wasserdichten Kleber. Und verband die beiden Rohre mit dem Sockel, den er zu Hause mit rot-weiß-roten Klebestreifen bezogen hatte.

Rüttelzünder aktivieren – Rüttelzünder aktiviert. Zeitschalter aktivieren – Zeitschalter aktiviert. Sein Part in dieser Vorstellung war erledigt. Stolz begutachtete Franz Hofer noch einmal sein Werk. Das den Tod bringen und den Schnee, der zunehmend wäßriger war, bald schon dunkelrot färben würde.

Er wußte, daß er den Tatort längst hätte verlassen sollen. Doch es war nicht so leicht, einfach abzugehen. Er begann, sich wohlzufühlen. Das Stück Feldweg lag ruhig da, nur ein Hund bellte, die rötlich gefärbten Haare hingen ihm, vom Regen schwer, in die Stirn. Die Blähungen waren, ohne daß er es bemerkt hatte, mit einem Mal weg. Geschafft, er hatte es wieder einmal geschafft. Morgen schon würde er die Kritiken studieren können. Die er las, wie andere Menschen in Österreich Todesanzeigen. Er wußte, daß die ersten Tage nach einem Attentat immer die gefährlichsten waren. Ein Nachbar, der nicht schlafen konnte. Eine Radarkamera, die ihn erfaßt haben könnte. Ein Spinner, der sich unmotiviert Autokennzeichen notierte. Aber wer könnte hier und jetzt schon aufkreuzen, wo sich, wie er sich schon beim ersten Erkunden des Anschlagszieles gedacht hatte, Hund und Hase gute Nacht sagen. Eigentlich: Fuchs und Hase.

Franz Hofer wandte sich abrupt von der Sprengfalle ab und ging die paar Schritte zurück zu seinem Auto. Es war ausgekühlt. Er schlug den Kragen seiner Jacke hoch, legte den Rückwärtsgang ein und tastete sich ohne Licht bis zur Umfahrungsstraße vor. Nach seinen Berechnungen hatte er nun noch zwei bis drei Stunden Fluchtvorsprung. Solange würde es dauern, bis die Bombe mittels Zeitglied automatisch explodierte.

Den Rest würde er ohnehin im Fernsehen sehen – und dann in den Zeitungen und Hochglanzmagazinen, die seine Bomben liebten. Endlich ein ordentlicher Terror, schienen die Chefredakteure und Sendungsleiter zu denken. So hintergründig. Und sogar hausgemacht. Wirklich spannend, diese »Bajuwarische Befreiungsarmee«. Der oberste Beamte des Innenministeriums, der Generaldirektor für öffentliche Sicherheit, hatte einmal sogar im Fernsehen gemeint, nirgendwo sonst auf der Welt würden so schöne und einzigartige Bomben gebaut. Und Franz Hofer war der Star. Das Bombenhirn. Das Genie.

Es war Samstag, der 4. Februar 1995, kurz nach 22 Uhr. Eine Sprengfalle, gefüllt mit 107 Gramm Nitrozellulose. Schuhabdrücke. Reifenspuren. Ein paar Tropfen Motorenöl der Marke Visko 2000. Das war alles, was Franz Hofer am Rande der Roma-Siedlung zurückgelassen hatte.

Eine halbe Stunde später hielt der helle Mitsubishi noch einmal an. In Stinatz, einem kleinen Dorf an der Grenze. Dort, wo die kroatische Mafia residierte, die ihren Leuten Mischehen mit Deutschen verbieten wollte. Und den Gebrauch der deutschen Sprache. Wie diese grüne Parlamentsabgeordnete, diese Kroatin, dieser rabiate Widerling. Franz Hofer ließ den Motor laufen, nahm die zweite vorbereitete Sprengfalle, die er in eine unscheinbare Dose mit der Aufschrift »Rex Multioil« eingebettet hatte, aus dem Fonds des Wagens. Und plazierte sie zwischen zwei Containern für Sondermüll. Daneben stellte er sorgfältig ausgewaschene Katzenfutterdosen. Irgend jemand würde sie hier schon aufheben. Und unschuldig, so sagte er sich, war hier sowieso niemand. Franz Hofer war müde. Er wollte auf dem schnellsten Weg zurück nach Greifen. Doch das verbot die Dramaturgie des Anschlags. Auf der Autobahn, so war er sich sicher, könnte sein Auto jederzeit von einer Radarkamera erfaßt werden. Er benutzte die Bundesstraße und fuhr nie schneller als neunzig, in den Ortschaften hielt er sich an die vorgeschriebenen fünfzig Stundenkilometer.

Als er das Gartentor zum Haus Greifen 149 öffnete, hatten sich in den Regen erste Schneeflocken gemischt. Franz Hofer schaute auf die Uhr. Es war wenige Minuten vor halb zwölf. In der Wohnung der Eltern brannte kein Licht mehr. Trotzdem schob er den Wagen im Leerlauf in den Hof, aus Vorsicht. Keiner der Nachbarn sollte sich jetzt über ihn ärgern oder gar eine Anzeige wegen Lärmbelästigung erstatten. Er betätigte die Zentralverriegelung des Wagens. Und sperrte die Tür zu seinem Wohntrakt auf.

Dienstschluß.

Als seine Bombe zwanzig Minuten vor Mitternacht in Oberwart detonierte, lag Franz Hofer bereits im Bett. Die kleine, handliche Sprengvorrichtung, die er sogar in den Mund nehmen und mit den Zähnen auslösen konnte, hatte er neben sich auf das Nachtkästchen aus Resopal gelegt. Mit ihrer Hilfe wollte er in den Himmel fahren, falls die Fahnder ihn im Bett überfallen sollten.

Vernehmungsprotokoll
vom 30.11.1997

Auf die Frage, welchem Zweck das verwendete Zeitglied eigentlich gedient hat, erklärt der Beschuldigte: »Um einen Fluchtvorsprung zu gewinnen. Beim Einstellen der Entladezeit muß man bedenken, daß zuviel schlecht ist, weil dann steigt die Gefahr, daß doch wer hinkommt. Zuwenig ist auch schlecht, weil dann der Fluchtvorsprung zu gering wird. Wenn es schon nach 10 Minuten krachen würde, würde einen die Polizei erwischen. Beispielsweise wenn eine Alarmfahndung eingeleitet wird und alle Kennzeichen notiert und die Fahrzeuge kontrolliert werden. Für den Fluchtvorsprung ist es daher zweckmäßig, daß die Bombe möglichst spät detoniert, aber da ist eines zu bedenken. Es wird einmal Tag, und die Bombe muß vor Tagesanbruch detonieren, wenn sie frei aufgestellt ist und es keine Gefährdung von Personen geben soll. Aus diesem Grund wurde eine Entladezeit von 3–5 Stunden beim Zeitglied konzipiert.
Diese Bombe wurde zweifellos zu einem Zeitpunkt installiert – und das dauert ja längere Zeit –, als nicht mehr damit zu rechnen war, daß in der Gegend Personen

auftauchen und damit der Bombenleger selbst in Gefahr gerät. Am ungefährlichsten wäre ein Detonationszeitpunkt zwischen 02.00 und 04.00 Uhr morgens. Wenn auf den gefahrlosesten Detonationszeitpunkt Rücksicht genommen wurde, kann die Bombe sicher nicht vor 21.00 Uhr aktiviert worden sein. Zum Detonationszeitpunkt um 23.40 Uhr war ich in Greifen 149.«
Auf die Frage, wo sich der Beschuldigte zum angenommenen Hinterlegungszeitpunkt befand, gibt er keine Antwort.

Bericht des psychiatrischen Gutachters

Am 28.10.1997 deutete der Proband an, daß es in der Bombe in Oberwart zwei Auslösesysteme gegeben habe. Schließlich sagte er, »in Oberwart hat es kein Schaltungsproblem gegeben. Sowohl Zeitglied als auch Entschärfungsschutz waren bereits voll aktiviert. Das Zeitglied hätte früher oder später die Detonation bewirkt. Da aber in jener Winternacht an einem entlegenen Ort unerwartet die Roma aufgetaucht sind und den Mechanismus des Entschärfungsschutzes ausgelöst haben, ist es vorzeitig zur Detonation gekommen.« Im weiteren beschrieb der Proband den Bombenaufbau und sagte, daß neue Batterien verwendet worden seien. »Wenn es um die Gesundheit geht – speziell um die eigene –, ist es nicht sinnvoll, zu sparen.« Der Proband skizzierte dann die Bombe und meinte bei Befragungsende um 00.10 Uhr, daß er zur Sache, insbesondere zu der Frage, wann er die Bombe gebaut habe, und zu den Details der Aufstellung der Bombe keine weiteren Angaben machen wolle. Vermerkt wurde, daß der Proband bei dieser Befragung sehr schleppend antwortete, vor sich hin zu Boden starrte und daß ihn das Thema sichtlich berühr-

te. Oft schwieg er während der Befragung mehrere Minuten lang, ohne Reaktionen zu zeigen. Immer wieder rinnt auch seine Nase. Bei der Frage, ob er nach der Detonation der Bombe von Oberwart auch die vier Toten dort gesehen habe, zuckten seine Mundwinkel, und er hatte Tränen in den Augen. Auch war zu sehen, daß ihm Tränen von den Augen bis zum Kinn hinunter rannen.

Vernehmungsprotokoll vom 09.02.1998

Alles in allem waren die Aktionen eher nicht lustig, sie waren ungefähr so »lustig« wie das Kriegführen. Das ist ja auch für die Militärs nichts Lustiges. Nur wenn sie den Krieg gewinnen, dann sind sie die Gerechten, ansonsten macht man ihnen nachher den Prozeß. Das, worum es hier geht, war nicht lustig. Aber da muß man sich halt für die gute Sache opfern. Für eine diskriminierte Volksgruppe. [Ob er mit »gute Sache« auch Oberwart meint. Bekommt neuerlich feuchte Augen und wird sehr ernst.] Das mit Oberwart war ein unvorhergesehener Zwischenfall. [Ob er sich der Folgen dieses Anschlags bewußt ist und eine Bestrafung gerecht finden würde.] Eigentlich bin ich der Meinung, daß mir ein Orden umgehängt gehört.

TOTORTERFAHRUNG

Die Wintersonne in Montreal wärmte nur kurz. Thomas Lümmer hatte eine Parkbank gefunden, aber Wolken durchkreuzten seine Pläne. Die Formationen am Himmel waren nicht unmittelbar bedrohlich. Soweit er etwas von Meteorologie verstand, erkannte er sie auch nicht als Schlechtwetterwolken. Doch sie waren dicht genug, um ihm den dünnen Kaffee im Plastikbecher zu vermiesen. Lümmer hatte einen anstrengenden Tag. Der Kriminalpsychologe war nach Kanada geflogen, um Kollegen zu treffen. Gemeinsam arbeiteten sie an der Erstellung einer neuen EDV-Datenbank für Profil-Fahnder: »Violent Crime Linkage System«. In diesem weltweit gespannten Computernetz fangen sich Serientäter. Ein Mord in Favoriten, der nächste in Neusiedl am See – überschaubar. Zusammenhänge zwischen den Verbrechen, wenn vorhanden, wurden erkennbar. Jack Urbach war eine besondere Herausforderung gewesen. Lümmer nannte ihn den »ersten transkontinentalen Serienmörder«. Er hatte Prostituierte in Graz und in Los Angeles umgebracht. Wie er die Leichen gefesselt hatte: sein Markenzeichen. Knoten um Knoten, Strick um Strick. Daß auch die Huren in Amerika auf seine Rechnung gegangen waren, hatten die Fahnder erst nach mühevoller Kleinarbeit erkannt. Eher zufällig. In Zukunft sollte ein Knopfdruck genügen.

Der Besuch in Montreal war eine Dienstreise. Eine von denen, die diese Bezeichnung wirklich verdienten. Keine Exkursionen zu den Naturschönheiten des Landes. Jeden Morgen um acht fand sich Lümmer im Keller des Dienstgebäudes C ein, um den Rest des Tages in einem fensterlosen Raum zu verbringen. Um nachzudenken. Etwa über die »komplett automationsgestützte Abgleichung von Tatort-Merkmalen«. Seine Gehirnzellen arbeiteten, während er im grellen Neonlicht saß. Im Elektrosmog, umgeben von einer nervig surrenden Ventilation, die ihre Aufgabe nicht wirklich erfüllte.

Lümmer beschloß, sein Heißgetränk direkt im Hotel zu nehmen. Das Reisebudget des kriminalpsychologischen Dienstes im Innenministerium ermöglichte kein Fünf-Sterne-Haus. Doch die Matratze in dem Bett des Clayton Inn war angenehm hart, und die Bar hatte rund um die Uhr geöffnet. Er wollte es sich in einem der alten Lehnstühle bequem machen. Zeitungen durchblättern. Seiner Lieblingsbeschäftigung nachgehen, nämlich Leute zu beobachten. Das gehörte zu seinem Beruf. Kriminalpsychologen beobachten Menschen aus dienstlichen Gründen. Lernfähigkeitstraining. Interessante Menschen interessierten ihn eben, führte er einmal als Rechtfertigung an. Das war gelogen. Er liebte auch Durchschnittsmenschen. Es hätte ein gemütlicher Abend werden können. Seine versteckten Blicke fielen auf die Kellnerin.

Aber Lümmer drängte es. Zuerst auf sein Zimmer. Der Nachtportier an der Rezeption gab Lümmer seinen Schlüssel und streckte ihm mehrere Blätter Faxpapier entgegen. Nachricht von zu Hause. Von seinem Chef, dem Generaldirektor für öffentliche Sicherheit. Die österreichische Kunst, Titel zu kreieren, war mit dieser Berufsbezeichnung zur Perfektion gebracht worden. Dessen war sich der Kriminalpsychologe in dem Moment, als er den Absender betrachtete, wieder einmal sicher. Der Generaldirektor erkundigte sich nach dem Arbeitsfortschritt. Forderte einen Zwischenbericht. Zumindest nahm Lümmer das an. Doch dann rutschte sein Blick auf dem Blatt Papier weiter nach unten. Sein Pulsschlag beschleunigte sich, wahrnehmbar durch stetig heftiger werdendes Pochen im Trommelfellbereich. Er glaubte, auch ein leichtes Brennen unter dem Brustbein zu spüren. Ein beklemmendes Gefühl. Was sich auch änderte, war die Farbe seines Gesichtes. So auffallend, daß ihn der Hotelangestellte fragte, ob ihm nicht wohl sei und er ein Glas Wasser wolle. Aber Thomas Lümmer brauchte kein Wasser, sondern den schnellstmöglichen Rückflug nach Wien. Sein Gegenspieler hatte ihn nicht verlassen. Es gab ihn noch. Und er hatte den nächsten Zug gemacht. Der Stil der Faxnachricht war gefühllos, der Stempel »Eilt!« quer über den ersten Zeilen verwischt, als wäre er tatsächlich hastig angebracht worden und beim Einführen ins Faxgerät noch nicht getrocknet gewesen. Der nüchterne Ton der »Internen Hausmitteilung« machte Lümmer nichts aus. Er hatte dafür Verständnis. *Wenn ich beginne, über Verbrechen nachzudenken, wenn ich emotionell agiere, dann mache ich Fehler.* Diesen Grundsatz hörten seine Studenten an der Universität nicht nur einmal pro Semester.

Lümmer ertappte sich immer wieder bei Gefühlen. Sein Herzschlag änderte die Frequenz nicht von ungefähr, als er das Papier aus dem Innenministerium in Händen hielt. Auch der Adrenalinstoß war kein Zufall.

Bei Flügen vom amerikanischen Kontinent nach Europa konnte Lümmer unter normalen Umständen gut schlafen. Irgendwann wurde es immer dunkel.

Alle vier Männer waren auf der Stelle tot gewesen. Die Wucht der Bombe hatte ihre Körper völlig entstellt. In ihren Leichen steckten die Splitter eines Rohres, aus dem die Sprengfalle gebastelt war. Ein großer Schlag diesmal, Zeugnis dafür, was sein Gegenspieler unter einer Rohrbombe verstand. Er hatte sich nicht mit nur einer Todesursache begnügt. Erstes Opfer: Zertrümmerung des linken Lungenflügels, Aufreißung der rechten Herzkammer und der Weichteile der linken Schulter. Zweites Opfer: ausgedehnte Weichteilverletzungen, Herzaufreißung, Blutbrust rechts, Leberzertrümmerung. Drittes Opfer: Hirnzertrümmerung, Herzaufreißung, Leberzertrümmerung, innere Blutungen, Verlust des rechten Unterarmes. Viertes Opfer: Bruchgeschehen an der linken Schädelhälfte, Hirnaustritt, Aufreißung der linken Herzseite, Durchspießung des linken Lungenflügels, Beinahe-Abriß des linken Armes.

Lümmer mochte die Luftlöcher nicht. Sie erschwerten ihm das Lesen. In der Bordküche wärmten die Flugbegleiter den Lachs auf. Ihm wurde schlecht.

Auf einem seiner beiden Schreibtische stapelten sich die Unterlagen. Die Hektik in den Büros der Staatspolizei verdrängte er. Chaos mußte er vermeiden. Nicht anstecken lassen. Seine Sekretärin hatte ihm die Mappen zurechtgelegt.

Fotos, Skizzen, erste Berichte der Tatortgruppe. Eine naturwissenschaftliche Spurenanalyse hatte ergeben, daß angeblich zwei Fahrzeuge am Tatort gewesen waren. Es gab Aussagen, die das bestätigten. Erst in der Früh hatten die Bewohner der Roma-Siedlung in Oberwart die Leichen der Männer entdeckt, die offenbar versucht hatten, ein Schild, auf einer Stange montiert, aus dem Weg zu räumen.

Brillante Logistik. In der nahen Unterführung ließ es sich abgeschirmt arbeiten. In einem Pkw war die Rohrbombe zusammengebaut worden, der andere könnte als mögliches Fluchtauto gedient haben. Die Falle war bewußt positioniert worden. Roma benutzen diesen Weg, niemand sonst.

Lümmer war skeptisch. Zwei Autos hießen zwei Fahrer. Ihm war klar: *seine* Handschrift. Nur seine. Er wußte das schon vor den drei Bekennerschreiben, die sich wenige Tage nach dem Anschlag in der Post der Rechtsanwälte finden sollten, aufgegeben in Lanzendorf, seit 1985 Schwestergemeinde von Stinatz. In der Nähe von Oberwart. Die drei Orte bildeten ein Dreieck und zeigten den Bewegungsablauf der Bajuwarischen Befreiungsarmee. Des Kriegers. Sein Wirkungsfeld. Zumindest diesmal. Er war mobil, er diktierte den Ablauf der Dinge. Der Kriminalpsychologe kannte ihn. Nicht den Namen. Aber jeder Anschlag lieferte einen weiteren Hinweis. Irgendwann würde sein Bild auftauchen. Die Gesamtheit ist immer mehr als die Summe ihrer Teile.

Er griff zu den Fotos. Die Bilder von den mit Plastikplanen abgedeckten Leichen, die im Schlamm der schlecht befestigten Zufahrtsstraße zur Romasiedlung lagen, überblätterte Lümmer rasch. Der Obduktionsbericht reichte ihm. Eine Ablichtung aber nahm Lümmer heraus und heftete sie an die Wand. *Roma zurück nach Indien.* Die Spurensicherung hatte die Tafel, die auf der Rohrbombe montiert gewesen war, unzählige Male auf Film festgehalten.

Lümmer spürte den Jetlag. Gegen den dumpfen Druck und die Müdigkeit half kein Aspirin, und Zeit für Selbstmitleid blieb auch keine.

Roma zurück nach Indien. Dieser Satz ging ihm nicht aus den Kopf. Lümmer blätterte im Telefonbuch. An seinen ehemaligen Studienkollegen konnte er sich erinnern, aber nicht an dessen Telefonnummer. »Du, sag, die Roma, kannst du mir etwas über ...« Lümmers Gesichtszüge entspannten sich. Der Studienkollege war gut. Die Antwort am Ende der Leitung bestätigte das. In Mitteleuropa hatte sich diese Volksgruppe im 15. Jahrhundert angesiedelt, aus der Türkei kommend. Ihren Ursprung haben die Roma allerdings tatsächlich in Indien. Lümmer legte den Telefonhörer zufrieden auf die Gabel zurück.

Zurück zum Ursprung. Wer hat heute noch Zeit, sich mit dem Ursprung auseinanderzusetzen? Wer verschwendet damit seine Zeit? Wo man selbst herkommt, das will man vielleicht noch erfahren, aber was kümmern einen die anderen? Lümmer konnte eine neue Altersbestimmung des Täters durchführen. Verhaltensalter ähnlich dem biologischen Alter. Vieles sprach schon vor dem jüngsten Attentat dafür, und nach Oberwart war Lümmer davon überzeugt. Das war nicht das Werk eines jungen Menschen. Junge Menschen machen sich über den Urspung des Lebens meist keine Gedanken. Und sie schreiben danach erst recht keine langen Briefe. Ein Telefonanruf erreicht den Adressaten schneller und ist einfacher. Nur altmodische Menschen schreiben Briefe. Der Täter war altmodisch und schenkte sich selbst nichts. Ein Mann mit Prinzipien. Was er als Übel erkannte, packte er bei der Wurzel. Mit Gewalt.

Die Botschaft der Bombe von Oberwart galt es noch zu entziffern. Sie war ein Bestandteil der Konstruktion. Manchmal hatte der Täter sie bewußt mit eingebaut, weil er sich sicher war, daß seine Hinweise verstanden wurden, und manchmal auch unbewußt. Es hätte eine einfache Schuhschachtel mit Dynamit gereicht, um vier Menschen zu töten. Der Attentäter aber hatte eine Bombe gebaut, die viel mehr konnte als nur das. Sie war stärker und komplizierter als notwendig. Und in seinen Augen war sie auch schön. So wie der Gipssockel der tödlichen Falle, mit Klebebändern verziert: rot-weiß-rot. »Overkill« nennen das die Kriminalpsychologen: mehr zu tun, als notwendig ist, um das primäre Ziel zu erreichen. Machtdemonstrationen, die andere zur Verzweiflung bringen sollen. Lümmer studierte die ersten Pläne der Oberwarter Rohrbombe, die ihm von der Kriminaltechnischen Zentralanstalt übermittelt worden waren. Er verstand sie nicht.

Es gab nicht viel, was den Kriminalpsychologen des Innenministeriums ärgern konnte. Zum Beispiel ärgerte ihn die hartnäckige Vermutung, er könne so denken wie die Serienmörder, in deren Psyche er sich hineinzuversetzen versuchte. Mit denen er sich in der Zelle traf. Er konnte nicht nachvollziehen, welche Befriedigung es sexuellen Triebtätern verschafft, Dreizehnjährige zu vergewaltigen. Das lag jenseits seiner Projektionsmöglichkeiten. Was er konnte, war, die »Schuhe dieser Menschen zu benutzen«, wie er sich gerne ausdrückte. Die Schuhe des Bombers von Oberwart begannen ihm langsam zu passen.

Der Attentäter mußte mittlerweile äußerst frustriert und gekränkt sein. Das machte ihn immer gefährlicher. Sein verletzter Stolz tötete andere. Zum ersten Mal rächte er sich in Oberwart an den »Ausländern« selbst – eine neue Qualität des Terrors. Bisher hatte er jene zur Rechenschaft gezogen, die seiner Meinung nach die Verantwortung dafür trugen, daß die Ausländer überhaupt nach Österreich gekommen waren: Politiker, Kirchenmänner und Flüchtlingssympathisanten. Daß die überwiegende Anzahl der Ermittler die Arbeit des Attentäters nicht richtig einschätzte, nahm Lümmer ernst. Der Bomber mußte sich provoziert fühlen, ständig neue Beweise für sein Können zu liefern. Wenn die Sicherheitsbehörden seine Kunstwerke ignorierten, ignorierten sie damit auch seine Persönlichkeit. Nach den ersten Briefbomben hatten sie die falschen verhaftet und ihnen den Prozeß gemacht – für den wahren Bombenbastler eine Demütigung. Dann hatte er die Briefe bewußt so angelegt, daß sie nicht hochgingen. Er hatte dem Entschärfungsdienst ein unbeschädigtes Werkstück präsentieren wollen, damit dieser daraus lernen könne. Doch die Sprengstoff-Fachleute hatten die Absicht des Absenders verkannt und abfällig von »schlampiger Arbeit« gesprochen. Auf Lümmer hörten sie nicht.

Die ersten Ermittlungsansätze nach Oberwart gingen von einer Fehde innerhalb der Roma-Siedlung aus. Völlig daneben: Eine Persönlichkeit wie sein Gegenspieler verlangte nach Anerkennung. Er wollte Lob für seine Kunstwerke. Er wollte, daß man die Attentate ihm und niemand anderem zuordnete. Niemand sonst sollte mit fremden Federn geschmückt werden. Briefe, Bomben, Sprengfallen: Symbole einer Fortsetzung. Er würde nicht freiwillig aufhören. Er würde seine Rolle weiterspielen.

Der Bomber hatte einen ausgeprägten Gerechtigkeitssinn. Subjektiv gesehen. Und er war sensibel. Wie der amerikanische UNA-Bomber. Der erging sich in langen technikfeindlichen Traktaten. Verschickte keine tödlichen Pakete. Bis ihn ein amerikanischer Verleger öffentlich verdächtigte, homosexuell zu sein. Es sollte einer seiner letzten Leitartikel gewesen sein. Der Mann starb, als er seine Post durchsah. Lümmer zuckte zusammen, als der österreichische Bomber in einer Zeitschrift als »Bajuwarischer Hodenträger« bezeichnet wurde.

Lümmer klopfte sich gerne selber auf die Schulter. Seine Freude, in manchen Dingen nicht ganz falsch zu liegen, schlug mitunter in Arroganz um. Die bekamen dann jene Kollegen zu spüren, die sich nach wie vor an der Mehrtätertheorie festkrallten – eine dümmliche Annahme. Sektenähnlich strukturierte Gruppe, ältere Herrschaften, Vergeltung für hartes Vorgehen gegen Neonazis: Lümmer konnte die Argumente für die Gruppen-Theorie nicht mehr hören. Sie blieben ihm bei den Arbeitsbesprechungen jedoch nie erspart. Die Sprachwissenschaftler sagten, die Bekennerbriefe seien von mehreren Autoren geschrieben worden, nicht nur wegen der stilistischen Brüche. In der Bajuwarischen Befreiungsarmee gebe es Experten für Geschichte, Chemie und Elektronik. Dieses Fachwissen sei nicht das einer Einzelperson. Die Zeit der Universalgenies sei vorbei. Das Bombenhirn: ein pensionierter Beamter. Seine Handlanger: ein Techniker mit chemischen Kenntnissen und Erkundungskommandos, bestehend aus zwei Personen, die für die Aufgabe der Briefe zuständig seien und die Örtlichkeiten ausspionieren. Opfer auswählen. Anhand der Briefe ließen sich auch Konflikte innerhalb der Gruppe orten. Wir wollen verletzen und nicht töten, schrieben die einen. Wenn Töten gleich bestraft wird wie verbale Unmutsäußerungen, ziehen wir das Effektivere vor, schrieben die anderen. Ein Beweis für gruppeninterne Machtkämpfe.

Machtkämpfe gab es auch im Innenministerium.

Die älteren Herren waren reif für den Aktenvernichter. Das Rufzeichen am Seitenrand hatte Lümmer aufmerksam gemacht. Doch diese Passage wäre ihm auch ohne den aufdringlichen Leuchtstift aufgefallen. Sie hatten das untere Rohr der Bombe auseinandergesägt, und die Batterien der Elektronik für die Energieversorgung wurden unversehrt gefunden. Lümmer legte den Löffel auf die Seite. Er las weiter: »... ist auffällig, daß sämtliche Energieträger völlig parallel nach den Linien des Oberflächenbildes angeordnet sind. Die Beschriftung aller Batterien ist somit aus einer Perspektive gut lesbar.« Da war sie wieder, seine Ordnungsliebe, sein Drang, alles perfekt zu machen. Der Attentäter legte Wert auf Details. Es war ihm ein Bedürfnis der besonderen Art. Anankastische Persönlichkeitsstörung. Zwanghaftes Verhalten. Während die Fahnder rätselten, diagnostizierte Lümmer. Alles, was der Attentäter bisher getan hatte, war detailliert geplant. Eigensinnig, selbstauferlegt, überperfekt. Pedantische, anankastische Persönlichkeiten haben ein massives Problem. Sie haben Schwierigkeiten, mit anderen Menschen zu kommunizieren. Sie sind die geborenen Einzelgänger. Sie kappen systematisch die Kontakte zu ihrer Umwelt, brechen ihre Beziehungen zu Freunden und Familienmitgliedern ab. In Gruppen können sie nicht arbeiten. Sie dürfen sich nicht auf andere verlassen. Die Rohrbombe, verziert mit den österreichischen Nationalfarben. Batterien, unter höchster Anspannung beim Zusammenbau der Sprengteile so angeordnet, daß sich ein gleichartiges Oberflächenbild ergab. Das hatte kein »normaler« Mensch geschaffen. Das war zwanghaft. Die Batterien wurden zu Lümmers stärkstem Indiz für die Einzeltätertheorie. Und dann war da noch das Geld: Millionen für den entscheidenden Hinweis. Der Attentäter konnte nur aus einem Grund sicher sein, daß niemand aus der Bajuwarischen Befreiungsarmee die Nerven verlieren und dem verlockenden Angebot nachgeben würde: weil es niemanden gab, der auspacken konnte.

Faszination war gefährlich. Ein Gefühl. Lümmer wurde vorsichtig, wenn er ins Schwärmen geriet.

Stinatz. Wenige Stunden nach dem Anschlag in Oberwart. Vermutlich hatte der Bomber das Aufstellen der Rohrbombe und des Selbstschußapparates in einem Zug erledigt. Ein Arbeitstier. Der Müllarbeiter hatte Glück gehabt. Das Geschoß aus der Metalldose hätte ihn töten können, ja, es hätte ihn töten müssen. Der Attentäter konnte nicht nur Bomben basteln, Sprengfallen aufstellen und über Geschichte schreiben. Er hatte auch die Fähigkeit, menschliches Verhalten vorherzusagen, zu antizipieren, komplexe Sachverhalte zu erahnen. Ein großer Berechnungskünstler, der sich nur selten irrte.

Der Müllarbeiter hatte die Container entleert. Erst danach hatte er die Katzenfutterdosen entdeckt. Es kam öfter vor, daß Leute ihren Dreck nicht direkt in die Sammelstellen warfen. Das wußte auch er. Der Attentäter hatte den Mann auf seine Fährte gelockt und ihm auch eine Spraydose präsentiert. Die durfte da auch nicht hingehören. Sein Plan: Der Müllarbeiter bemerkt die Katzenfutterdosen, entsorgt sie, sieht die Spraydose, bückt sich. Will sie aufheben.

Oberkörper über der Dose. Berührung der Verschlußkappe, Zündung, Schuß, Exitus. Es stimmte fast alles. Die Berechnung litt an nur einer Unbekannten: Der Müllarbeiter sah die Katzendosen, doch er hatte Kreuzschmerzen und bückte sich deshalb nicht. Er hockte sich nieder, griff mit einer Hand nach den Futterdosen und mit der anderen nach dem Spray. Berührung der Verschlußkappe, Zündung, Schuß. Der Müllmann hatte überlebt, weil er sich nicht über die Sprengfalle gebückt hatte. Mit Kreuzschmerzen konnte auch der begabteste Attentäter wirklich nicht rechnen. Doch sonst stimmte alles, und vielleicht würde es beim nächsten Mal perfekt funktionieren. Lümmer war gewarnt. Und er warnte die anderen.

Antritt beim Innenminister. Den gab es immer, wenn Briefbomben oder Bekennerschreiben aufgetaucht waren. Diesmal war es trotzdem keine Routine. Vorbei an den schönen Spiegeln des Palais, auf dem roten Teppich, durch die Flügeltüren. Der Innenminister war gereizt, deutlich erkennbar trotz der Lesebrille, die sein Gesicht halb verdeckte. Im Stimmungstief auch der Herr Generaldirektor: Die öffentliche Sicherheit machte ihm zu schaffen, die Oppositionsparteien machten Druck, die Medien mit ihnen. Niemand war seit Oberwart zur Tagesordnung übergegangen. »Meine Damen, meine Herren, das ist Krieg.« Starke Worte. Sie hatten endlich begriffen, worum es ihm wirklich ging, und nahmen den Fehdehandschuh auf. Ein politischer Anschlag. Vier Tote. Das habe es in der Zweiten Republik noch nie gegeben und dürfe es auch nie wieder geben. Das würde man zu verhindern wissen.

Die Ausführungen über strukturelle Verbesserungsmaßnahmen gingen an Lümmers Ohr vorbei, er hatte sie zu oft gehört. Die Telefonanlage in seiner Abteilung hingegen überhörte er nie. Bei Einlangen eines Gesprächs ertönte ein Signal, wie man es auf Intensivstationen hört. Herzalarm. Es war der Minister persönlich, er bestellte das Täterprofil.

Zum ersten Mal wurde das offiziell gewünscht. Später würde dafür sogar ein schriftlicher Auftrag nachgereicht, damit alles seine Ordnung hatte. Damit nichts verlorengeht, wie Lümmers erste Einschätzung des Täters. Kurz nach den ersten Briefbomben im Dezember 1993 hatte er sie erstellt, und ein Staatspolizist hatte sie in der Schublade verschwinden lassen. Die Amerikaner nennen so etwas Behinderung der Ermittlungen – ein Fall für einen parlamentarischen Untersuchungsausschuß.

Lümmer war ein Schreibtischtäter. Das war sein Arbeitsstil. Informationen aufsaugen, analysieren und Ergebnisse liefern. Die Bildermappe und die Protokolle genügten ihm. Nicht aber, wenn Krieg herrschte. Das erforderte eine unmittelbare Befassung mit den Ereignissen. Er fuhr nach Oberwart, er fuhr nach Stinatz. Er ging die Straße entlang, sah die Siedlung, die Menschen. Totorterfahrung. In Turnschuhen und dickem Pullover. Es war noch immer Februar.

TECHNISCHE DETAILS

Beschuldigtenprotokoll
vom 28.10.1997,
Seite 6, Absatz 1

»Konkret war die Bombe aufgebaut wie folgt: Ganz oben war die Tafel ›Roma zurück nach Indien‹, darunter waren die drei Rohre und ganz unten der Sockel aus dem Katzenklo. Nur im obersten Rohr war Sprengstoff enthalten.«

Festgehalten wird, daß nunmehr der Beschuldigte selbst einen Kugelschreiber zwischen rechtem Armstumpf und dem Ärmel seines Trainingsanzugs einklemmt und damit versucht, mit leichten Strichen das Innenleben des obersten Rohres zu skizzieren. Der Beschuldigte erläutert die Skizze wie folgt:

»Das oberste Rohr hat eine Rohrstärke, deren Dicke ich nicht mehr weiß. Die Wandstärke des Rohres war zirka drei Millimeter. Der Rohrdurchmesser betrug etwa drei Zentimeter. Es handelte sich um ein Wasserleitungsrohr, glaublich verzinkt. Es gab ein Aluminiumrohr, etwa acht Millimeter stark, welches mit Nitroglycerin gefüllt war. Dieses steckte unten in einer Stahlkammer, welche ebenfalls mit Nitroglycerin gefüllt war. In dieser Stahlkammer befand sich auch die Sprengkapsel aus Aluminium, die innen mit Quecksilberfulminat gefüllt war. Zwischen dem Aluminium und dem Sprengstoff befand sich noch eine Plastikabschirmung, die den Zweck hatte, zu verhindern, daß sich das Quecksilberfulminat mit dem Aluminiumrohr verband. Wenn das nicht so gewesen wäre, gäbe es eine chemische Reaktion, und das Quecksilberfulminat wäre weg, und das Alurohr hätte sich verdickt. In der Sprengkapsel befand sich ein Glühzünder, der klarerweise als Hauptelement eine Glühwendel enthielt. Der Initialzünder war Quecksilberfulminat. Von diesem Glühzünder führen zwei isolierte Kupferdrähte nach unten zur Elektronik. Zwei weitere, isolierte Kupferdrähte führen von der Elektronik nach oben zu der mit Epoxidharz an der Innenseite des Außenrohres angeklebten 1,5 Volt Knopfzellenbatterie. All dies mußte erst isoliert werden, da die Knopfzellenbatterie nicht mit dem Epoxidharz in Berührung kommen darf, da sie sonst zerstört werden kann. Diese hatte, wie bereits oben erwähnt, den Sinn des Zeitelements. Die Knopfzellenbatterie konnte mit einem winzigen Schiebeschalter aktiviert werden, der die Entladung der Knopfzellenbatterie auslöste. Zur Betätigung dieses Schalters wurde in das Außenrohr eine kleine Öffnung ausgefeilt. Der Schiebeschalter rastet an beiden Seiten ein und ragt auf der einen Seite des Rohres ein wenig heraus. Es handelt sich um einen ganz winzigen Schiebeschalter mit einem Betätigungsweg von wenigen Millimetern. Der Schalter war aus Plastik.

Stahlkammer und Innenrohr waren, wie bereits erwähnt, mit flüssigem Nitroglycerin gefüllt. Nitroglycerin ist immer flüssig. Zwischen dem Innen- und dem Außenrohr befand sich als weiterer Sprengstoff Nitrocellulose. Nitrocellulose ist hellgrau, fest und bröselt beim Kratzen. Die Sprengwirkung ist eher so, daß es nicht raucht. Um die ganze Apparatur stabil zu halten, befand sich zwischen Stahlkammer und dem Außenrohr ein Eisenring, zwei Zentimeter hoch. Auch die Knopfzellenbatterie war von einer winzigen Elektronik umgeben, die auch einen Transistor enthielt, der ganze elektronische Aufbau war im Prinzip wie bei den Grazer Briefbomben, bestehend aus zwei Widerständen, einem Transistor und einem Schiebeschalter.«

Aus dem sprengtechnischen Gutachten

Elektronik der Sprengfalle Oberwart: Die Energieversorgung der Sprengvorrichtung Oberwart besteht aus sechs Stück 1,5 Volt Batterien der Leistungsklasse LR 14. Die Batterien wurden durch eine Serien-Parallelschaltung als 4,5 Volt Block zusammengeschaltet. Der Batterieblock wurde mittels Schaltlitzenkabel mit dem Elektronikblock verbunden. Aufgrund der bei Franz Hofer sichergestellten Schaltpläne und der Restelektronikteile der Sprengvorrichtung Oberwart kann folgender Aufbau der Elektronik rekonstruiert werden: Die Elektronik stellt eine Ruhestromschaltung mit dreistufigem Transistoraufbau dar. Im untersten Teil des rohrähnlichen Aufbaues liegt ein dünner lackisolierter Kupferdraht, welcher bei Verlagerung der Sprengfalle Oberwart durch den präzisen mechanischen Aufbau zerissen wird, wobei es zum Durchschalten des Endstufenleitungstransistors und somit zur Explosion der Sprengvorrichtung kommt. Diese sogenannte Ruhestromschleife wird über isolierte

Schaltlitzenkabel auch in den oberen Teil der Sprengvorrichtung geführt. Die Drähte enden am Zündersockel, da der oberste Rohrteil der Sprengvorrichtung bei der Explosion zerstört wurde. Daher ist die Funktion dieser Drahtverbindung nicht eindeutig klärbar.
Die Aussagen von Franz Hofer bezüglich der Einbindung eines elektronischen Zeitgliedes durch Knopfzellenentladung auf diese Verbindungsleitungen stehen nicht im Widerspruch zu den technischen Möglichkeiten. Es könnte aber auch gleichzeitig zu der im unteren Teil des Rohres befindlichen Ruhestromschleife eine Ruhestromschleife im oberen Teil des Rohres vorhanden gewesen sein (zum Beispiel zur Sicherung der Metalltafel am oberen Ende des Rohres).
Funktionserklärung: Die erste PNP Transistorschaltstufe wird bei geschlossener Ruhestromschleife über eine Spannungsteilerschaltung mehrerer Widerstände im Sperrzustand gehalten. Dadurch sperren die weiteren Transistorstufen, und der Zündstromkreis bleibt stromlos.
Reißt nun der Draht der Ruhestromleitung oder ist die mögliche Knopfzelle unter einer gewissen Spannung entladen und der mögliche Haltetransistor öffnet, so wird die erste PNP Transistorschaltstufe leitend, und in weiterer Folge schaltet der NPN und dadurch der PNP Germaniumleistungstransistor des Zünderkreises. Dadurch werden die 4,5 Volt der Energieversorgung abzüglich der Halbleiterübergangsspannung an den Zünder geschalten.
Anzündung: Im Auslösefalle wird über den Germaniumsleistungstransistor das Anzündeelement mit Spannung versorgt. Durch die entsprechend energiereich dimensionierte Energieversorgung kommt es zur Ausbildung eines Stromflusses, durch den das Anzündelement so stark erhitzt wird, daß in weiterer Folge die explosionsartige Entzündung des Initialsprengstoffes möglich war.

2.
Geschichte schreiben

Vernehmungsprotokoll vom 15.01.1998

Einen konkreten Zeitpunkt des Entschlusses gibt es nicht. Es ist wie eine Rampe, die nur mehr nach oben geht und den Plafond erreicht. Ab diesem Zeitpunkt ist die Einsatzbereitschaft gegeben, der Wille, falls sich eine Gelegenheit ergibt, Einsätze durchzuführen oder an Einsätzen teilzunehmen. Wenn diese Einsatzbereitschaft einmal gegeben ist, dann wird nur noch auf die Gelegenheit gewartet.

Franz Hofer konnte sich nicht daran erinnern, wie lange es her war, daß er seine Mutter zum letzten Mal gestreichelt hatte. Er wohnte bei ihr. Er ließ sich die Wäsche bügeln. Er setzte sich ungefragt zum Küchentisch. Bezahlte alle drei Monate 11.000 Schilling Miete. Und manchmal redete er auch mit ihr. Es war nicht so, daß er seine Mutter verachtete; er überging sie nur.

Was ihn so plötzlich ergriff und den Arm nach ihr ausstrecken ließ, war diese Einfältigkeit. »Franz, kannst du nicht zumindest in der Früh weggehen, damit die Nachbarn glauben, du gehst arbeiten? Geht das nicht?« hatte sie gefragt. »Du kannst ja trotzdem zum Mittagessen nach Hause kommen.« Er strich der alten Frau über die Wange. »Ich arbeite ja«, sagte er, »sehr viel sogar.« Franz Hofer hätte in diesem Moment gerne den Kopf seiner Mutter an sich gedrückt. Doch soviel Nähe ließ die Gleichgültigkeit, mit der sie einander seit vielen Jahren begegneten, nicht zu. Er zog die Hand weg, drehte sich verlegen um und ging durch den Flur, der seine Räume vom Wohntrakt der Eltern trennte, zurück in sein Zimmer. Dorthin, wo der Krieg längst begonnen hatte.

Auf dem mahagonibraunen Schreibtisch neben dem Fenster, das mit einer schweren Plastikfolie verhängt war, wartete seine Arbeit. In kleinen, sauber beschrifteten Schächtelchen hatte er unzählige Kupferlitzendrähte, Kondensatoren, Glühwendel, Knopfzellenbatterien und Transistoren verwahrt. Winzig und bunt lagen sie da, aufgehäuft, wie glänzendes Konfekt. Knallbonbons, dachte er, Marke Hofer. Er setzte sich, die Hände im Schoß, und betrachtete zufrieden die einzelnen Teile. Die Tür hatte er wie immer zweimal versperrt.

Im Radio liefen soeben die Sechs-Uhr-Nachrichten. Noch war es zu früh, die Hausschuhe auszuziehen und die Stoffhaube über die Haare zu stülpen. Er wußte aufgrund der Erfahrung der letzten Wochen, daß er erst gegen elf Uhr nachts über die nötige Ruhe verfügen würde, seine Vorbereitungen für den Kampf fortzusetzen. Dann wollte er die ersten Kunststoff-Trinkhalme mit Silberfulminat befüllen. Dieser Sprengstoff konnte schon bei der geringsten statischen Aufladung umsetzen, also hochgehen. Eine kleine Reibung, etwa das Hantieren mit Gummihandschuhen, würde dafür reichen, auch allzu trockene Luft. Oder ein Schritt mit angezogenen Schuhen.

Franz Hofer wartete. Er hatte auch Zeit. In den letzten Wochen war jene Anspannung, die ihm so zu schaffen machte, zusehends gewichen. Er spürte nun schon beim Aufwachen eine gewisse Leichtigkeit, und manchmal vermeinte er sogar, fröhlich zu sein. Der Entschluß, etwas zu tun, machte ihn gelassen. Jetzt war er es, der das Geschehen bestimmte. Wer zu lange gewürgt wird, der schlägt einmal zurück.

Der Zynismus ist die Aggressionsform der Intellektuellen, hatte er letzten Winter gelesen, ein Satz, der ihm lange nicht aus dem Kopf gegangen war. Er spürte, daß dies auch für ihn zutraf. Er war sehr kalt geworden, verbittert eigentlich. Dafür haßte er sich. Und er spürte, daß endlich einer aufstehen müsse. Daß es Zeit war, sich zu wehren. Mit anderen Mitteln. Mit Waffen. Mit Gewalt.

Die Entscheidung, es zu tun, den Einsatz anzutreten, war stürmisch gekommen. Sie hatte sich nicht an ihn herangeschlichen, sie war mit einem Schlag da. Zuerst nur im Bauch. Dann im Kopf. Angriff.

Franz Hofer stand von seinem Drehsessel auf und schaltete den Fernseher ein. Es war kurz vor halb acht. *Zeit im Bild.* Feind im Bild, wie er sagte. Hier traten sie alle auf, die von sich glaubten, das bessere Österreich zu sein. Die Ausländerlobbyisten. Die Erfinder und Förderer immer neuer Volksgruppen.

Der Präsident der Caritas etwa war so ein Stammgast im Fernsehen, stets in Schwarz, sauberer weißer Kragen, aber immer den Mund offen, wenn der Staat irgendeinen Asylantrag abgewiesen hatte, während gleichzeitig fünftausend andere hereingekommen waren. Die Caritas, dachte Franz Hofer, war überhaupt der größte Ausländer-Schleppeverein.

Ein kurzer Beitrag der Nachrichtensendung zeigte, wie so oft, den Wiener Bürgermeister. Mit Ausländern. Franz Hofer hatte nichts gegen Ausländer, solange sie nicht nach Österreich einwandern wollten. Vor kurzem erst hatte er einem Entwicklungshilfeprojekt für Äthiopien zweitausend Schilling überwiesen. Für Erdbebenopfer im Friaul hatte er Mitte der siebziger Jahre gleich ein ganzes Monatsgehalt gespendet. Und einer spanischen Frau, die Mann, Hof und Vieh verloren hatte, hatte er zehntausend Schilling geschickt.

Er hatte im Prinzip auch nichts gegen die Ausländer, die bereits seit Jahrzehnten in Österreich lebten. Die Gastarbeiter, die Türken, die ja eigentlich nichts dafür konnten, ins Land gebeten worden zu sein. Die wahren Verbrecher, notierte Franz Hofer, weil ihm der Satz so gut gefiel, waren jene, die die Ausländer ins Land holten. Wie der Wiener Bürgermeister. Wien hätte vom Zuzug der Ausländer stets profitiert, das war dessen Stehsatz. Auch die Steirer, sagte er ungefragt, seien ja in Scharen in die Metropole Wien gezogen. Franz Hofer konnte die Floskeln nicht mehr hören. Doch die Aggression, die noch vor wenigen Wochen in ihm hochgekrochen war, wenn der Bürgermeister vom Bildschirm polterte, hatte sich nun in ein geradezu euphorisches, rauschhaftes Gefühl von Macht verwandelt.

Franz Hofer mußte schmunzeln. Er führte keine Feindesliste, wollte nicht festschreiben, wen er zur Verantwortung zu ziehen gedachte. Er wußte, daß er jeden zum Opfer machen konnte. Jeden, der eine Adresse hatte. Jeden also.

Die Sportmeldungen waren nicht seine Sache. Er schaltete ORF 1 aus und zappte durch die deutschen Kanäle. Nach zehn Minuten war ihm aber auch das zu langweilig. Er drehte den Fernseher ab und setzte sich an den massiven Tisch in der Mitte des Raumes. Die Schaltzentrale. Hier lagerte er sein Werkzeug. Feilen, Zangen, Lötkolben, Pipetten, Lupen, eine Maschine für Mikroschweißungen. Und hier stand auch sein Computer, ein älteres Modell der Marke Apple.

Franz Hofer mußte noch einmal daran denken, was seine Mutter zuvor gesagt hatte. Er stellte sich vor, wie eine der Nachbarinnen wieder einmal über den Gartenzaun gepinkelt hatte: *Warum geht er denn nicht arbeiten, Ihr Herr Sohn. Mein Bub würde das nicht aushalten. Aber bitte, jeder, wie er glaubt. Passen S' halt auf, daß er Ihnen nicht bleibt, Frau Hofer. In seinem Alter sollte er schon dazuschauen. Redet er eigentlich noch immer so wenig?* Es war diese beiläufige Gemeinheit, die ihn irritierte. Zum einen sagte er sich, daß ihm diese Leute zu gleichgültig seien, um sich überhaupt mit ihnen auseinanderzusetzen, zum anderen gelang es ihm aber auch nicht, die Gedanken an sie wegzuschieben. Sein Bruder riß in einer solchen Situation irgendeinen Witz, und die Sache war gelöst. Franz Hofer hatte sich oft gewünscht, so locker zu sein. Er war bei jedem Streit sofort blockiert, sagte nichts mehr, zog sich zurück oder stornierte gleich jeglichen weiteren Kontakt. So war es auch bei den Frauen, die er bisher gehabt hatte. Seine Verhältnisse hatten immer nur bis zum ersten Streit gedauert. Gab es Konflikte, war Franz Hofer weg.

Nur einmal hielt es ihn länger. Bei Marie, da war er dreißig und sie sechzehn, ein Mädchen aus derselben Gasse, nicht sonderlich hübsch und ziemlich schüchtern. Er liebte sie. Gab ihr Nachhilfe in Mathematik. Machte ihr Komplimente. Strich ihr durchs Haar. Lachte. Und sagte ihr, daß sie äußerst begabt sei, der Fünfer im Zeugnis sage da gar nichts. Dann fragte er sie kokett, ob sie ihn denn von der Leiter stoßen würde, wenn er eines Abends zu ihr fensterln käme. Sie sagte nichts, er kam. Die Mutter und vor allem die Großmutter des Mädchens fanden das nicht so lustig. Sie verboten »dem armen Kind« jeden weiteren Kontakt. So trafen sie sich im Wald. Sie mit dem Fahrrad, er im Auto. Irgendwann fühlte sich Marie dafür aber zu alt. Franz Hofer wollte warten, bis das Mädchen volljährig war. Die Großmutter wollte das aber nicht. Sie denunzierte ihn. Schimpfte »alter Depp«. Erzählte jedem, daß er 1976 ja schon einmal in der Psychiatrie gewesen sei, in Graz, im »Feldhof«. Und schließlich behauptete sie sogar, daß Franz Hofer mit Steinen nach ihr geworfen habe.

Das war zuviel. Franz Hofer ging vor Gericht und reichte eine Klage wegen Ehrenbeleidigung ein. Die er verlor, weil der Richter, wie er sagte, sich aus all dem eine Posse gemacht habe. Und die Oma von nebenan habe plötzlich die arme, bemitleidenswerte Witwe gegeben. Franz Hofer erstattete daraufhin eine Dienstaufsichtsbeschwerde gegen den Richter. »Der Richter ist mir aus der Mittelschule bekannt, wo er weder durch Verstand noch durch Fleiß aufgefallen ist, andernfalls hätte er bessere Schulnoten gehabt«, schrieb er. Oder: »Bei all dem schaute ich, der ich in den ersten drei Jahrzehnten meines Lebens aus selbstschädlichem Idealismus das meiste geschluckt und nur selten Gegenwehr geleistet hatte, lange genug wie ein getretener Dackel aus der Wäsche.«

Franz Hofer dachte an Marie. Vor zwei Monaten hatte er sie wieder einmal gesehen. Mit ihrem Mann. Sie hatte ihn nicht gegrüßt. Aber angelächelt. Wie kindisch, dachte Franz Hofer, die Beschwerde von damals kam ihm so fremd vor, so lächerlich. Recht hat, wer sich Recht nimmt.

Der Entschluß, in den Untergrund zu gehen, war rational. Franz Hofer hatte ihn nicht mit seinem Versicherungsvertreter besprochen; die Polizze der Lebensversicherung, die er erst vor zwei Jahren abgeschlossen hatte, erheiterte ihn nun. Er wußte, daß er seinen Einsatz früher oder später mit dem Leben bezahlen würde. Die »Sache« war es wert. Er hatte keine Frau. Keine Kinder. Er konnte getrost an die Front gehen. Er war bereit zum Abmarsch in die Illegalität.

Nur die Eltern taten ihm leid. Vater und Mutter waren Rote. Mitglieder der Sozialistischen Partei. Und das auf dem Land, wo man sonntags in die Kirche zu gehen und die Christlich-Sozialen zu wählen hatte. Weil der liebe Gott das so wollte. Franz Hofer liebte es, die salbungsvollen Predigten des Ortspfarrers nachzuahmen. Sie ekelten ihn an.

Der Vater hatte viele Jahre im Gemeinderat gesessen. Und für die Mutter gab es ohnehin nur den Bundeskanzler. Sie lebte richtig auf, wenn er es dem rechtspopulistischen Oppositionsführer wieder einmal ordentlich gegeben hatte. Dann saß sie da, im Herrgottswinkel, und drückte Daumen wie früher, wenn sie gemeinsam Schirennen verfolgten. Franz Hofer hatte sich oft darüber amüsiert, hatte den Oppositionsführer gewählt, das Volksbegehren gegen Ausländer unterzeichnet und gesagt: »Papa, jetzt gibt es eine neue Partei für die Arbeiter, und das sind die Rechtspopulisten.«

Franz Hofer fühlte plötzlich ein beklemmendes Prickeln, er spürte, daß er die Füße übereinanderschlagen mußte, um sich nicht in die Hose zu machen. Wenn die Angst hochschoß, hieß sein unmittelbarster Gegner Inkontinenz. Er nahm die dunkelblaue Diskette aus der Lade und legte sie ein. Er wollte noch einmal lesen, was er vor einer Woche, es war am 29. Juli 1993 gewesen, geschrieben, ausgedruckt und abgeschickt hatte. Er hatte an diesem Tag im *Radio-Journal* ein Interview mit einem Vizeleutnant des österreichischen Bundesheeres gehört. Der Unteroffizier, den Franz Hofer von einer gut zwei Jahrzehnte zurückliegenden Waffenübung in der Steiermark kannte, berichtete über Flüchtlinge aus dem ehemaligen Jugoslawien, die in seiner Kaserne untergebracht waren, von ihrer Not und der ungewissen Zukunft. Es war dieser mitleidige Unterton, der Franz Hofer ankotzte. So hatte er sich hingesetzt und eine Seite geschrieben. Ohne Absender. Ohne Namen.

Er las diesen Brief immer wieder, seit er ihn abgeschickt hatte, weil er plötzlich Angst hatte, einen schweren Fehler begangen zu haben. Natürlich hatte er das Dokument anonym verschickt und auch dafür gesorgt, daß das Papier keine Fingerabdrücke aufwies. Doch allein die Sprache konnte ihn verraten. »Sehr geehrter Herr Vizeleutnant. Betrifft: Ihr Rundfunkinterview zur Flüchtlingsfrage vom 29. 7. 1993«, lautete der Beginn. »Ich schlage vor, Sie stellen zwei, drei Maschinengewehre auf und geben den Leuten eine Frist von 3 Stunden, um in Richtung Heimat zu verschwinden. Genauso haben diese traditionellen Feinde Österreichs es vor 50 Jahren mit den Deutschen in ihrem Land gemacht! Ich stimme Ihnen zu, daß auch Flüchtlinge Menschen sind. Diese sollen aber gefälligst nach Kroatien, Bulgarien, Albanien oder in die Türkei flüchten, wo es Leute gibt, welche gleich aussehen, die gleiche Religion haben oder die gleiche Sprache sprechen. Als nächstbeste Länder würden sich Polen, Tschechien, Slowakei, Ukraine, Rußland, Slowenien und ähnliche anbieten. Nachdem es bei uns so gut wie keine deutschen Namen mehr in der Politik gibt, holen sich die Politiker mit Begeisterung auch noch die Bevölkerung ihrer Herkunftsländer nach Österreich. Ich bin gespannt, wann an uns Deutsche die Aufforderung ergeht, das von uns gerodete Land zugunsten der neuen slawischen Völkerwanderung zu verlassen! Daß sich Deutsche wie Sie mit Begeisterung in den Dienst der Sache stellen, anstatt sich zu wehren, kann ich nur darauf zurückführen, daß die meisten den Braten noch nicht gerochen haben. Vor 200 Jahren gab es etwa 90 % Deutsche (deutsche Namen) in Deutsch-Österreich; es gehörten aber auch noch die Untersteiermark und Südtirol zu uns. Jetzt gibt es gerade noch 60 % Deutsche im zusammengeschrumpften Österreich, und es werden immer weniger. Gute Nacht Österreich!«

Die Punktation stimmte. Auch der Stil gefiel ihm nach wie vor. Jetzt war er sicher, daß der Vizeleutnant den Brief nicht weiterleiten würde. Als gefährliche Drohung etwa.

Franz Hofer nahm die Diskette aus dem Laufwerk und versperrte sie im Schreibtisch. Er würde wohl nicht der einzige sein, der solche Briefe schreibt.

Es war zehn Uhr dreißig. Franz Hofer begann, sich auf den kommenden Einsatz vorzubereiten. Er legte *Tristan und Isolde* auf den Plattenteller, verschränkte die Arme hinter dem Kopf und begann, ruhig zu atmen. Er war nicht der erste Österreicher, den Richard Wagner in die richtige Stimmung versetzt hatte. Franz Hofer schloß die Augen. Und versank in seine Welt.

Im Mai hatte er den letzten Auftrag verloren, Grundwassermessungen für die Elektrizitätsgesellschaft des Landes. Zuvor schon war er aus dem Büro eines Zivilingenieurs weggelobt worden. Er arbeite zu genau, mußte er sich anhören. Das sei unproduktiv. Und dafür bleibe heute, bei diesen wirtschaftlichen Verhältnissen, bei dieser Globalisierung, leider keine Zeit. *Aber vielen Dank für Ihre Hilfe. Und wenn ich Ihnen irgendwie helfen kann, rufen Sie bitte an.*

Franz Hofer hatte sich gegen die Kündigung nicht gewehrt. Er hatte seine Tasche gepackt und war gegangen. Gesagt hatte er nichts. Er hatte gespürt, wie die Kränkung ihn ihm hochstieg, und die Lippen zusammengepreßt, um die Tränen zurückzuhalten. Als er das Bürogebäude verlassen hatte, war er in den Wald gefahren, wo er so lange blieb, bis die roten Ränder unter den Augen verschwunden waren.

Er haßte es, freigestellt zu sein. Er hatte sich damit abgefunden, im Kopf wenigstens, daß er wohl keine Frau mehr finden würde. Daß er keine Kinder haben würde. Keine Familie. Die Grundwasserspiegel des Landes konnten ihn seine aufgestaute Sehnsucht immer ganz gut vergessen lassen. Er hatte Dämme gebaut. Und sein Leben dahinter eingerichtet. In der Einsamkeit. Der Verlust der beruflichen Anerkennung aber hatte mit einem Mal alles weggerissen. Franz Hofer hatte nicht mehr gewußt, wo er sich hätte anhalten können. Er wollte kein Arbeitslosengeld beziehen. Er wollte Atomphysiker werden. Sein Intelligenzquotient betrug 139. Er wußte, was er konnte. Und er wollte nicht noch einmal gefangen genommen werden von denen, die glaubten, die Psyche anderer Menschen durchschauen zu können. Er wollte austeilen, nicht einstecken. Als er Mitte der siebziger Jahre seinen Job bei Daimler-Benz in Deutschland verloren hatte, hatte er ebenfalls einen Brief geschrieben und achtlos am Schreibtisch liegengelassen. Wo ihn sein Vater gefunden und aufgeregt den Gemeindearzt verständigt hatte. Franz Hofer war daraufhin von Ärzten, begleitet von den Gendarmen des Ortes, auf die Psychiatrie in Graz überstellt worden. Es war der Versuch eines Abschieds.

Von Franz Hofer verfasster Abschiedsbrief, 08.08.1976

Liebe Eltern, es hat mir sehr viel Kopfzerbrechen bereitet, in welcher Form man sich am besten ausdrückt. Wenn man zu schreiben gezwungen ist, was Familienehre und gefühlsmäßige Beziehungen zu Verwandten in so schwerwiegender Weise betrifft. Ich entschloß mich für einen einfacheren, rein informativen Stil ohne lange Begründung – gewissermaßen nach dem Motto »Ich kann alles das machen, was anderen nicht schadet«. Möglicherweise braucht Ihr diesen Brief auch noch als Beweisstück vor den Staatsorganen. Ich teile Euch jetzt auch noch meinen Wunsch mit. Vor dreieinhalb Wochen faßte ich den endgültigen Beschluß zum Selbstmord. Wozu sollte ich jahrzehntelang Ärger und Enttäuschung und Rückschläge und Mühen auf mich nehmen, wenn ich letzten Endes doch nur altere und verfalle! Meine Bedeutung und Existenz für die Menschheit ist null, es erschöpfen sich auch meine gesellschaftlich relevanten Tätigkeiten im Arbeiten und Fressen bzw. Geldausgeben für persönliche Bedürfnisse (Punkte, wie übrigens bei den meisten Leuten, aber das ist deren Problem!). Ich habe am 16. auf eigenen Wunsch mit der Begründung »Rückkehr in die Heimat« mein Arbeitsverhältnis bei Daimler-Benz zum 06.08. gekündigt. Am 22.07. vor dem Urlaub vom 22.07. bis 06.08. hatte ich Urlaub, meine Elektroniksachen habe ich an einen Gymnasiasten verschenkt und mein Geld überwiesen. Was ich in zwei Koffern am 31.07. mit nach Hause gebracht habe, gehört auch nicht mehr mir. Was ich bei Euch lagernd hatte und was ich aus Deutschland mitbrachte, ist verschenkt oder vernichtet. 21.07. letzter Arbeitstag vor Antritt des restlichen Tarifurlaubes. 22.07. bis 30.07. Abreisevorbereitungen, 31.07. bis 09.08. Besuch bei Euch. Was meinen Besitz betrifft: Meine Elektroniksachen habe ich an einen Studenten in Deutschland verschenkt. Mein Bargeld und die Kleidungsstücke und Wertgegenstände, die ich nicht vernichtet habe, sind bereits verschenkt. Zum Zeitpunkt meines Todes werde ich demnach nur noch jene paar Kleidungsstücke, die ich am Leib trage, und etwa S 500,– besitzen.

Mein Tod: Ursache: Kopfschuß mit einem abgesägten Flobertgewehr, weitere Maßnahmen werden für einen sicheren Tod sorgen (vermutlich des 10.08.). Ort und Zeitpunkt werden so gewählt sein, daß man mich nach Möglichkeit niemals findet und Angehörige nicht in falschen Verdacht geraten könnten.
Mein letzter Wunsch: Ich wünsche nicht, daß falsche Vermutungen über meine Motive oder gar über meinen Geisteszustand angestellt werden. Wer über mich spricht, den soll der Blitz auf offener Straße erschlagen. Es würde für mich einen großen Triumph bedeuten, meine Leiche fern von menschlichem Zugriff gebracht zu haben. Sollte meine Leiche aber dennoch gefunden werden, möchte ich bei Nacht und Nebel und ohne Pfarrer begraben werden.

Aufnahmebefund vom 10.08.1976

Patient habe einen Abschiedsbrief geschrieben, der mitgebracht wird und der Krankengeschichte beigelegt wird. Der Patient kommt mit dem Roten Kreuz Leibnitz um 21.45 Uhr. Er ist bei der Aufnahme orientiert, gehfähig, gibt an, daß er seinen Selbstmord schon sehr lange geplant habe, da er sich als Versager fühle. In seinem Abschiedsbrief schildert er auch, wie er sich seinen Tod vorstelle. Eine faßbare Ursache wird vom Patienten dafür nicht angegeben. Er wirkt bei der Aufnahme formal geordnet, jedoch etwas läppisch, und zeigt einen unpassenden Affekt. Der vom Patienten an seine Eltern verfaßte vierseitige Abschiedsbrief wirkt streckenweise verworren. Der Text ist häufig korrigiert, durchgestrichen, überschrieben. Patient ist außer Bett, ruhig, hat die Nacht über ohne Medikamente gut geschlafen.
Bei der Schilderung der Anamnese fällt vor allem die starke Affektdissoziation auf. Der Patient berichtet über

Unannehmlichkeiten in heiterer lächelnder Form. Er spricht hochdeutsch und scheint um gewisse Formulierungen bemüht zu sein. Bei der Schilderung der Anamnese wird immer wieder hervorgehoben, daß dieser oder jener Umstand schuld daran sei, daß er dieses oder jenes gemacht habe. Nie wird vom Patienten angeführt, daß er selbst diese Entscheidung getroffen habe oder eine bestimmte Situation durch sein Verhalten zustande gekommen sei.
So z. B. habe er 1970 das Studium in theoretischer Physik aus »finanziellen Gründen« aufgegeben, weil ja ein »Arbeiterkind nicht aufsteigen könne«. Unmittelbarer Grund dafür sei die Ablehnung einer Stipendienerhöhung von 1.100,– auf 1.800,– gewesen. Die Begründung habe gelautet, es sei einem Studenten zuzumuten, daß er 30 km zur Universität fahre. (Er habe sich sonst in Graz ein Zimmer nehmen wollen.) Bei näherer Exploration gibt er jedoch auch an, daß das Fach »theoretische Physik« doch nicht so war, wie er es sich vorgestellt habe. Er habe es gewählt, weil er in Physik, Chemie und Mathematik in der Schule immer der Beste war, an der Universität sei er jedoch nur »einer unter vielen« gewesen. Das habe ihm gar nicht mehr gefallen. Seine Arbeit in Deutschland beschreibt er als Akkordarbeit in einer Fabrik. Er habe recht schön verdient und an die 1.600,– DM netto herausbekommen. Man würde sich jetzt doch immer an der Umgebung orientieren und sehen, daß ein anderer ein größeres und schöneres Auto habe. Zeitweise ist die Schilderung vage und wirkt auch zerfahren. Er habe sich verlassen gefühlt und sei wie andere Leute auch nicht zufrieden gewesen.
Beurteilung: Nach der Anamnese und dem derzeitigen psychischen Zustand besteht der Verdacht auf einen beginnenden psychotischen Prozeß.

Bericht vom 15.08.1976

Patient hält sich meist im Zimmer auf, vertreibt sich die Zeit mit Lesen.

Bericht vom 27.08.1976

Patient arbeitet weiter in der Keramikstube, Tagausgang erlaubt. Im Verhalten unauffällig, ungestörte Nachtruhe.

Bericht vom 28.08.1976

Patient unauffällig, geordnet, beschäftigt sich mit Lesen und Schach.

Bericht vom 30.08.1976

Patient geht weiterhin in die Keramikstube, ist unauffällig, wirkt etwas gelöster, hat Kontakt mit den Mitpatienten, verneint Suizidabsichten, möchte, wenn er entlassen wird, wieder in Deutschland an der alten Stelle weiterarbeiten.

Bericht vom 31.08.1976

Gerichtskommission. Anhaltung drei Monate.

Bericht vom 27.09.1976

Untersuchung an der HNO: Sinustis frontalis. Therapie: Otrivin 3mal täglich durch die Nase sowie Kopflichtbäder.

Bericht vom 04.10.1976

Die Stimmungslage derzeit ausgeglichen. Therapie: früh und abends 50 mg Melleril, 3mal 25 mg Tryptizol.

Bericht vom 10.10.1976

Patient hatte vom 08.10. bis 10.10.1976 Wochenendurlaub in Begleitung des Vaters.

Bericht vom 15.10.1976

Patient wird gebessert entlassen.
Therapie: 25–25–50 mg Melleril.

Kurz nach elf Uhr zog Franz Hofer die Schuhe aus. Man hatte sie ihm damals weggenommen, bei der Einlieferung in den Feldhof. Wegen Selbstgefährdung. Jetzt zog er sie freiwillig aus. Der Grund war derselbe. Es war soweit. Er setzte sich ein Kunststoffhäubchen auf, um keine Haarteilchen oder Schuppen zu verlieren. Das Silberfulminat stand im rechten Eck der Hausbar.

Das Rezept war einfach: Das Silber hatte er aus Kettchen gewonnen, dann in Salpetersäure aufgelöst, die Lösung in Ethylalkohol aufgelöst und danach erwärmt. Er empfand es als beglückend zu beobachten, wie sich das Silberfulminat danach als kristallines Pulver wie von selbst bildete. Es erinnerte ihn an den feinen, trockenen Schnee, der ihm ins Gesicht wehte, wenn die Mutter ihn auf dem Schlitten zur Schule zog. Durch die Beimengung von Wasser wurde die Reaktion gestoppt, der Schnee gefiltert.

Franz Hofer wußte, daß die Chemie der sensibelste Part war. Beim Bau der Elektronik konnte er sich Zeit nehmen.

Etwas weglegen. Nachdenken. Noch einmal machen. Die chemischen Eingriffe hingegen bedeuteten Streß. Es ist kein Zufall, dachte Franz Hofer, daß die großen Terrorgruppen wie IRA oder ETA als erste stets die Chemiker verlieren. Das war der Grund, warum er nur nachts operierte. Denn tagsüber war Nadine, die Tochter seines Bruders, im Haus. Sie war eineinhalb Jahre alt. Er mochte sie.

Franz Hofer legte einen der Trinkhalme auf die Tischplatte und öffnete das Fläschchen Silberfulminat. Das 100-Watt-Licht der Schreibtischlampe ließ die Kristalle kitschig funkeln. Er nahm die Pipette und saugte die körnige Substanz an. Nach und nach ließ Franz Hofer nun rund 80 Milligramm in den Halm aus Polypropylen gleiten. Er hatte aufgrund der Länge und Dicke der Röhrchen das exakte Volumen berechnet, das zu befüllen war. Die geringste Unachtsamkeit, sagte er sich noch einmal vor, konnte zum Fiasko führen. Jedes Ausrutschen in Richtung der gefüllten Trinkhalme konnte verlorene Augen, Krankenhaus und Altersversorgung im Hochsicherheitstrakt der Strafanstalt Krems-Stein bedeuten. Silberfulminat wurde schon seit Jahrzehnten nicht mehr als Sprengstoff verwendet. Die italienische Marine hatte es in den zwanziger Jahren in Zündsätzen für Torpedos eingesetzt. Die Gefährlichkeit des Hantierens aber stand schon damals in keiner Relation zur erzielten Wirkung. Andere, bessere Initialsprengstoffe standen nun auf den Einkaufslisten der Militärs. Franz Hofer genoß die Spannung. Er wußte, daß er besser war als die anderen. Er machte keinen Fehler.

Es war kurz nach drei Uhr früh. Franz Hofer hatte fünf Trinkhalme prall befüllt, mit Epoxidharz verschlossen und mit einer Anglerschnur umwickelt. Es war ruhig. In einer Stunde etwa würde der Zeitungsausträger kommen, die Gartentür aufdrücken und die Morgenausgabe der *Kronen-Zeitung* auf die Stufe vor seiner Tür legen. Zeit, das Licht auszumachen. Franz Hofer setzte sich an das Fußende des Bettes und wartete auf die Dämmerung.

Er war mit sich zufrieden. Die Wahl der Kampfmittel war richtig gewesen. Briefbomben, so hatte er entschieden, waren gleich aus mehreren Gründen ideal. Erstens würden diese Briefe mit Sprengkörpern als Briefbomben bezeichnet werden, obwohl sie gar keine Bomben waren. Die Öffentlichkeit aber brauchte Schlagworte. Briefbombe. Kurz. Einprägsam. Explosiv. Deshalb würden sie die nötige Angst erzeugen, die er wünschte. Zweitens gab es keinerlei direkten Kontakt zu den ausgewählten Zielpersonen. Die Post würde dankenswerterweise die Aufgabe übernehmen, die Sprengkörper zuzustellen. Die Attentate, sagte Franz Hofer zu sich selbst, gingen damit zu Lasten der Briefträger. Er liebte es, literarische Anspielungen einzubauen. *Zu Lasten der Briefträger.* Ein Germanist und Schriftsteller aus Oberösterreich hatte damals, als Franz Hofer auf der Psychiatrie in Graz war und viel Zeit hatte zu lesen, einen Roman dieses Titels veröffentlicht. Er besaß die Taschenbuchausgabe. Franz Hofer konnte noch immer daraus rezitieren: »Eigentlich, Postmeister, sind deine Briefträger Geheimnisträger, oder sie sollten kraft Amtes und Eides Geheimnisträger sein. Genaugenommen sind sie aber nur in dem Sinne Geheimnisträger, daß sie die Geheimnisse austragen und verbreiten.« Oder: »Das Postgeheimnis ist im Grundgesetz verankert.« Die Briefträger, dachte Franz Hofer, würden sein Geheimnis austragen. Der Absender würde durch einen fingierten, erfundenen Namen im Dunkeln bleiben. Die Sicherheitsbehörden müßten dumm sterben. Postkästen würden schlechte Zeugen abgeben. Drittens konnte er die Sprengkörper beliebig dosieren. Je nach Opfer. Je nach Bedarf. Ein paar Einsprengungen in der Haut. Ein paar Finger. Die ganze Hand. Oder mehr. Viertens würden die Journalisten sogenannte Briefbomben besonders achten. Und fürchten. Bei Dutzenden Briefen pro Tag kann jeder eine Briefbombe übersehen. Das macht schreibfreudig. Fünftens würde der bekannte Schlendrian der österreichischen Post dafür sorgen, daß zwischen dem Einwurf in einen der, wie er recherchiert hatte, vierundzwanzigtausend Postkästen des Landes und dem Eintreffen der Kuverts bei den Opfern zumindest zwei, wenn nicht drei Tage verstreichen. Zuviel Zeit, um den Lauf der Dinge zurückverfolgen zu können.

Franz Hofer hatte alles bedacht. Die Checklist sollte möglich machen, was niemand für möglich hielt. Ein perfektes Verbrechen. Dafür lohnte es sich, einsam zu sein.

Die Briefmarken hatte er zur Rush-hour am Kiosk eines Hauptbahnhofes erworben. Zu Hause hatte er beide Seiten der Sieben-Schilling-Wertzeichen, die das Kloster Loretto zeigten, mit einer Speziallösung bepinselt, um so mögliche Fingerabdrücke des Verkäufers zu beseitigen.

Genauso wollte er bei jedem Punkt verfahren. Die Spur zurück sollte so lang und verworren sein, daß niemand sie finden könnte. Selbst wenn der Verkäufer die Briefmarken angegriffen und Spuren darauf hinterlassen hätte, sagte sich Franz Hofer, habe er sie ja beseitigt. Aber selbst wenn er sie nicht erfolgreich beseitigt hätte, müßten die Fahnder erst Tausende Trafiken abklappern und Fingerabdrücke nehmen, um den Verkäufer ausfindig machen zu können. Und selbst wenn der Verkäufer beispielsweise aufgrund eines Vermögensdeliktes bereits in der Fingerabdruck-Datei aufscheinen sollte, müßte er sich erst einmal daran erinnern können, wem er die Marken verkauft hatte. Franz Hofer wußte nicht zuletzt aufgrund seiner mathematischen Fähigkeiten, daß die Wahrscheinlichkeit dieses Ablaufs gleich Null war. Er dachte dabei immer an die gezeichneten Labyrinthe in Rätselbüchern, wo man, ausgehend von vier oder fünf verschiedenen Eingängen, die Spur zu einem Ziel finden mußte. Er aber wollte so viele Gänge anlegen, daß sich jeder verirren mußte.

Für den Sprengkörper hatte er Trinkhalme gekauft, die vermutlich in jedem zweiten Haushalt des Landes zu finden waren. Längsgestreift und vierfarbig, wobei das obere Ende durch Rippen in jede beliebige Richtung geknickt werden konnte. Die Kuverts hatte er in einem Versandhaus in Graz bezogen, nicht ohne sich vorher zu vergewissern, daß die gleichen Umschläge auch in fast allen Papierabteilungen der Supermärkte zum Verkauf lagen. Die Elektronikteile stammten aus alten, zehntausendfach verbreiteten Geräten. Trugen sie Typenbezeichnungen, hatte er diese mit Lösungsmitteln abgewaschen und abgeschliffen. Er hatte auch die Widerstände völlig blank poliert, die in einer Auflage von rund hundert Millionen Stück produziert und überall als Kiloware zum Verkauf angeboten wurden.

Alle Bauteile hatte er ausschließlich mit Handschuhen angegriffen. Dennoch zog er es vor, sie auch noch mit Nitroverdünnung, Putzbenzin und Pinsel zu bearbeiten und anschließend mit einem eigenen Spray zu säubern. Die Sensordrähte hatte er mit Fett-, Eiweiß- und Geruchsentferner behandelt, und beim Zusammenbau hatte er stets eine Mundmaske getragen. Er wollte ein sauberes Verbrechen. Der Schmutz sollte draußen bleiben. Selbst Pollen hatte er als zu großes Risiko betrachtet. Er wußte, daß die moderne Kriminalistik heute sogar aus Bruchteilen von Baum- oder Getreidepollen auf den Herkunftsort schließen konnte. Draußen hatte es begonnen, hell zu werden. Franz Hofer konnte einschlafen.

In den nächsten Tagen lief alles wie im Film ab. Er hatte gelesen, daß Serienmörder im Moment der kriminellen Handlung auf sich selbst herabsahen, wenn sie das Opfer überfielen, ihm die Kehle zudrückten und warteten, bis der Atem langsam versiegt war. In diesem Augenblick waren sie nicht in der Lage, auf das Geschehen Einfluß zu nehmen. Wie Komapatienten, die angesichts des Todes über ihrem eigenen Körper zu schweben glaubten. Jetzt erlebte er es selbst. Er sah sich, wie er die Latexhandschuhe überstreifte, den Mundschutz zurechtschob, am Schreibtisch Platz nahm und den Lötkolben ergriff. Er beobachtete, wie er die Auslöseelektronik nach dem Prinzip der Ruhestromschaltung zusammensetzte. Wie er den 0,05 Millimeter feinen, lackisolierten Kupferlitzendraht in das gefütterte Briefkuvert klebte. Wie er die Glühwendel mit Anschlußdrähten verband und in die Trinkhalme einführte. Wie er den verbliebenen Innenraum der Röhrchen mit Quecksilberfulminat befüllte und die Zünder montierte. Er sah das alles, als ob es ihn nichts anginge. Nur wenn seine Mutter zum Essen klopfte, mit dem vereinbarten Intervall, zwei lange, drei kurze Zeichen, kam er auf den Boden der Realität zurück. Dann fühlte er sich, als könnte er im nächsten Augenblick beim Onanieren ertappt werden. Er genierte sich ein wenig.

Franz Hofer hatte eine genaue Vorstellung von dem, was seine Sprengkörper in der Sekunde X anrichten würden. Nach seinen Berechnungen sollte die Durchtrennung der Ruhestromschleife beim Aufreißen des Kuverts zunächst dafür sorgen, daß infolge der sich rascher erwärmenden Glühwendel sowie des langsamer entzündlichen Quecksilberfulminats der eingebaute Warnzünder auslösen und eine geringe Menge Nitroglycerin zur Detonation bringen würde. Eine halbe Sekunde später würde der mit Silberfulminat befüllte Hauptzünder auslösen, der die große Menge Nitroglycerin explodieren ließe.

Gutachten ueber die Bombenkoerper der Briefbomben-Serie I

Der Sprengkörper der Briefbomben besteht aus einem mit Nitroglycerin befüllten Trinkhalm aus Polypropylen. Diese Trinkhalme sind entweder einfach oder doppelt geknickt. An beiden Enden befinden sich Zünder, die als »Warn-« bzw. »Sprengzünder« dienen sollten. Die Trinkhalmlänge beträgt bei Warnzündern ca. 4–4,5 cm, bei Sprengzündern ca. 11–12 cm. Am dem Zünder abgewandten Ende sind die Trinkhalme mit eingeklebter Alufolie abgedichtet. Diese Enden sind übereinandergeschoben und im Überlappungsbereich mit einer Angel-

schnur umwickelt. Das andere Ende des Trinkhalms ist in die Metallhülse des Zünders eingeschoben. Der Zünder und der Überlappungsbereich sind auf einer Länge von insgesamt etwa 50 mm mit einer Angelschnur ummantelt. Die Zünder sind vom Typ her als zweistufige elektrische Glühzünder zu bezeichnen. Die Hülle der Primärstufe besteht aus einem PVC-Trinkhalm. Als Glühbrücke dienen Wolframglühwendeln, die an Anschlußdrähte aus Kupfer angelötet wurden. Diese Anschlußdrähte sind in der PVC-Hülse mit Epoxidharz eingegossen. Die Primärstufe besteht in »Sprengzündern« aus einer hochohmigen Glühbrücke und Silberfulminat als Initialladung, in »Warnzündern« aus einer niederohmigen Glühbrücke und Quecksilberfulminat. Die Ladungsmenge der Primärstufe beträgt jeweils ca. 80 mg. Die erste Stufe ist in einen Trinkhalm von etwas größerem Durchmesser eingeschoben und wiederum auf der Seite der Anschlußdrähte mit Epoxidharz vergossen. Diese zweite Stufe ist stets mit Quecksilberfulminat gefüllt, die Füllmenge beträgt etwa 400 mg. Sprengseitig sind beide Zünderstufen ebenfalls mit Epoxidharz verschlossen. Dieser zweistufige Zünder ist in eine Metallhülse eingeschoben, die mit ca. 26 mm etwas länger als der Zünder ist. In dieses überstehende Röhrchenstück ist der die Hauptladung beinhaltende Trinkhalm eingeschoben. Als Schutz vor Erschütterungen auf dem Postweg und zur Verschleierung des Inhalts sind die Kuverts mit einem weißen Polyethylen-Schaumstoff-Vlies und blaßgrauem Polystyrolschaum ausgekleidet. Die Schaltung wurde mit Bindfaden und Epoxidkleber auf einer Kartonunterlage befestigt.

Er montierte alle Teile so, daß sie exakt zueinander ausgerichtet waren. Rechte Winkel waren seine Leidenschaft. Anfang November, es war Allerseelen, lagen schließlich zehn

Sprengkörper auf seinem Tisch – unverpackt, handlich und schön.

Jetzt war es Zeit, die Kuverts zu beschriften. Erst dann konnte er die sensiblen Gebilde in die auseinandergefalteten Umschläge betten und diese wieder verkleben. Franz Hofer stellte sich auf seinen Drehsessel und holte aus einem Fach oben im Schrank die Schreibmaschine. Ein altes Modell, ein wenig verstaubt, aber ungefährlich, weil es zehntausendfach verbreitet war.

Er stellte das eiserne Ungetüm auf den Tisch vor dem Fenster. Und wußte, daß er nun die Entscheidung zu treffen hatte. Bisher hatte er ja die Bomben nur gebaut, etwas, was wahrscheinlich Hunderte Österreicher machten, ohne sie zum Einsatz zu bringen. Sicher, seine Sprengkörper waren extravagant, etwas ganz Neues, ein Pilotprojekt sozusagen. Aber bisher waren sie ja noch nicht zum Einsatz gekommen. Wie er überhaupt noch nie kriminell geworden war. Er war ein paar Mal zu schnell gefahren, aber nie alkoholisiert, vielleicht, rechnete er, hatte er in seinem bisherigen Leben insgesamt zwei Liter Bier und zwei Liter Wein getrunken, mehr nicht. Etliche Male hatte er in Graz für Falschparken ein Strafmandat erhalten. Eine kriminelle Handlung aber hatte er noch nicht gesetzt. Sein Name schien in keiner der Polizeidateien auf, von ihm gab es keine Fingerabdrücke. Er hatte sich nichts zu Schulden kommen lassen, er hatte nichts verbrochen.

Franz Hofer spürte, daß dieser Gedanke zu kurz griff. Daß die Rampe, die seit Wochen immer steiler nach oben geführt hatte, jetzt zu Ende war. Ab sofort mußte er selektieren. Wer wurde Opfer? Und wer nicht? Ihm wurde übel. Er mußte an die Rampe im Konzentrationslager Auschwitz denken, an die Ärzte, die beim Öffnen der Viehwaggons entschieden, welche Juden sofort vergast wurden und welche vorher noch ein wenig arbeiten durften. Franz Hofer war kein Nazi. Er hatte sich sogar wiederholt gegen die Rassenpolitik Hitlers ausgesprochen. Und gemeint, daß er damals vielleicht sogar unter den Hitler-Attentätern gewesen wäre. Denn das NS-Regime habe die Bevölkerung gespalten und sich das Recht herausgenommen, Staatsbürger verschieden zu behandeln. Deshalb wäre es auch damals nötig gewesen, sagte Franz Hofer, rechtzeitig einzuschreiten. Und Hitler zu ermorden. Bevor sich sein Regime verfestigt hatte. Solche Fehlentwicklungen müssen rechtzeitig bekämpft werden. Damals wie heute. Rechtzeitig.

Franz Hofer stand nun schon sehr früh auf. Er ging über die Felder, die seit Tagen Rauhreif trugen. Er summte Melodien von Schumann und Mozart, nach Wagner seine Lieblingskomponisten. Er nahm nur noch wenig Nahrung zu sich, weil er so klarer denken konnte. Und beschäftigte sich immer wieder mit der Frage, wer die nächsten Opfer sein sollten.

Er hielt nichts davon, Ausländer selbst zu verletzen. Das war ihm zu billig, zu profan. Einige Tage überlegte er, jene Menschen als Adressaten zu wählen, die all die Jahre hindurch immer wieder Leserbriefe verfaßt hatten. Weil sie sich so schämten für den Staat, der nicht alle Asylbewerber ins Land ließ. Doch letztlich schienen ihm diese Schreiber nur geltungsbedürftig, aber unwichtig. Er wollte die treffen, die die Ausländer ins Land geholt hatten. Das Übel an der Wurzel packen, sagte er. Die Finger sollte sich verbrennen, wer schuld war am Zuzug der Fremden.

Seit dem Frühsommer hatte Franz Hofer gleichsam ein absolutes Gehör für die Auswahl potentieller Adressaten entwickelt. Es war oft nur ein Satz, eine Erwähnung, ein Insert unter dem Interviewpartner, das ihn wissen ließ, ein weiteres Opfer gefunden zu haben. Manche der Auserwählten hatten ein Gesicht, Augen, Worte, Namen. Andere waren gesichtslos wie Ämter, Kammern oder Vereine.

Eine Adresse hatten sie alle.

Einige der ausgewählten Opfer hatte Franz Hofer rasch wieder ausgeschieden, sie lebten zu nahe bei seinem Wohnort. Er wußte, daß er den Terror soweit als möglich auslagern mußte, um den Fahndern keine Einengung der verdächtigen Region zu ermöglichen. Je weiter weg der Tatort, desto besser. Er hatte oft genug gelesen, daß etwa das FBI eigene Leute beschäftigt, die auf die geografische Tätereinengung spezialisiert sind. Je mehr Attentatsziele es gab, desto leichter fiel es ihnen, den Aufenthalt des Täters zu eruieren. Sie dokumentierten auf Landkarten den mutmaßlichen Bewegungsablauf des Gesuchten, verbanden die Punkte mit Kreisen, wie Spinnenfäden, und wußten aus jahrzehntelanger Erfahrung, daß der Täter stets in der Mitte des Netzes zu finden war. Genau das wollte er verhindern. Freilich schien ihm auch die gegenteilige Vorgangsweise als zu durchsichtig. Würde er keine einzige der Bomben in seinem Gebiet, der Südsteiermark, plazieren und sie nur in andere Bundesländer verschicken, könnte der Verdacht erst recht wieder auf seine Region fallen.

Franz Hofer entschied sich deshalb für eine mehrstufige Lösung. Die Briefe wollte er weit weg von seinem Dorf aufgeben, aber nicht zu weit. Schließlich mußte er die Sprengkörper noch zu Hause scharf machen, damit sie absolut steril blieben, ohne Pollen und Spuren. Und zu lange wollte er die hochsensiblen Kuverts nicht am Beifahrersitz liegen haben. Nicht nur wegen der Gefahr des Umsetzens, sondern auch deshalb, weil LKW-Fahrer in den Fond seines Mitsubishi schauen und sich später an ihn erinnern könnten. Er wußte, daß Berufsfahrer stets Papier und Bleistift zur Hand hatten.

Die Selektion der Opfer konzentrierte er bald ganz auf die Bundeshauptstadt. Er wollte, daß seine Bomben dort einschlugen, wo die Regierung saß, der Innenminister, die Terrorfahnder, mitten hinein sollte der Schlag führen. Zwei der zehn Bomben wollte Franz Hofer allerdings nicht nach Wien schicken, um die Fahnder weiter zu verwirren. Sie sollten in der Steiermark detonieren. Ums Eck sozusagen. Bis zuletzt war er sich allerdings nicht sicher, ob dies tatsächlich taktisches Kalkül war oder nur seine eigene Rechtfertigung für den Wunsch, auch die treffen zu können, die er aus ganzem Herzen haßte. Wie diesen rabiaten Slowenenfreund. »An den Obmann des slowenischen Kulturvereins ›Artikel 7‹ persönlich, 8490 Bad Radkersburg«, tippte er auf das erste Kuvert. Und in drei Zeilen darüber: Er hatte nichts dagegen, daß der Artikel 7 des österreichischen Staatsvertrages auch der slowenischen Volksgruppe in der Südsteiermark Minderheitenrechte zubilligte. Er verabscheute nur das Eintreten für Minderheiten, die es gar nicht gab. Dieses künstliche Ereifern für die Slowenen, die angeblich in der Steiermark lebten. Seiner Rechnung nach waren es derzeit 23 Personen. Und die brauchten sofort zweisprachige Ortsschilder, und in den Schulen müsse selbstverständlich Slowenisch unterrichtet werden. Als Beispiel für die Unterdrückung hatte der Verein immer wieder den Ort Soboth angeführt. Eine winzige Siedlung an der Grenze zu Slowenien, wo die Minderheitenrechte mißachtet würden. Nur, in ganz Soboth, das hatte auch der dortige Bürgermeister in einem Leserbrief bestätigt, wohnte schon lange kein Slowene mehr. Franz Hofer wußte, was er zu tun hatte. Diesen Mann mit dessen eigenen Waffen schlagen. Der Brief sollte aus Soboth kommen, dann würde ihn der Slowenenfreund voller Neugier öffnen, um zu erfahren, wer ihm denn da geschrieben hätte, aus Soboth, dort, wo es ja gar keine Slowenen gab. Er tippte als fingierten Absender die Adresse »8554 Soboth, Soboth 53 a« und den Namen »Mag. Sivetz Franz«. Sivetz stand in der Umgangssprache der Slowenen für »der Graue, der Unsichtbare«. Franz hieß er ja wirklich. Er war stolz auf diese Namensschöpfung, weil er damit selbst als Absender auftreten konnte, ohne das Risiko einzugehen, tatsächlich identifiziert zu werden. Dieser Mann sollte ruhig spüren, daß er ein besonderes Opfer war. Chefsache sozusagen. Er merkte in diesen Stunden der Entscheidung, wie phantasievoll und gewitzt er sein konnte, obwohl er nie lachte. Die Auswahl der Opfer, die Kreation der Absender, all das machte ihm gehörig Spaß.

Mehr noch als beim Fertigen der Sprengkörper empfand er dabei eine Befriedigung, die ihn in eine Hochstimmung versetzte. Das zweite Kuvert dachte er dem Hartberger Pfarrer zu, diesem rotbäckigen Zündler. Franz Hofer verabscheute den Mann, weil er vehement für die Aufnahme von Flüchtlingen eintrat. Und das im Namen der Caritas. Als Absender wählte er diesmal den fingierten Namen »Mag. Karel Vutuc«. Vutuc hieß auf Slowenisch »der Freie«, der, der sich sein Recht nahm und machte, was er wollte. Damit hatte er die Steiermark abgehakt.

Es war November, und Franz Hofer war zum ersten Mal in seinem Leben zu dieser Jahreszeit euphorisch. Damals, nach seinem Plan, Selbstmord zu begehen, hatte er monatelang Antidepressiva gegen das Grau in seinem Kopf geschluckt. Nun hatte er eine bessere, effektivere Medizin gefunden gegen das drückende Gefühl der Niedergeschlagenheit und der Ohnmacht. Er war zum Terroristen geworden, zum österreichischen Terroristen, etwas, was es noch nicht gegeben hatte. Jetzt wollte er die Macht, die er sich selbst geschaffen hatte, ausbauen. Er wollte mehr, viel mehr.

Franz Hofer gedachte, sich selbst neu zu erschaffen. Als Terrorist wollte er mit seiner Biographie als verkanntes Genie, das zurückgezogen, unbeachtet und völlig unbedeutend vor sich hinlebte, radikal brechen. Und in die Rolle seines Lebens schlüpfen.

Ein Gedanke hatte ihn in den letzten Tagen verfolgt. Er hatte ihn immer wieder verworfen, weil er ihm anmaßend erschien, doch er war da, drängte sich auf, ließ sich nicht mehr abschütteln, solange, bis sich Franz Hofer mit ihm angefreundet hatte. Ein historisches Planspiel. Seine Bomben als Teil eines gigantischen, überdimensionalen Strategiespiels, in dem er die Figuren setzte, die Marschrichtung vorgab, die Regeln entwarf. Und in dem nur einer gewinnen konnte. Er. Sobald Franz Hofer die Idee an sich herangelassen hatte, fühlte er sich wie elektrisiert. Er fuhr nach Graz, in die Bibliothek der Universität, lieh sich Geschichtswälzer aus, studierte historische Landkarten, las viel über bedeutende historische Persönlichkeiten und stieß dabei immer wieder auf ein Thema, das ihn sofort, wie instinktiv, einnahm. Die zweite Türkenbelagerung Wiens im Jahre 1683. Der Sieg des christlichen Heeres unter Graf Ernst Rüdiger von Starhemberg gegen die Übermacht der anrückenden Türken. Abendland gegen Orient, das war es, was er umsetzen wollte. Umgelegt auf heute. Ein Kunstwerk, feiner noch als seine Bomben. Er wußte, daß er es schaffen würde, den Krieg von damals nachzustellen. Jetzt konnte er Geschichte schreiben. Im Namen des Grafen Starhemberg. Franz Hofer war glücklich. Und machte sich an die Arbeit.

Er vertiefte sich in das Leben des Feldmarschalls Ernst Rüdiger Graf Starhemberg. Im großen Wien-Lexikon fand er schließlich all die Details, die er brauchte. Franz Hofer notierte sich die entscheidenden Passagen. »Ernst Rüdiger Graf Starhemberg, Feldmarschall, geboren am 12. Jänner 1638 in Graz, gestorben am 4. Jänner 1701 auf seinem Gut in Wesendorf. Starhemberg kam als Sproß eines uralten Adelsgeschlechtes zur Welt, studierte bei den Jesuiten, trat nach der damals üblichen Bildungsreise in den Hofdienst, fungierte bei der Krönung Leopolds I. in Frankfurt/Main als dessen Kämmerer, widmete sich sodann dem Verwaltungsdienst und wirkte als Landrat. Seine Neigung führte ihn zur militärischen Laufbahn. Er machte die Belagerung von Stettin mit (1659), kämpfte in den Türkenkriegen unter Montecuccoli (wobei er sich besonders 1664 in der Schlacht bei St. Gotthard auszeichnete) sowie auf anderen Kriegsschauplätzen und wurde rasch befördert: 1675 zum Generalwachtmeister, 1680 zum Wiener Stadtkommandanten und zum Oberst der Wiener Stadtguardia, 1682 zum Feldzeugmeister. In der größten Gefahr wurde ihm das Schicksal der von den Türken bedrohten Haupt- und Residenzstadt Wien anvertraut, deren erfolgreiche Verteidigung den Höhepunkt seines Lebens bildete.«

Franz Hofer war hingerissen. Eine bessere Figur hätte er sich nicht vorstellen können. Vor allem der letzte Satz, den er herausgeschrieben hatte, stand auch für sein eigenes Werk. Er las weiter: »Am 9. Juli 1683 traf Starhemberg mit seiner Kavallerie in Wien ein, wo dann rund 13.000 Mann reguläre Truppe und ungefähr 8.000 Freiwillige der waffenfähigen Bürger-, Studenten- und Handwerkermilizen 280.000 Türken unter Großvezier Kara Mustapha gegenüberstanden.« Zehn Briefbomben, dachte Franz Hofer, gegen eine Million Ausländer. »Starhemberg ließ die Vorstädte niederbrennen, organisierte die Verproviantierung und die Versorgung mit Munition und setzte so die Stadt in volle Verteidigungsbereitschaft.« Auch er hatte alle Vorkehrungen für den militärischen Einsatz getroffen. »Mit eiserner Strenge hielt er die Disziplin aufrecht und hob durch sein persönliches Beispiel den Mut der Verteidiger. Trotz mehrfacher Verwundungen und einer Ruhrerkrankung inspizierte Starhemberg neben seinen sonstigen dienstlichen Verpflichtungen als Mitglied der Regierungsbehörde bei Tag und Nacht die Wälle und Minen und verbrachte die übrige Zeit in der Turmstube des Stephansdomes, um die strategischen Bewegungen des Feindes zu beobachten und rasch Gegenmaßnahmen ergreifen zu können. Zwei Monate lang verteidigte Starhemberg die Stadt, die allerdings trotz der heroischen Abwehr der feindlichen Umklammerung erlegen wäre, hätte nicht am 12. September das aus kaiserlichen, polnischen, bayrischen und sächsischen Truppen bestehende Entsatzheer unter König Sobieski vom Kahlenberg her eingegriffen und das türkische Heer besiegt.« In einem anderen, aus dem Jahre 1883 stammenden Buch hieß es: »Die unbeugsame Strenge, welche der Vertheidiger Wiens bei jeder Gelegenheit bethätigte, das heftige Temperament, das ihn oft zu harten, verletzenden Worten hinreissen liess, und die oft schroffe Weise, mit der er seiner Überzeugung Ausdruck lieh, haben ihm viele Widersacher zugezogen, so dass das Bild, welches uns die Zeitgenossen über diesen merkwürdigen Mann hinterlassen, dadurch ein wenig getrübt ist. In seinem Privatleben von untadelhaften Sitten, besass der berühmte Feldmarschall hohe Bildung nebst allen Fachkenntnissen eines ausgezeichneten Officiers, redete und schrieb gewandt mehrere Sprachen, war ein vorzüglicher Reiter, hielt sich einen auserlesenen Marstall und liebte leidenschaftlich die Jagd. Schon am 25. September 1683 verliess Feldmarschall Graf Starhemberg Wien und übernahm wieder das Commando über die kaiserliche Infanterie, kämpfte in der Schlacht von Parkany, betheiligte sich an der Belagerung von Gran und im darauffolgenden Jahr an jener von Ofen, musste aber krankheitshalber die Armee verlassen und wurde wieder Stadt-Commandant von Wien.«

Franz Hofer wußte längst, unter welchem Namen er seine Sprengkörper verschicken würde. In wessen Namen er Geschichte schreiben würde. Einer der folgenden Absätze aber machte ihm geradezu beklemmend deutlich, daß er wohl nicht zufällig, sondern unterbewußt, die richtige Figur für seine Schlacht gefunden hatte. »1686 unter Lothringen an der zweiten Belagerung von Ofen theilnehmend, ward er während einer Recognoscirung schwer verwundet und musste ihm ein Finger der linken Hand abgenommen werden.« Ein Finger der linken Hand. Genau diese Verstümmelung war es, die er als Minimalergebnis seiner Briefsendungen berechnet hatte. Soweit er seine Opfer im Fernsehen beobachten konnte, wußte er, daß sie alle Rechtshänder waren. Das hieß, daß sie seinen Brief in die linke Hand nehmen würden, um ihn mit der geschickteren Rechten zu öffnen. Der Druck der Explosion würde so vor allem die linke Hand treffen. Franz Hofer kam vor, als würde er nun Rache nehmen an denen, die den Grafen verwundet hatten. Er sank immer tiefer in eine Welt, die mehr als 300 Jahre vergangen war und in der Ehre noch etwas zählte. Und Mannhaftigkeit. Und Treue. Franz Hofer war ein zweites Mal geboren worden. Als Graf Ernst Rüdiger von Starhemberg. Das war kein Fall von Schizophrenie, sagte er sich, das war Schicksal. Gottbestimmtes Schicksal.

Franz Hofer fand nun kaum noch Schlaf. Er saß über historischen Plänen, zumeist die ganze Nacht, studierte die einzelnen Regimenter, zählte Kompanien, skizzierte die Linien des anrückenden Entsatzheeres sowie die Ausgangspunkte der wichtigsten Gefechte. Dann übertrug er die gewonnenen Daten auf aktuelle Landkarten. Nach drei Tagen aufwendigster, auch physisch erschöpfender Recherche hatte Franz Hofer seinen Plan in die Tat umgesetzt.

Er hatte vier Orte ausgewählt, um den Entsatzungsplan der christlichen Armee aus dem Jahre 1683 nachzuvollziehen. Dort würde er die Sprengkörper in einen Postkasten werfen. Hollabrunn. Niederrußbach. Stockerau. Und Tulln. Sie lagen nördlich von Wien, nahe genug, um den Auftrag in zwei bis drei Autostunden abschließen zu können. Und weit genug voneinander entfernt, um den Eindruck zu erwecken, daß hier mehrere Täter unterwegs waren.

In Hollabrunn, so hatte er gelesen, war es 1683 zum Zusammenschluß des kaiserlichen Heeres unter der Führung von Herzog Karl V. von Lothringen und dem polnischen Entsatzheer unter der Führung des Polenkönigs Jan III. Sobieski gekommen. »Carl von Lothringen war während des Anmarsches theils durch den Hofkriegsraths-Präsidenten, theils durch Personen seines Stabes, die er bei den Hilfstruppen beglaubigte, über deren Bewegungen in Kenntniss erhalten worden. So wurde ihm denn auch bekannt gegeben, dass der König von Polen am 31. August in Hollabrunn nächtigen werde. Bei dieser Gelegenheit sahen sich die Männer zum ersten Male, in deren Hände nun die Zukunft des gesammten christlichen Europa gelegt war.«

Stockerau, eine Stadt an der Donau, hatte den kaiserlichen Truppenverbänden und dem Entsatzheer als Beobachtungsposten gedient. Und Kurfürst Max Emanuel von Bayern hatte das Kommando erhalten, von Stockerau aus die Stadt

Tulln einzunehmen. Dort war es zur Vereinigung des gesamtes Heeres gekommen. »Gegenstand der Berathungen war die Wahl des Weges, auf welchem das Entsatzheer nach Wien zu führen wäre und kamen alle diesfalls gemachten, an früherer Stelle schon erörterten Vorschläge zur Sprache. Endlich pflichtete König Sobieski, mit Rücksicht auf die bedrängte Lage Wiens, die jeden Zeitverlust ausschloß, den Ansichten Carl von Lothringens bei. Es wurde die Richtung von Tulln über das Kahlengebirge als Anmarschlinie bestimmt und diese allen weiteren Berathungen zu Grunde gelegt. Der Kriegsrath beschloss, dass die kaiserlichen und polnischen Truppen bei Tulln, die sächsischen bei Krems die Donau zu überschreiten haben. Letztere hatten, vereint mit den bei Krems lagernden kaiserlichen, bayerischen und fränkischen Truppen ebenfalls nach Tulln zu rücken, so dass am 5. September das Gesammtheer in der Ebene bei Tulln vereinigt wäre.« Im Zuge dieses Anmarsches, hatte Franz Hofer recherchiert, war auch der Rußbach umkämpft. Die Türken hatten es kurzfristig geschafft, ihn zu überschreiten, wurden dann aber von den kaiserlichen Truppen zurückgeschlagen. Niederrußbach würde sein letzter Aufgabeort sein.

Franz Hofer hatte seinen Aufmarschplan abgeschlossen. Er verband Hollabrunn, Tulln, Stockerau und Niederrußbach mit einer Linie. Die Innenfläche des so entstandenen Dreiecks bildete genau jenes Gebiet, von dem aus die Truppen 1683 zum Gegenschlag ausholten.

Jetzt ging es nur noch darum, unter all den möglichen Opfern jene Figuren auszumachen, die sich perfekt in sein Planspiel einfügten. Franz Hofer hatte verdrängt, daß er Menschen verletzen, sie vielleicht töten würde. Er verschob Figuren. Glich Biographien ab. Recherchierte Adressen im Wien des Jahres 1683. Schlug im aktuellen Telefonbuch der Post nach. Und ließ nebenbei stets den Fernseher laufen. Womöglich drängte sich ja noch ein ganz anderes Opfer auf, das er bisher übersehen hatte. Die Moderatorin der ORF-Sendung *Heimat, fremde Heimat* hatte in seinem Spiel bereits einen Fixplatz. Franz Hofer hatte das Magazin in den letzten Wochen fast jeden Sonntag verfolgt. Dort durften Gastarbeiter aus Polen, Jugoslawien, Rumänien oder der Türkei auftreten und in die Kamera raunzen. Wie schlecht es ihnen doch gehe in Österreich. Die Armen. Wenn ihnen etwas nicht paßt, sagte Franz Hofer – manchmal sprach er auch mit dem Fernseher, etwas, was seine Mutter regelmäßig zu tun pflegte, etwa wenn der Nachrichtenmoderator einen guten Abend wünschte – wenn ihnen was nicht paßt, dann sollen sie sich heimschleichen, dorthin, wo sie herkommen. Und die ORF-Moderatorin sollte gleich vorausgehen. Diese Zigeunerin. Er versah den Brief mit dem Vermerk »persönlich«. Als Absender erfand er den Namen »Mehmet Antic«, was übertragen »Denkzettel des Gelobten« bedeutete. Die Adresse des Österreichischen Rundfunks lag unmittelbar neben dem Montecuccoli-Platz. Sein Namensgeber, der Feldmarschall Raimund Fürst Montecuccoli war ein bedeutender Feldherr im Kampf gegen die Türken und der Lehrmeister von Karl V. von Lothringen gewesen. Die erste Briefbombe war damit fertig und erfüllte alle Ansprüche, die Franz Hofer an sein Planspiel gestellt hatte.

Franz Hofer hatte herausgefunden, daß sich geistliche Würdenträger während der Belagerung Wiens durch besonderen persönlichen und finanziellen Einsatz für die bedrohte Stadt hervortaten, der ehemalige Geistliche Achmet Bey aber für die türkischen Besatzer eintrat. Er hatte die Lage und Ausmaße der strategisch wichtigsten Basteien abgezeichnet und diesen Plan an die Osmanen verkauft. In seine Rolle sollten der Pfarrer aus Hartberg und der Monsignore der Caritas schlüpfen. Erst zwei Tage zuvor, am 23. November 1993, hatte er sich mit einem Auftritt in der ORF-Reihe *Orientierung* das vorläufig letzte Mal für das Planspiel interessant gemacht. Daß der Sitz der Caritas noch dazu in der Wiener Schönburggasse war, die exakt in jenem Bereich lag, in dem 1683 die erfolgreiche Abwehrschlacht stattgefunden hatte, machte Franz Hofer noch fröhlicher. Er hatte recherchiert, daß auch der Sitz der Regierung am Ballhausplatz, das Parlament an der Ringstraße und das Wiener Rathaus genau im Kampfgebiet von damals lagen. Den Brief an den Wiener Bürgermeister versah Franz Hofer mit dem Absender »Norbert Urban«, der im Norden Berühmte. Die ORF-Moderatorin, der Bürgermeister, der Hartberger Pfarrer, der Monsignore. Das fünfte Kuvert ging an den slowenischen Kulturverein. Nummer sechs war ein absoluter Glücksfall: eine Abgeordnete der Grünen, mit einem Bosnier verheiratet, im Telefonbuch unter der Adresse Barawitzkagasse angeführt. Genau an der Stelle, wo diese Gasse heute lag, hatte 1683 der wichtigste Kampf seinen Ausgang genommen. Franz Hofer sprach sie schuldig. Als Absender führte er erneut »Mehemt Antic« an. Nummer sieben sollte diese Grün-Abgeordnete mit dem kroatischen Familiennamen sein; sie hieß mit Vornamen Theresia, er schrieb sie Terezija. Adresse: Parlament. Sie hatte sich zu oft für die kroatische Minderheit im Burgenland verwendet. Ihr Titel »Flüchtlingsbeauftragte« war Franz Hofer Befehl. Nummer acht ging an die »Arbeitsgemeinschaft für Ausländerbeschäftigung bei der Bundeskammer der Gewerblichen Wirtschaft«. Der Name allein sagte schon alles. Die Adresse Schaumburggasse lag parallel zur Graf-Starhemberg-Gasse und bildete 1683 einen der Laufgräben der Verteidiger. Nummer neun richtete Franz Hofer gegen die Frauenministerin. Adresse: Ballhausplatz. Sie hatte sich für die Aufnahme vergewaltigter Frauen aus dem jugoslawischen Bürgerkriegsgebiet ausgesprochen. Laut, emanzenmäßig, widerlich. Den letzten Sprengkörper wollte Franz Hofer an den »Islamischen Ausländerhilfsverein« schicken. Als Absenderadresse tippte er, wie bei drei weiteren Bomben, »Neubaugürtel«. Dort hatte sich damals das Hauptlager der Türken befunden.

Franz Hofer legte alle zehn Kuverts vor sich auf. Sein Planspiel war Realität geworden. Er stand auf, holte eine Nitrolösung aus dem Nachtkästchen und bepinselte noch einmal alle Kuverts. Dann nahm er einen Schwamm und befeuchtete damit die Briefmarken. Kloster Loretto, sieben Schilling. Er hatte keine Kosten gescheut. Sechs Schilling hätten gereicht, aber die Loretto-Marke gab es nur um sieben Schilling. Und nur sie konnte die Befreiung Wiens von den Türken symbolisieren. Franz Hofer hatte auswendig gelernt, was das alte Buch über Loretto wußte. Er richtete sich auf und rezitierte: »Das Volk drängte sich zum Polenkönig, um dessen Hand, Fuß oder Kleid zu küssen, was dieser willig geschehen ließ. Hierauf hörte der Polenkönig eine stille Messe in der Loretto-Kapelle in der Augustinerkirche und stimmte dann das ›Te deum laudamus‹ an, während zum ersten Male wieder Glocken läuteten und 300 Kanonenschüsse den allgemeinen Jubel in die Umgebung trugen.«

Die Entscheidung hatte Franz Hofer schon vor Wochen gefällt. Er würde sich die Bomben zu seinem Geburtstag im Dezember schenken. Der 1. Dezember sollte den Kampf einleiten. An diesem Tag würde er zum österreichischen Terroristen werden. Die Auswahl des fixen Datums war der Beweis dafür, daß er es ernst meinte, daß er sich nicht mehr zurückziehen, sondern endlich losschlagen würde. Die Psychiater hatten ihm damals im Feldhof wieder und wieder ins Gewissen geredet: Wenn Sie einmal ein bestimmtes Datum für Ihren Selbstmord im Kopf haben, Herr Hofer, dann müssen Sie sofort zu uns kommen. Denn wenn man sich einmal festgelegt hat, dann macht man es auch.

Er zog den grauen Anzug an und frisierte sich noch einmal.

Vernehmungsprotokoll vom 22.10.1993

[Welcher Volksgruppe sich der Beschuldigte zugehörig fühlt.] Mein Kinn, das ein wenig nach vor steht, würde ich eher als germanisch beschreiben. Die Nase ist gerade, dies sagt nichts aus. Die Nordgermanen, Ostgermanen

und Slawen haben eher nach oben gekrümmte Nasen. Nach unten gekrümmte Nasen findet man eher bei den Westgermanen, bei den Deutschen und den Deutsch-Österreichern. Meine eher dünnen Haare deuten eher auf eine keltisch-germanische oder slawische Abstammung. Die Augen sind braun, dies ist ein Zeichen, daß ich eher nicht von den Ostseevölkern abstamme. Allerdings hat mein Bruder helle Augen. Meine braunen Augen sprechen eher für eine Herkunft von schon immer hier ansässigen Völkern. Keineswegs läßt sich aus den braunen Augen schließen, daß ich slawischer Abstammung bin. Braune Augen sind mit Sicherheit kein slawisches Merkmal. Ich selbst würde sagen, daß ich »kein richtiger Typ« bin. Als Kind habe ich eher leicht rötliche Haare gehabt. Jetzt färbe ich ein wenig rötlich nach.

Vernehmungsprotokoll vom 02.12.1997

[Die eigentlichen Motive der Briefbombenversendung.] Der Entschluß zur Briefbombenverschickung basiert eigentlich auf mehreren Aspekten.
1) In der Politik und in der Wirtschaft gab es fast keine deutschen Namen mehr. Es hat eine deutliche Diskriminierung der deutsch-österreichischen Bevölkerungsgruppen bei der Besetzung von Spitzenpositionen gegeben. Aber lesen Sie den Brief an den Vizeleutnant, da steht alles drin.
2) In der Ministerliste gab es fast nur slawische Namen.
3) Es gab einen permanenten Zuzug von Slawen und anderen Ausländern. Damals ist fast 1 Million Ausländer zugezogen, bedingt durch den Fall des Eisernen Vorhanges in Osteuropa und gestützt und gefördert durch die österreichische Bundesregierung. Dies hat eine Verschiebung der Volksgruppenverhältnisse zu ungunsten

der Deutsch-Österreicher bewirkt. Diese haben Volksgruppenvertreter, Teile des Klerus und Abgeordnete, die keine wichtigen Aufgaben zu erledigen haben, unterstützt. Dann können die vor die Mikrophone treten und losplaudern. Manche sind halt extrem unterbeschäftigt und beschäftigen sich mit den Stielen der Eierspeispfannen oder derlei wichtigen Dingen.

[Der Wiener Bürgermeister] Aber der hat ja eigentlich alle 3 Tage im Fernsehen gesagt, die Steirer sind auch nach Wien gezogen, so eine Frechheit, außerdem hat er behauptet, Wien hat vom Zuzug stets profitiert. Das war sein Schlachtruf. Dann hauen wir alle durcheinander, Chinesen und Steirer, Türken und Slawen, ich finde, das ist doch eine Frechheit. Dann hat er noch die Ghanesen und die Vietnamesen zusammengemischt.

[Die beiden Abgeordneten der Grünen] Grundsätzlich bin ich auch für die Grünen, weil sie ja ursprünglich nur die Natur im Parteiprogramm gehabt haben. Dann sind sie aber mit der Umvolkung gekommen. Bei Tieren sind sie für den Artenschutz eingetreten, beim Menschen sind sie für die Einheitsrasse.

[Die ORF-Moderatorin] In ihrer Sendung werden den Ausländern Tips gegeben, wie man sich in Österreich einnistet. Es ist dies die Sendung Heimat, fremde Heimat. *Da werden Tips gegeben, wenden Sie sich an den oder den Anwalt oder gehen Sie dorthin, es gibt einen ganzen Ring von Anwälten, die gratis für Ausländer arbeiten. Ursprünglich hatte diese Sendung eigentlich den Zweck, den Burgenland-Kroaten und den Kärntner Slowenen eine eigene Sendung zu geben. Diese Sendung hatte ursprünglich eine ganz andere Zielrichtung. Sie sollte nämlich die Kärntner Slowenen und diese Burgenland-Kroaten unterstützen. Jetzt ist etwas ganz anderes daraus geworden, nämlich eine Schleppersendung zur Hilfestellung für Immigranten.*

[Der Caritas-Präsident] So wie der Monsignore; seine Ausländerparolen sind sehr oft im Fernsehen gebracht

worden, der hat sie auch noch mit großer Überzeugungskraft gebracht.
[Bundeswirtschaftskammer] Da brauchen wir doch nichts schreiben. Die schleppen die Gastarbeiter ein, und wenn dann die Gewerkschaft für die Österreicher mehr Geld fordert, dann sagen die Unternehmer, ihr könnt ja gehen, wenn euch was nicht paßt, wir haben eh die Ausländer, die um weniger Geld arbeiten.
[Kulturverein Artikel 7] Die wollen für gezählte 23 Slowenen den Volksgruppenstatus haben. Wenn die das kriegen, kommen dann die Italiker daher, dann die Veneter, die Illyrer und vielleicht auch der Ötzi mit den Ötzianern, dann will jeder seine eigene Volksgruppe mit allen Vorteilen haben. Dem Obmann kommt es doch nicht auf die 23 Leute an, sondern nur darauf, daß er seinen Posten hat.
[Hartberger Pfarrer] Über ihn sage ich nichts weiter, der ist nicht so wichtig, sonst hätte er eine stärkere Ladung bekommen.
[Islamischer Ausländer-Hilfsverein] Die sagen auch, wir helfen euch, daß ihr kommen könnt. Vom Namen her war das zumindest so. Die haben auch profane Zielsetzungen gehabt, nicht nur politische und religiöse. Aber dazu gibt es nicht mehr Aussagen. Sie stellen immer gefährliche Fragen, dazu will ich diese Woche nichts sagen.

LOSGEGANGEN

Bericht der Frankfurter Allgemeinen Zeitung

Wien, 6. Dezember. Das mittels einer Briefbombe ausgeführte Attentat auf den populären Wiener Landeshauptmann und Bürgermeister hat die österreichische Öffentlichkeit erschüttert. Der sozialdemokratische Politiker ist

schwer verletzt worden. Bis zum Montag hat sich die Attentatsserie, die am Freitag begann, auf zehn Bombenanschläge erhöht. Die Sicherheitsbehörden hatten übers Wochenende vor der Möglichkeit weiterer Explosionen – auch eventuell im Westen Österreichs – dringend gewarnt. Soweit es sich bisher habe ermitteln lassen, seien alle mit Nitroglycerin und einem elektrischen Zündmechanismus fabrizierten Briefbomben nahezu gleichzeitig am Freitag in mehreren nahe beieinander gelegenen kleineren Ortschaften im nördlichen Niederösterreich aufgegeben worden. Wegen der von den Tätern mutmaßlich einkalkulierten Verzögerungen bei der Auslieferung der jetzt in hoher Zahl anfallenden Weihnachtspost lägen weitere Detonationen »im Bereich des Möglichen«.
Tatsächlich waren denn auch bis Montag mittag weitere Briefbombenopfer zu beklagen. In einer Anwaltskanzlei der Wiener Innenstadt wurde eine Sekretärin schwer verletzt. Zuvor waren Briefbomben bei zwei bekannten Politikerinnen der Grünen eingegangen, aber rechtzeitig entschärft worden. Die von der SPÖ gestellte Ministerin für Frauenfragen, deren Post im Bundeskanzleramt eingeht, ist – dank der Aufmerksamkeit der Kanzleibeamten – einem Anschlag ebenso entgangen wie schon am Samstag der Präsident der österreichischen Caritas.
Gleich nach den ersten Anschlägen, denen am Freitag und Samstag eine ORF-Redakteurin und ein steirischer Arzt zum Opfer gefallen waren, hatte die österreichische Sicherheitsdirektion eindringliche Warnungen an die Bevölkerung und besondere Warnungen persönlich an den nach einem ersten »Täterprofil« als besonders gefährdet eingeschätzten Personenkreis gerichtet. Der Wiener Bürgermeister hatte, wie verlautet, zu diesem Kreis der vorgewarnten Politiker gehört, habe aber offenkundig sich selbst nicht für gefährdet gehalten. Er hatte sich, am späten Sonntag abend von einer Auslandsreise zurückgekehrt, seine Privatpost nach Hause bringen lassen. Er

ist aufgrund der zunächst als lebensgefährlich eingeschätzten Verletzungen mit hohem Blutverlust nach der Detonation der Briefbombe, die ihm fast die ganze linke Hand abgrissen hat, ins Wiener Allgemeine Krankenhaus eingeliefert worden. Am Montag mittag verlautete, der Bürgermeister sei vorerst außer Lebensgefahr.

Zu dieser Zeit hatte die Fahndung nach den Tätern noch keinen Erfolg gezeitigt. Wohl aber erhoffen Fachleute, sich aus der Art und der materiellen Aufbereitung der Anschläge sowie aus den Zielobjekten der Opfer ein Bild der Täter entwerfen zu können. Der hohe Stand der physikalischen und chemischen Technik, der in den einen normalen Brief kaum an Gewicht und Stärke übertreffenden Bomben stecke, lasse auf einen speziell geschulten Einzeltäter oder ein entsprechend ausgebildetes Team denken. Der bisher jedem Bombenbriefumschlag beigelegte Zettel mit der Aufschrift »Wir wehren uns. Gruß vom Grafen Starhemberg« weist auf in der österreichischen Geschichte beschlagene Täter hin.

Graf Ernst Rüdiger von Starhemberg hat, wie freilich die meisten Österreicher aus dem Schulunterricht wissen, bei der zweiten Türkenbelagerung 1683 die Verteidigung Wiens bis zum Eintreffen des polnischen Entsatzheeres unter Jan Sobieski organisiert. Der Leiter des »Dokumentationszentrums des österreichischen Widerstandes« hat am Montag darauf aufmerksam gemacht, daß Graf Starhemberg (im Unterschied zu seinem Nachkommen im 20. Jahrhundert, dem Heimwehr-Führer Fürst von Starhemberg) in rechtsradikalen Kreisen Österreichs als »siegreicher Bekämpfer der Türken und des Islam« gilt, als bewundernswerter und beliebter Held dargestellt wird und im Zuge der neonazistischen und ausländerfeindlichen Propaganda etwa in den einschlägigen, zumeist verbotenen Zeitschriften wie Halt! *oder* Sieg! *immer wiederkehre. In solchen Kreisen zirkulierten auch aus Amerika importierte Computerdisketten, die detail-*

lierte Anweisungen zur Herstellung von Sprengstoffen und zum Zusammenbau von Bomben aller Art böten. Nach zunächst kursierenden Vermutungen, die Täter seien unter terroristischen Organisationen des Balkans, also etwa aus Serbien, zu suchen, neigten am Montag die Behörden eher dem Verdacht zu, sie könnten »rechtsradikalen Kreisen« des Inlands angehören. An konkreten Hinweisen fehlt es jedoch weiterhin. Über die politischen Implikationen hat es weitere Unterstellungen gegeben, auch allerlei unter dem Eindruck der in der Zweiten Republik neuen Terrorwelle stehende »Schuldzuweisungen«, sowie mahnende Versuche, solche gefährliche Vergiftung des politischen Klimas Österreichs jetzt zu steuern. In einer Fernsehdiskussion der Bundesvorsitzenden der im Parlament vertretenen Parteien fehlte es nicht daran, den Führer der Rechtspopulisten als letztlich verantwortlich für die angenommene Anti-Ausländer-Welle hinzustellen. Der Parteichef hingegen beklagte das Unglück seines »väterlichen Freundes« und bestärkte die allgemein geäußerte Ansicht, daß nur eine rückhaltlose Aufklärung und strenge Bestrafung der Täter, aber auch die offene Diskussion über die massenpsychologischen Hintergründe Österreich den Frieden erhielten.

Thomas Lümmer besorgte sich seine Zeitungen am Kiosk, der auf dem Weg zum Büro lag. Die Blätter waren voll davon. Nicht nur die österreichischen Gazetten. Die Terroranschläge beschäftigten auch die Journalisten im Ausland. In Deutschland. Und sogar in den Vereinigten Staaten. Seit der Waldheim-Krise hatten sie wenig zu tun mit Österreich. Das hatte sich geändert. *New York Times. Neue Zürcher Zeitung. Bild-Zeitung.* Sie witterten eine große Sache. Eine ganz große. Auch wenn es am Anfang nicht danach aussah. Zumindest nicht auf den ersten, oberflächlichen Blick.

Adventzauber. Die Hektik der Innenstadtbesucher in der Weihnachtszeit wirkte auf Lümmer ansteckend. Der unangenehme innere Zwang, alles schneller zu erledigen, als es eigentlich notwendig wäre, übertrug sich auf ihn. Jedes Jahr. Er erhöhte seine Schrittgeschwindigkeit, um den Weg zwischen der U-Bahnstation und seiner Dienststelle möglichst zügig zurücklegen zu können. Möglichst schnell durch die Wolken aus Bratkartoffeln und Aktionsparfüm. Doch auch im Gebäude des Innenministeriums in der Bräunergasse stank es. Von außen ein sehr ansehnliches Haus, im Inneren der Charme eines unrenovierten Postamtes. Wegweiser und Namensschilder mit den verschiebbaren kleinen, weißen Ansteck-Buchstaben. Die findet man nur in Ämtern. Ein klassisches Wiedererkennungsmerkmal.

Das Reinigungspersonal verwendete, wie üblich, ein einprägsam riechendes Desinfektionsmittel. Besonders im Fahrstuhl hielt sich dieser spitalsartige Geruch während des gesamten Tagesverlaufs hartnäckig. Lümmer gelang es jedoch, zumindest sein Büro sowie den Vorraum seiner Sekretärin atmosphärisch einigermaßen ansprechend zu gestalten.

Die äußeren Abläufe glichen denen eines beginnenden normalen Arbeitstages. Kaffee, kleines Croissant und die weißen Pantoffeln anstelle der Winterstiefel. Doch nichts war mehr so wie vor dem Wochenende. Diesem Wochenende. Im Wandschrank hingen seine FBI-Abzeichen. Der führende Kriminalpsychologe des Innenministeriums hatte eineinhalb Jahre in den Vereinigten Staaten verbracht. Im Federal Bureau of Investigation wurde er nach seinem Studium zum Profil-Fahnder ausgebildet. In Österreich gab es von diesen Kriminalisten vielleicht eine Handvoll. Bilder von ihm und seinen Lehrern. Kapazitäten aus dem Bereich der Kriminologie. Die Amerikaner waren unseren Sicherheitsbehörden um Jahre voraus. Wie in vielen Dingen. Zeugnisse, Auszeichnungen, Examen und Orden. Erinnerungsstücke. Sentimentalitäten. Wie die FBI-Schirmmütze.

Er hatte sie bei seiner Übersiedlung von der Innsbrucker Bundespolizeidirektion, wo er als »einfacher Streifenpolizist« seinen Dienst in der Exekutive begonnen hatte, nach Wien mitgenommen. Genauso wie das Kinoplakat an der Wand. *Perfect World*. Mit der war es in Österreich vorbei. Vorerst.

Dann war da noch die Glaskugel. Dieses Einrichtungsstück war über die Grenzen der Bräunergasse hinaus legendär. Sie sorgte bei Besuchen in Lümmers Büro immer wieder für Erheiterung. Die hohle Glaskugel mit ihren Elektroblitzen im Inneren. Wenn der Stecker angesteckt war. Ansonsten eine normale Kugel, die immer wieder zu spöttischen Bemerkungen Anlaß gab. Kriminalisten und Wahrsagerei. Kaffeesud. Als ein Fotograf glaubte, Lümmer und die Kugel seien ein besonders gelungenes Motiv, protestierte Lümmer heftig. Das Bild kam nie zustande.

Auf seine Spezialausbildung beim FBI war Lümmer stolz. Er hatte sich hochgearbeitet. Er wußte, was es hieß, auf Streife zu gehen. Das hatte er in Innsbruck getan. Nebenbei das Psychologiestudium. Von nichts kommt nichts. Nischen suchen. Neue Wege gehen und nur so Erfahrungen sammeln. Fallbeispiele von Serienkillern analysieren. Sie in den Gefängnissen besuchen – alle Abzeichen hatten ihre Berechtigung. Er war schon lange kein Streifenpolizist mehr. Er war aufgestiegen in der Hierarchie des Innenministeriums. Und jetzt die Briefbomben. Das könnte sein Fall werden. Für seine wirkliche Karriere.

Am Freitag ging alles los. Niemand ahnte, daß es ein Anfang war. Der Hartberger Pfarrer öffnete seine Post. Ein ganz normaler Brief, ein Wahnsinnsknall. Das Gesicht war voll Blut, die linke Hand zerfetzt. Der Absender: ihm gänzlich unbekannt. Karel Vutuc. Ein brutaler Racheakt. Der Pfarrer war bekannt für sein Engagement. Er half Flüchtlingen. Vermutlich fühlte sich Karel Vutuc benachteiligt. Vielleicht hatte ihn der Pfarrer übersehen. Vielleicht hatte er sich nicht genug Zeit für seine Anliegen genommen. Fast zeitgleich in der Bundeshauptstadt: Die Moderatorin der ORF-Sendung *Heimat, fremde Heimat* wollte einen an sie adressierten Brief lesen. Das Kuvert explodierte. Die Mutter eines fünfjährigen Sohnes verlor Teile ihres Ringfingers, Splitter mußten ihr aus den Augen entfernt werden. Der Absender: ihr unbekannt. Mehmet Antic. Wieder ein Ausländer. Und wieder setzte sich das Opfer für Ausländer ein.

Die beiden Briefbomben verschlief Lümmer. Freilich nicht im eigentlichen Wortsinn. Er nahm von ihnen Notiz. Er hörte die Nachrichten. Er war in seinem Büro. Doch es war Freitag. Im Innenministerium herrschte keine nötige Aufregung. Lage falsch eingeschätzt. Die steirischen Sicherheitsbehörden rekonstruierten die Vorgänge. Die Wiener auch. Der Bevölkerung wurden im Fernsehen Aussehen und Beschaffenheit der beiden Briefumschläge erklärt. Allerdings nur sehr vage. Warnung. Allerdings nur sehr vorsichtig. Nicht auszuschließen, daß weitere Bomben in Umlauf seien. Nur keine Panik. Panik schafft Arbeit. Der Wiener Polizeipräsident informierte den Bürgermeister über die Vorkommnisse. Er war auf dem Weg nach Zürich und sollte auf jeden Fall von den Briefbomben erfahren. Schließlich weiß man nie. Zwei Explosionen. Zwei Bomben per Post. Eigentlich recht einzigartig für ein Land wie dieses. Aber alles im Griff, nur keine Sorge. Guten Flug. Schönes Wochenende. Bei Lümmer klingelte das Telefon nicht. Kein Bedarf für den Psychologen.

Der nächste Tag. Die nächsten Bomben. Und die ersten Glücksfälle. Die Sekretärin der Caritas in der Erzdiözese Wien hatte ferngesehen. Sie erinnerte sich, daß sie ihrem Chef ein offensichtlich verdächtiges Poststück in sein persönliches Fach gelegt hatte. Informierte die Polizei. Treffer. Entschärfungsdienst. Der Absender diesmal mit Adresse: Ing. Wolfram Deutschmann, 1060 Wien. Negativ.

Wachsam war man auch im slowenischen Minderheitenverein »Artikel 7«. Die explosive Post für den Obmann, einen Grazer Universitätsprofessor, wurde an die Vereinsadresse in Göritz zugestellt. Und entdeckt. Treffer. Entschärfungsdienst. Wieder ein Absender mit Adresse: Mag. Franz Sivetz, Soboth 53a. Negativ. Fingiert, wie alle anderen.

Lümmer war alarmiert. Er selbst begann sich für die Briefe zu interessieren. Ohne offiziellen Auftrag. Doch er fühlte sich zuständig. Vier Briefe waren eine Serie, und er war Spezialist für Serientäter. Diese Serientäter hatten sich noch weitere Opfer gesucht. Prominente.

Vielleicht wußten es die Attentäter. Sie hatten sich sicherlich gründlich auf ihre Aktion vorbereitet. Der Bürgermeister wußte es nicht. Die Scanner-Anlage im Wiener Rathaus durchleuchtete seit einem tödlichen Schußattentat auf einen Wiener Stadtrat alle Poststücke an prominente Politiker. An »gefährdete Personen« also. Und dann ein solcher, fast tödlicher Fehler. Der Scanner funktionierte. Doch private Post an den Bürgermeister wurde nicht kontrolliert, sondern direkt an sein Postfach weitergeleitet. Auch der Brief von Ing. Norbert Urban, Wien 19. An den Herrn Bürgermeister »persönlich«. Kurz nach 20 Uhr detonierte die Bombe mitten in seiner linken Hand. In der Naglergasse herrschte Chaos. Der Bürgermeister drohte zu verbluten. Überall in der Wohnung waren die roten Flecken. Er war verwundet und schrie. Nach seiner Frau, die ihm Spagat zum Abbinden bringen sollte. Die Blutung stoppen. Das dauerte seine Zeit. Wer weiß in solchen Situationen schon, wo der Spagat aufbewahrt ist. Außerdem mußte die Gattin auch die Rettung rufen. Das war wichtig. Sie verwählte sich in der Panik. Eine falsche Nummer. Ihren Hausarzt erreichte sie aber. Der erkannte den Ernst der Lage sofort und veranlaßte alles Weitere. Der Chefarzt der Wiener Rettung war in Eile. So sehr, daß er im Stiegenhaus stolperte und sich sein Zungenspitzchen abbiß. Auf der Fahrt ins Allgemeine Krankenhaus wurde der Bürgermeister bewußtlos.

Lümmer war ein leidenschaftlicher Zapper. Die Fernbedienung seines TV-Gerätes hatte abgenützte Programmtasten. Sonntag abend war immer eine gute Zeit, um durch die Programme zu surfen. Die meisten Sendungen um diese Zeit gefielen ihm nicht. Also schaltete er oft um. Wenn ihn die Programmacher langweilten, suchte er im Teletext nach Neuigkeiten. Er mußte nicht lange suchen: »Attentat auf den Wiener Bürgermeister« in den größten Lettern, die die Schlagzeilenseite zu bieten hatte. Näheres in Kürze. Solange mußte er nicht warten. Sein Chef, der Generaldirektor für öffentliche Sicherheit, rief an. Katerstimmung, weil irgendwer die Täter falsch eingeschätzt hatte. Krisenstimmung, weil es »ihn« erwischt hatte. Nicht irgend jemanden. Feuer am Dach. Das war noch nobel ausgedrückt. Am anderen Ende der Leitung fielen ganz andere Worte. Fassungslosigkeit. Ahnungslosigkeit. Der Generaldirektor machte einen stark überforderten Eindruck. Lümmer müsse sich darum kümmern, wie er soeben erfahren hatte. Es traf ihn nicht überraschend.

Der Bürgermeister im Emergency Room. Schockzustand. Er hatte zwei Liter Blut verloren. Für kurze Zeit hatte sein Herz aufgehört zu schlagen. Zurück im Leben. Die Fachleute der Unfallchirurgie sahen sich die linke Hand an und sahen Haut und Knochen. Splitter. Kein einziger wichtiger Knochen ganz. Vorbereitungen für eine Amputation, die dann doch nicht durchgeführt werden mußte. Mikrochirurgisch flickten die Götter in weiß zusammen, was übriggeblieben war. Die Hand war ein Stumpf, aber sie war dran.

Die Spitzen des Staates waren über das Attentat auf den Bürgermeister informiert worden. Der Vizebürgermeister als einer der ersten. Und schließlich der Bundespräsident. Bleich, geschockt. Der Bundespräsident setzte einen Krisenstab ein und informierte die Medien. Zeigte Kompetenz und wozu sein Amt gut ist. Harte Bewährungsprobe. Bestanden. Sein Appell: »Wer immer hinter den feigen Briefbombenattentaten steht – Schluß damit. Hört auf!« Dramatik. Echt. Sie stand auf keinem Spielplan.

Das war das Wochenende im Dezember. Erst am Montag herrschte dann hektische Betriebsamkeit in der Zentrale der Staatspolizei. Lümmer ging unter. Er wollte sich auf dem Laufenden halten. Aber niemand wußte so recht, was ablief. Durcheinander. Journalisten wollten Auskunft, den Stand der Dinge überprüfen. Vielleicht doch eine Exklusivmeldung. Besonders schlimm waren die Reporterteams des Fernsehens. Sie stellten nicht nur Fragen, sondern auch ihre Lichtanlagen auf. Ein schneller Dreh. Dabei drehte sich ohnehin alles. Fahndung live. Eine große Tageszeitung präsentierte auf ihrer Titelseite einen Täter. Einen Türken. Er hatte dem Bürgermeister bereits einmal Drohbriefe geschickt. Weil er bei einer Beförderung übergangen worden war.

Der Druck war enorm. In den ersten Stunden waren Fehler passiert, vermeidbare Fehler. Aber angesichts der Situation verständlich. Terror im Land. Hierzulande nicht alltäglich. Auch nicht für die Superbullen. Interner Chargon. In den Nachrichten tauchten immer mehr Personen auf, die Leibwächter für sich reklamierten. Die Auskünfte der Stapo-Beamten waren nicht immer glücklich. Das freute die Medien. Die nächsten Schlagzeilen. Kaufen Sie sich einen Metalldetektor. Sehr hilfreich. Rufen Sie den Polizeinotruf, wenn was ist. Reizend. Die Kritik betraf nicht ihn. Auch kriminaltaktische Maßnahmen zu setzen, war noch nicht Lümmers Aufgabe. Details waren zu spät bekanntgegeben worden. Potentiellen Opfern war ihre mögliche Gefährdung nicht verdeutlicht worden. Eine Abgeordnete der Grünen hatte aus den Nachrichtensendungen von dem fingierten Absender Antic erfahren. Der hatte auch ihr geschrieben. Und schließlich polterte auch der Bürgermeister, er sei nicht gewarnt worden. Die Empörung war berechtigt.

Weitere Briefbomben tauchten auf. Sie explodierten zwar nicht, lösten aber dennoch Schockwellen aus: Bundeswirtschaftskammer, eine Anwaltskanzlei, die Frauenministerin als Ziel der Terroristen. Lümmer hatte nicht viel, mit dem er arbeiten konnte. Doch es reichte ihm.

Kriminalpsychologie ist wie ein Puzzlespiel. Ein banaler Vergleich, aber korrekt. Mit den Teilen, die man zur Verfügung hat, muß man etwas anfangen. Sie zusammensetzen. Erst dann nach neuen Teilen suchen. Oder auf sie warten. »Wir wehren uns! Graf Ernst Rüdiger von Starhemberg.« Die Bekennung. Und die Opfer. Flüchtlingshelfer. Grünpolitiker, die einen Kurs der Offenheit in der Einwanderungspolitik vertraten. Der Obmann eines slowenischen Vereins. Ein Anwalt, der zufällig der Masseverwalter eines Ausländer-Hilfsvereins geworden war. Der Schluß, den Lümmer zog, lag nahe. Auch ohne FBI-Ausbildung. Wir wehren uns. Gegen Ausländer. Gegen Leute, die für Ausländer arbeiten. Gegen Leute, die Ausländer ins Land holen. *Heimat, fremde Heimat.*

Die Entschärfer hatten ihre Arbeit abgeschlossen. Sie analysierten die nicht explodierten Bombenbriefe. Briefing für ausgewählte Fahnder. Lümmer gehörte dazu. Der Generaldirektor für öffentliche Sicherheit sprach zu seinen Mitarbeitern. So etwas hatte es noch nie gegeben, nicht in Europa. Vielleicht in den Vereinigten Staaten, das wußte man noch nicht so genau. Aber nicht in Europa. Alle Experten waren verblüfft: ausgeprägte Fachkenntnisse, nichts für einen HTL-Absolventen. Da waren Profis am Werk, die töten wollten. Kleiner Konstruktionsfehler. Deshalb explodierte nicht der gesamte Inhalt an Nitroglycerin. Nur deshalb keine Todesopfer. Selbst Spezialisten können sich irren.

Sie waren findig und chemisch versiert. Nitroglycerin ist in Österreich nicht im freien Handel erhältlich. Die Herstellung gelingt durch die richtige Mischung von Salpetersäure, Schwefelsäure und Glycerin, alles im Chemiefachhandel und in gut sortierten Drogerien zu erwerben. Bei 13,5 Grad wird die Flüssigkeit fest. Drei Gramm von selbst hergestelltem Sprengstoff waren in Trinkhalmen verpackt, an beiden Enden mit Kunstharz verschlossen. Der Generaldirektor sagte, er fühle sich an *Wer bastelt mit* erinnert. Diese Handwerkssendung für Kinder. Sehr witzig. Eine Quecksilberverbindung als Zündsatz für die Briefbomben. Zu kaufen nur mit spezieller Erlaubnis. Verwendungsnachweis. Legaler Erwerb deshalb unwahrscheinlich. Sie war eher aus den Restbeständen eines Thermometers gewonnen worden, wie die Experten des Innenministeriums mutmaßten. Lithium-Knopfzellen als Energieträger. Wie in Taschenrechnern oder Uhren. Drähte, aus Radios ausgebaut. Die Funktionsweise war extrem einfach, aber wirkungsvoll: Beim Öffnen des Briefes wurde die Schaltung durchtrennt. Energiefreigabe, Zündung, Explosion des Strohhalmes. Gefinkelt. Das Nitroglycerin wurde an der unteren Seite des Briefes montiert. Die Gefahr, schon im Postamt beim Abstempeln zur Detonation gebracht zu werden, wurde damit minimiert. Alle Briefe waren mit einer Sieben-Schilling-Marke frankiert. Motiv: Kloster Loretto. Allen Sendungen beigelegt: die Grüße vom Grafen. Die Fetzen der Bekennung wurden auch in der Wohnung des Bürgermeisters gefunden.

Die systembedingte Schwerfälligkeit des Polizeiapparates konnte drei Tage nach den ersten Bomben überwunden werden. Lümmer hatte es einfach. Er konzentrierte sich auf die Wahrnehmung der Ereignisse um sich herum. Der größte Polizeieinsatz in der Geschichte des Landes. Langsam machte sich Koordination bemerkbar. Pro Tag gingen an die 800 Hinweise ein. Keine heiße Spur aus der Bevölkerung. Dafür gab es Blindgänger. Verdächtige Poststücke. Der Entschärfungsdienst war im Dauereinsatz. Personell für die Anforderungen natürlich unterbesetzt und in den Bundesländern gar nicht vorhanden. Dort riet man deshalb, verdächtige Kuverts durchs Fenster ins Freie zu befördern. Oder sie in den Kühlschrank zu legen.

Lümmer konnte nicht still dasitzen. Das machte ihm schon während seiner Schulzeit zu schaffen. Doch jetzt gab es niemanden mehr, der ihn dazu aufforderte, sich ruhig zu verhalten. Er schob den Sessel zurück, stand auf und begann zu gehen. Er konnte so am besten nachdenken. Eigentlich konnte er nur nachdenken, wenn er sich bewegte. Das große Büro: ein glücklicher Umstand, bei genauer Sicht der Dinge. Er sollte eine erste Einschätzung der Täter präsentieren. Griffig. So erkennen Sie den Terroristen. Oder die. Das würde dem Generaldirektor gefallen. Und erst recht dem Minister. Und den verwirrten Staatspolizisten würde es helfen.

Es gab keine Rezepte. Viele Lehrbücher, aber keine Rezepte. Also der Versuch einer ersten Beschreibung der Attentäter. Oder des Attentäters. Eine Grundfrage, gleich zu Beginn.

Eindeutig: das Motiv. *Wir wehren uns.* Sie stammten aus dem rechtsextremen Eck. Ausländerhaß. Ohne Zweifel ein rechtsextremes Motiv. Eines einzelnen. Einer Gruppe. Keine Antwort darauf. Eins bis drei. So stand es auf der großen Tafel, die sich mit leicht abwischbaren Stiften beschreiben ließ. Eins bis drei. Kann er alles alleine, Chemie, Elektrotechnik? Seine Hände arbeiten präzise genug für den Bombenbau. Er bringt die explosiven Briefe persönlich zu den Postkästen. Drei Aufgabeorte. Er fährt herum, um Spuren zu verwischen. Dann Einwände des Chefs der Staatspolizei. Nicht, daß sich Lümmer durch die Wortspenden, die der eitle Mann abgab, beeindrucken ließ. Doch er speicherte alle Gesprächsbrocken. Von denen er glaubte, er werde sie irgendwann wieder einmal brauchen können, um sie dann, wenn er alleine war, aus seinem Hirn hervorzukramen und sie seinen eigenen Gedanken gegenüberzustellen. Eine brauchbare Methode, seinen Verstand zu schärfen. Wie ein Schachspiel. Zug und Gegenzug. Lümmer gegen den Rest der Fahnder. Und gegen die Attentäter.

Kein österreichischer Neonazi alleine hatte die logistische Intelligenz, niemand die Potenz. Der Stapo-Chef hielt einen alleine für nicht in der Lage, zehn Briefbomben zu bauen und zu versenden. Ein berechtigter Einwand. Vielleicht. *Wir wehren uns.* Wir. Mehrzahl. Ein Trick. Einzahl.

Lümmer konnte sich nicht festlegen. Eins bis drei. Nicht mehr allerdings. Ein gefährliches Unternehmen. Zu gefährlich für viele Mitwisser.

Das Alter: ein entscheidender Faktor. Wieder nur ein Versuch. Für die Herstellung der Briefbomben braucht man Zeit, Wissen, Reife. Zeit hat, wer nicht arbeitet, um sein Geld zu verdienen. Millionäre gibt es in Österreich nicht viele. Mehr Studenten. Mehr Arbeitslose. Mehr Frühpensionisten. Studenten wissen, wer Starhemberg ist. Aber sie sind nicht die einzigen. Frühpensionisten können das besser. Alleine sein. Nur mit ein, zwei weiteren Personen Kontakt haben. Das Alter. 55 Jahre und aufwärts.

Welcher Frühpensionist kennt Starhemberg? Einer mit Matura. Zumindest. Einer mit Studium auch. Aber Akademiker werden seltener in Frühpension geschickt. Und keine Familie, die stört. Die am Sonntag nachmittag zum Kaffee kommt. Dann, wenn es spannend wird. Wenn das Nitroglycerin in den Strohhalm getropft wird.

Ein, maximal drei Attentäter mit rechtsradikaler Gesinnung, 55 Jahre und aufwärts. Zurückgezogen. Vielleicht Frühpensionisten. Keine Familie. Zumindest einer mit Maturaniveau. Zumindest einer mit ausgezeichneten Kenntnissen in Chemie und Elektrotechnik. Auf der weißen Tafel war noch viel Platz. Ein gutes Täterprofil fängt bei zwanzig äußeren Kennzeichen und Charaktermerkmalen an. Lümmer stand am Anfang. Er hatte kein schlechtes Gewissen. Es war nicht schlecht für den Anfang. Besonders die Frühpensionistentheorie erfüllte ihn mit Genugtuung. Darauf zu kommen, war keine Selbstverständlichkeit.

Lümmer tippte diese »erste Einschätzung« in seinen Computer, machte einen Ausdruck und übermittelte ihn der Staatspolizei. Dankend angenommen. Doch die legten das Papier schnell zur Seite. Sie hatten anderes zu tun. Sie konnten einen »bahnbrechenden Fahndungsdurchbruch« melden. Die Täter kommen aus Österreich. Sind Neonazis. Und haben Hilfe aus Deutschland.

Nationale Listen. Der *Index*. Sie haben den *Index* gefunden. Oder neu ausgewertet. Oder weiß der Teufel was damit gemacht. Auf jeden Fall hatten sie ihre erste Spur. Behaupteten sie zumindest. Eine Computerdiskette mit Namen. Von Neonazis verfaßt. Auf dem Bildschirm erschienen die »100 Feinde des deutschen Volkes«. Säuberlich aufgelistet. Die Namen, die Adressen, sogar Autokennzeichen, wenn vorhanden. Der *Index* umfaßte vier verschiedene Kategorien. Nummer eins, das waren nur die politischen Gegner, bis Nummer vier: zum Abschuß freigegebene Personen.

Natürlich rieben sich die Staatspolizisten die Hände. Berechtigterweise, so schien es zumindest. Auf der Todesliste der Neonazis an dritter Stelle: die ORF-Moderatorin. Und Empfängerin einer Briefbombe. Der Hartberger Pfarrer, Flüchtlingshelfer. Empfänger einer Briefbombe. Der Präsident der Caritas. Empfänger einer Briefbombe. Das war eine heiße Spur. Der Generaldirektor gab sich begeistert. Ein Erfolg. Neonazis wollten diese Menschen sterben sehen. Durch hinterhältige, gemeine Anschläge. Durch politischen Terror. Die Anschläge auf die Prominenten sollten für Entsetzen sorgen, zeigen, daß selbst sie nicht unverwundbar sind. Nicht sicher vor den rechten Vorkämpfern für die deutsche Rasse. Sie lieferten die Beweise dafür. Knallhart. Sie opferten den Bürgermeister. Sie führten die Frauenministerin vor. Und die Politikerinnen der Grünen. Öffentlichkeitswirksam. Doch das eigentliche Ziel waren die anderen. Die auf dem *Index* standen. Noch hatten die Verdächtigen keine Namen. Es gab nur Gerüchte und Hinweise von Insidern. Diese hatten ihnen auch die Diskette besorgt. Und eine weitere. Explosiver Stoff: ein sogenanntes »Handbuch für improvisierte Sprengtechnik«. Entworfen von deutschen Rechtsradikalen. Kurz vor den Anschlägen war die Diskette nach Österreich gelangt, und nun lag sie auf dem Tisch der Stapo. Achtung. Die in dieser Schrift erläuterten und vorgeschriebenen Prozeduren und Rezepte können gefährlich sein. Vorsicht. Empfohlen wird, die Rezepte vor dem eigentlichen Einsatz auf ihre Wirksamkeit zu testen. Die Ergebnisse können dadurch optimiert werden. Salpetersäure und Schwefelsäure. Die Briefbombenbauer mußten sie zunächst herstellen, um daraus Nitroglycerin gewinnen zu können. Punkt zwei des Handbuches: Salpetersäure. Materialbedarf: Kaliumnitrat. Ein Teil rauchende Schwefelsäure (improvisierte Schwefelsäure kann aus Autobatterien durch Abgießen und anschließendes Abkochen gewonnen werden), Flaschen mit engem Hals, Holzkohle. Lümmer konnte kaum fassen, was ihm seine Kollegen da präsentierten. Der Inhalt der Diskette war tatsächlich verräterisch. Mehr als ein billiger Grundkurs in Chemie. Detaillierte Anleitungen für nahezu alle Bauteile und Substanzen, die in den aufgetauchten Briefbomben vorkamen. Zwei Computerdisketten gaben ab nun die Richtung der polizeilichen Ermittlungen an. Das Handbuch für improvisierte Sprengtechnik. Der *Index*, die Todesliste der Neonazis.

Die Fahnder setzten auf die braune Szene. Vertretbar für Lümmer. Er wurde befragt, was er von diesen Spuren hielt. Er hatte ihnen nichts entgegenzusetzen.

Eine Episode: Der Generaldirektor wollte ein privates Gespräch. Unter vier Augen. Dabei sahen sie sich mehrmals täglich. Mehrmals stündlich. Wozu da ein Treffen in privatem Rahmen? Lümmer hatte kein gutes Gefühl dabei. Bei einem Viertel Wein kam die Antwort. Der Generaldirektor hatte Post bekommen. Vom Grafen Starhemberg. Schon vor längerer Zeit, doch das Schreiben war in seiner Rundablage gelandet. Es gab immer irgendwelche Verrückten, die glaubten, sie müßten Briefe schreiben. Doch die Situation hatte sich geändert. Vielleicht ein Trittbrettfahrer aus der Szene. Vielleicht aber auch die ersten mehrzeiligen Wortspenden der Terroristen. Verschwiegenheit war eine Selbstverständlichkeit. Trotzdem wurde Lümmer noch einmal mit allem Nachdruck auf sie hingewiesen. Die Öffentlichkeit durfte nicht alles wissen. Der Generaldirektor hatte die Seiten in ein Klarsichtmäppchen zusammengerollt. Ruhig zog er sie aus der Manteltasche und gab sie Lümmer zu lesen. Tief durchatmen auf den harten Bänken des Stadtheurigen.

Sehr geehrte Damen und Herren!

Die Knallfrösche zu unserem Krambambulicocktail der Kampfeinheit »Graf Ernst Rüdiger von Starhemberg« waren der Auftakt zu einem unerläßlichen Maßnahmenpaket an Sie alle, die in der Frage der Fremden- und Flüchtlingsprobleme mit zu lockerer Hand engagiert sind, aber auch an jene, die einfach nur helfen wollen, und dabei vergessen, daß Sie zugunsten des Panslawismus und anderer obskurer Völkerideologien die eigene Kultur einer Überfremdung ausliefern. Lassen Sie daher diesen blutigen Adventbeginn an Alle eine Warnung vor weiterer Aktivität sein, die an verantwortlichen Stellen den Fremdenimport forcieren, oder dazu irgendeine Hilfestellung anbieten, denn wir schlafen nicht! Werben Sie auch nicht mit lächerlichen Geldsummen nach Singvögeln, auch aus der Bevölkerung, für deren Sicherheit Sie keine Garantie übernehmen können, denn auf Fahnenflucht steht der Tod, überdies stellen auch vertraulich behandelte Mitteilungen kein Hindernis dar, um Zeugen zum Schweigen zu bringen, daher lassen Sie, wenigstens auszugsweise, diesen Brief verlesen, um aus Zivilschutzgründen unnötige Unfallrisiken hintanzuhalten! Insgesamt sind 40 Stück von den Briefbomben hergestellt worden, für die Versendung wurde eine kleinere Menge an vertrauenswürde Personen aus der Szene weitergegeben, aber aus Sicherheitsgründen sind ganz wenige Personen damit vertraut worden. Bei stümperhafter Arbeit der Ausführenden bei der Versendung der Briefe, erhalten Sie einen vorgesetzten Napf, an denen Sie sich in den nächsten Tagen festbeissen werden, zumal es eine kon-

krete Spur sein wird, vor allem aus dem Umfeld vermuteter Täterschaft, denn es ist nicht schwer, das eine oder andere corpus delicti in den Dunstkreis einer mutmaßlichen Täterschaft einzuschleusen, ohne an die wahren Täter auch nur entferntest heranzukommen.

Besonders pikant war das vierte Blatt des Schreibens:

An den Werten Herrn Bürgermeister dieser zweifelhaften Stadt Wien!
Fühlen Sie sich als prominentestes »Opfer« jetzt nicht veräppelt, aber mit diesem Schreiben an Unverfrorenheit halten Sie ein paar Zeilen des Künstlers Ihrer verkohlten Klauen in Händen. Nicht schwachsinnige oder Falotten haben Ihnen diesen gelungenen Krambambulicocktail zu dieser Krampusfete kredenzt, ohne Gebrauch von Verstand hätten Sie sich wohl kaum nur Ihre Finger verbrannt, sondern gleich den Arsch aufgerissen. Zu Recht, denn mag Wien auch über Jahrtausende ein Schmelztigel verschiedener Nationen und Völkerschaften sein, war es doch an der Zeit, in demokratischer Weise auf dieses Zuviel an Fremdenbrut aufmerksam zu machen, denn andere Gesprächsebenen werden uns leider durch Gesetze in diesem Land unterbunden! Aber WIR WEHREN UNS!!

Die gleiche Bekennung. Aber die gleichen Täter? Lümmer glaubte, den Generaldirektor beruhigen zu können. Der war nach außen hin ohnehin ruhig. Doch er gestand innerliche Anspannung. Wenn das Schreiben authentisch war, hatte der Generaldirektor für die Fahndung wertvolle Zeit verstreichen lassen. Indem er es einfach ablegte, ohne es näher zu beachten. Das würde ihm sein Amt kosten. Lümmers Urteil machte ihn etwas sicherer, weiter Sicherheitsgeneral bleiben zu können. Der Chefpsychologe vermutete einen Wichtigtuer aus dem rechten Eck, der sich die Lorbeeren verdienen wollte. Das zählte in den Kreisen, in dem sich der Absender bewegte, sicherlich. Wichtigster Ansatzpunkt: die äußere Form der Arbeit. Die Briefbomben waren perfekt. Das Schreiben hier war dilettantisch. Schachtelsätze. Zum Teil sogar falsche Groß- und Kleinschreibung. Das passiert keinem, der mit Akribie tödliche Sprengfallen baut, davon war Lümmer überzeugt. Sicher konnte er sich freilich nicht sein. Absolute Sicherheit gab es bei seiner Art zu arbeiten nie. Der Generaldirektor genehmigte sich noch einen kräftigen Schluck.

Wien (Eigenbericht der SZ). Eine Schlüsselfigur der rechtsradikalen Szene in Österreich, der 35 Jahre alte Student Adolf Kanter, ist vom Landesgericht in Wien wegen nationalsozialistischer Wiederbetätigung zu zehn Jahren Haft verurteilt worden. Die Geschworenen - acht Frauen - hatten von elf Fragen, über die sie zu entscheiden hatten, neun einstimmig bejaht und zwei ebenso einstimmig verneint. Kanter legte gegen das Urteil Nichtigkeitsbeschwerde und Berufung ein. Die Verteidigung beantragte Haftentlassung, was vom Gericht aber abgelehnt wurde. Kanter war angeklagt, als Gründer und Anführer einer »Volkstreuen Außerparlamentarischen Opposition« (VAPO) auf Neubildung der NSDAP und eine spätere, notfalls gewaltsame Machtübergreifung hingearbeitet zu haben. Außerdem soll er durch Äußerungen auf einer Versammlung und in Interviews die Selbständigkeit und Unabhängigkeit Österreichs untergraben haben. Bei den ihm zur Last gelegten Straftaten hatten ihm 20 Jahre Haft gedroht. Die Verteidigung hatte argumentiert, daß es sich bei der VAPO um einen »trostlosen Haufen« gehandelt habe. Kanter hatte sich auf das Recht zur freien Meinungsäußerung berufen.

Die rechtsradikale Szene seit der Verhaftung Adolf Kanters: unschädlich gemacht, verarmt, führerlos. So stellte sie sich den staatsschützenden Organen dar. Doch die Neonazis rüsteten auf, mit Hilfe der Mitstreiter aus Deutschland, und wurden zur unterschätzten Gefahr. Die zwei Disketten mit der perfekten Anleitung zum Töten bestätigten das. Mehr als Warnzeichen. Der Generaldirektor trieb seine Leute an, ohne Unterlaß. Die Staatspolizisten hatten keine ruhigen Nächte mehr. Ermittlungen rund um die Uhr. Bis hin zur psychischen Deformation. Privatleben war ein Fremdwort. Die Fahnder knüpften Kontakte, trafen Informanten, durchforsteten rechtsradikale Literatur.

Lümmer wunderte sich nur, daß der Experte in diesen Fragen, der Leiter des Dokumentationsarchivs des österreichischen Widerstandes, bisher nicht kontaktiert worden war. Und es kam ihm vor, als wäre er bereits wieder vom Fall abgezogen. Alles konzentrierte sich auf den vorgegebenen Kurs. Lümmer war arbeitslos. Und frustriert.

Niemand brauchte Kriminalpsychologen, solange es Geschenke des Himmels gab. Die gab es. Ausgerechnet in diesem Fall, im katholischen Österreich. Eine Woge aus Eitelkeit, Überlegenheitsgefühl und echter Freude machte sich in sämtlichen Dienststellen des Innenministeriums breit. Niemand konnte das Glück so richtig begreifen. Die freudige Erregung hatte ihren guten Grund. Fünf Tage nach den ersten Bomben ein Geschenk des Himmels. Der Generaldirektor konnte so schön sprechen, wenn ihm danach war. Am Grenzübergang Klein-Haugsdorf nahmen die Beamten das Geschenk in Empfang. Den tschechischen Zöllnern war ein Mann aufgefallen. Die Staatspolizisten wußten natürlich, wer Karl Beilner war, und trotzdem kannten sie nur die halbe Wahrheit. Einschlägig bekannter Aktivist in der braunen Szene. Er wollte angeblich Freunde in Berlin besuchen, in der Reichshauptstadt. Mit ordentlichem Gepäck. Pistolen und Schrotflinten, Sprengkapseln und Patronen wurden in seinem Auto gefunden. Doch das war es nicht, was die hausinternen Jubelmeldungen rechtfertigte. Einen bis an die Zähne bewaffneten Neonazi hatte man schon öfter aufgetrieben. In der vergangenen Zeit. Keine Routine, aber auch nichts Außergewöhnliches. Außergewöhnlich waren die Chemikalien: Schwefelsäure, Salpetersäure und Glycerin. Das alles hatte Beilner auf seiner Reise bei sich. Zündstoff. Und was für einer. Dem Generaldirektor blieb fast die Luft weg, als er davon erfuhr. Manchmal löst sich alles so einfach auf, sagte er. Lümmer war erstaunt. Nicht weil seine Kollegen so hervorragend gearbeitet hatten: Der Verhaftete war ihm zu jung. 26 Jahre alt und sicher kein Frühpensionist.

Der Generaldirektor ließ keine Zweifel aufkommen. *Lümmer, Sie Miesmacher. Fragen Sie sich lieber, warum Sie sich geirrt haben.* Sehr peinlich. Die Indizien waren stark, und man brauchte einen Haftbefehl. Der Staatsanwalt war dazu bereit. Schließlich wollte auch er den Rest seiner Beamtenlaufbahn nicht mit Hühnerdieben verbringen. Untersuchungshaft wegen des dringenden Tatverdachts, Briefbomben konzipiert und verschickt zu haben. Abmarsch.

Die Fahnder waren hochmotiviert. Knöpften sich in den Stunden danach noch einmal jeden vor, der von Neonazis wußte. Oder behauptete, etwas über sie sagen zu können. Sie setzten auf Verräter und gewannen einen: Er erzählte von Otto Jost, auffällig in rechten Kreisen. Er hatte Flugblätter verteilt, in denen die Existenz von Gaskammern geleugnet worden war, und dafür im Grazer Gefängnis gesessen. Mit denen, die nun redeten. Während der Haft starkes Interesse an den Türkenkriegen. Lange Vorträge über mittelalterliche Geschichte. Jost galt bei seinen Freunden als der Theoretiker. Ihm wurde es zugetraut, große Pläne zu schmieden. Ein logistisches Genie. Das imponierte den Ermittlern. Um den Antrag auf Hausdurchsuchung mußten sie nicht lange betteln. Viele Ordner, sehr säuberlich. Stapelweise Schriftverkehr mit dem Inhaftierten Adolf Kanter. Sie hatten sich geschrieben, von den Justizwachebeamten offenbar unkontrolliert. Sehr aufschlußreicher Meinungsaustausch. Sie hatten große Ereignisse angekündigt, und daß die Funken fliegen würden. Dazu, in einer Kiste aufbewahrt: ein Video. Otto Jost gegen den Wiener Bürgermeister. Volksverhetzung. Eine Zelle für den Komplizen.

Der spektakulärste Kriminalfall in der Zweiten Republik. Nach fünf Tagen ging er mit dem Vermerk »erledigt« zu den Akten. Im Fernsehen eine Sondersendung anläßlich der Pressekonferenz des Innenministers. An dessen Seite: der Generaldirektor und der Chef der Staatspolizei. Lümmer verzog sich. Er hatte selten Selbstzweifel: Das Alter der Verdächtigen paßte nicht. Auch das Motiv war etwas anders gelagert. Nicht Fremdenhaß stand im Vordergrund, sondern Rache. Zehn Jahre Haft für Adolf Kanter, zehn Briefe des Terrors. Der Fahndungserfolg: ein persönlicher Rückschlag.

> *Berlin (Eigenbericht der taz). Nicht einmal eine Woche benötigte die österreichische Polizei, um den Briefbombenspuk, der die Republik erschütterte, zu beenden. Am Dienstag abend waren bereits zwei dringend Tatverdächtige in Haft. Beide stammen aus dem militant neonazistischen Milieu und haben offenbar engen Kontakt zu deutschen Gesinnungsfreunden. Nachdem am vergangenen Sonntag der Wiener Bürgermeister das vierte Opfer der brisanten Post wurde, bat die Polizei die Bevölkerung um Mitarbeit und richtete insgesamt sieben Fragen an die ÖsterreicherInnen. Schon die erste sollte den entscheidenden Hinweis geben: »Hat jemand den Kauf einer großen Menge Sieben-Schilling-Marken (Motiv: Kloster Loretto/Burgenland) bemerkt?« Jemand hat. Einer Kremser Kioskbesitzerin blieb ein junger, beinahe kahlgeschorener Mann im Gedächtnis, der diese Wertzeichen erstanden hatte. Mit Hilfe dieser Zeugin gelang es, ein computerunterstütztes Phantombild zu erstellen – und die Visage, die da auf dem Bildschirm entstand, hatte*

frappante Ähnlichkeit mit einem polizeibekannten, notorischen Rechtsextremisten. Die Fahndung nach dem in Wien und Niederösterreich lebenden Karl Beilner lief an. Aufgegriffen wurde er schließlich von tschechischen Grenzbeamten, die im Kofferraum seines Autos ein ganzes Arsenal von Hand- und Faustfeuerwaffen fanden. In den Wohnungen Beilners, der als Elektrotechniker von Berufs wegen das nötige Knowhow mitbrachte, fanden die Ermittler der Sonderkommission weitere Hinweise.
Von Karl Beilner ist bekannt, daß er der verbotenen neonazistischen »Volkstreuen Außerparlamentarischen Opposition« (VAPO) des jüngst zu zehn Jahren verurteilten Adolf Kanter angehört, die bereits in den vergangenen Jahren durch Wehrsportübungen auf dem niederösterreichischen Anwesen eines ihrer »Führer« Aufmerksamkeit erregte. Seit der Verhaftung Kanters und der verstärkten Repression gegen die VAPO und ihr Umfeld häuften sich die Indizien, daß sich die Nazi-Truppe im Untergrund zu reorganisieren versucht: Mitläufer wurden vom harten Kern abgesondert, um so unsichere Kantonisten auszuschalten. Ein Prozeß, der freilich erst im vergangenen Herbst einsetzte. Daß die VAPO oder einzelne ihrer Mitglieder so schnell zur terroristischen Tat schreiten würden, kam jedoch überraschend. Unsicher ist bisher, ob das Bombenwerfer-Duo auf eigene Faust handelte oder ob die gesamte VAPO-Untergrundstruktur mit von der Partie war – oder ob es sich gar um eine terroristische Wendung des in Österreich und der BRD agierenden Nazi-Netzwerkes handelt. »Es muß hier eine Konstellation eingetreten sein, die wir noch nicht kennen«, bekennt der Generaldirektor für öffentliche Sicherheit. Der Innenminister lehnte jede weitere Spekulation ab, deutete aber an, man habe nunmehr »das erste Rad« gefunden, jetzt gelte es, die übrigen Räder ausfindig zu machen. »Verbindungen nach Deutschland sind wahrscheinlich.«

3.
Anfangsverdacht

»Hunde sind das, feige Hunde, wenn ich die erwischen würd' ...« Harald Hofer konnte sich jetzt nicht mehr halten. In der Küche roch es nach Linzer Törtchen, die gab es oft zu Krampus. Terror-Sondersendungen zu jeder halben Stunde hatte es in Österreich noch nie gegeben. »Wundern tut's mich nicht, es hat ja so kommen müssen. Die Ausländer werden aus dem Land gebombt, und die Leut' werden sagen, sowas macht man doch nicht, gleich Bomben schicken, aber recht haben die eigentlich schon. Immer nur zuschauen bringt ja wirklich nichts, so reden sie doch, oder. Bei uns in der Firma ist es genau das gleiche.« – »Sei still, Harald, jetzt schalten s' wieder in das Krankenhaus, wo der Bürgermeister liegt.« Erna Hofer hatte seit drei Tagen keines der Nachrichten-Specials versäumt. Die Adventbäckerei konnte warten, wenn es darum ging, daß der Herr Bürgermeister, so ein sympathischer Mann, kein weiteres Blut mehr verlor. Er war doch nur ausgewählt worden, sagte sich Harald Hofer, um die Medien zu interessieren. Ein paar Ausländervertreter allein würden keine Quote erreichen.

Albert Hofer saß still daneben. Nur ab und zu schüttelte der alte Mann den Kopf. Als jahrelanges sozialistisches Gemeinderatsmitglied konnte er nicht begreifen, daß das jetzt wieder losgehen sollte. »Der Bürgermeister mußte in der vergangenen Nacht erneut operiert werden. Die Lebensgefahr sei nun allerdings gebannt, hieß es im jüngsten ärztlichen Bulletin. Wir geben nun zu unserer Außenstelle im Allgemeinen Krankenhaus.« Albert Hofer liefen Tränen über die Wangen. Das hieß nicht viel, er mußte oft weinen, wenn es im Fernseher melodramatisch wurde. Es war auch nicht so, daß er den Bürgermeister persönlich bemitleidet hätte, er kannte ihn ja gar nicht, aber daß es wieder so weit war, daß Rote attackiert wurden, nur deshalb, weil sie sich für Schwächere einsetzten, das traf ihn.

Franz Hofer hatte die Füße auf den Stuhl vor sich gelegt. Er beteiligte sich nicht an den Kommentaren. Die politischen Diskussionen waren noch nie seine Sache gewesen. Er hörte sich die Nachrichten an, wie immer, zog seine Mutter auf, wenn sie den Kanzler anhimmelte, stand auf, wenn der Sport kam, und schwieg. Heute kam kein Sport. Seit Freitag, den 3. Dezember, hatten sich die Meldungen überschlagen. Es gab nur noch ein Thema. Briefbomben. Einmalig gebaut, tödliche Wirkung. Anschlag auf den Staat. Hysterie, Schwerverletzte. Briefe in letzter Sekunde abgefangen. Terror, feige, hinterhältig, perfekt. Und das auf österreichischem Boden. Wie viele werden noch kommen, hieß es, und es klang nicht nach Angst. Es hatte den Beigeschmack der Aufforderung: Das wird doch nicht alles gewesen sein. Franz Hofer hatte die Schlagzeilen in sich aufgesogen. Es waren seine Schlagzeilen. Er machte Geschichte. Er setzte sie alle unter Druck. Er hatte sie alle in der Hand. Geheimdienste, hatte die *Kronen-Zeitung* gemutmaßt. Oder ein Türke? Neonazis, schrieben die großformatigen Blätter. Rechtsextreme Grüße. Er hörte nicht mehr, was um ihn herum geschah. Er sah seinem Bruder Harald ins Gesicht, wie er sprach, immer heftiger, immer dümmer, doch es war, als ob jemand den Ton weggedreht hätte. Ein Stummfilm ohne Untertitel. Franz Hofer konnte nicht mehr verfolgen, warum die Bombe an den »Islamischen Ausländerhilfsverein« in eine Anwaltskanzlei gelangt war und warum dort in den Vormittagsstunden eine Sekretärin verletzt worden war. Und warum der Innenminister die dringende Warnung vor weiteren Bomben aussprach. Er war ganz in sich versunken. Diese Hunde, dachte er, diese Hunde, wenn der

Harald wüßte, daß ich einer davon bin. »Franz, magst du noch was essen?« fragte Erna Hofer. Franz Hofer gab seiner Mutter keine Antwort; er starrte auf den Bildschirm neben dem Herrgottswinkel. Er hatte es geschafft. Er war aufgestanden und hatte es gemacht. Das war sein Spiel. Das waren seine Verletzten. Das war seine Schlacht. Alle Bomben am Zielort eingelangt. Keine Verluste. Kein Ausfall. Der Zeitungsausträger hatte ihm gestern die Morgenausgabe auf die Stiege gelegt. Mit sechzehn Seiten Sonderberichten. Über ihn, den unbekannten Soldaten. *Diese Hunde*, der Satz ließ ihn nicht los, *diese Hunde*. Er mochte seinen Bruder. Er war so direkt, irgendwie hemdsärmelig. Und leutselig. Natürlich SPÖ-Mitglied, ganz wie der Vater. Er wußte es ja nicht besser. Er sprach nach, was die anderen sagten. Er war verhetzt. Ja, verhetzt. »Die Verbrecher«, sagte Franz Hofer zu sich selbst, »die Verbrecher sind die anderen.« Die Linzer Törtchen hatten den Abend nicht überlebt. Der Bruder fühlte sich als aufrechter Antifaschist. Die Mutter betete für den Bürgermeister.

Franz Hofer wollte an die frische Luft. Das Zimmer hatte er rechtzeitig aufgeräumt, sie konnten jederzeit kommen. Schließlich hatte der Leiter des Widerstandsarchivs in Wien schon gestern im Fernsehen gemeint, die Täter kämen seiner Meinung nach aus der Südsteiermark. Das Wort dieses Mannes war den Fahndern oft genug Befehl gewesen, das wußte Franz Hofer. Was der sagte, das galt als tabu – wie das, was der greise Nazijäger von sich gab. Wer ein Nazi ist, schienen sie zu proklamieren, das bestimmen wir. Der Täter ist mit an Sicherheit grenzender Wahrscheinlichkeit ein Mitglied der rechtsextremen Szene, hieß es nun. Und: Die Sicherheitsbehörden verfolgen die ersten heißen Spuren. Einer der Adressaten, der Universitätsprofessor aus Graz, hatte gar geschlossen, der Täter müsse mit Vornamen Franz heißen. Die anderen neun Bombenadressaten, hatte er mit hochrotem Kopf in die Kameras gesagt, seien den

Terroristen wohl aus dem Fernsehen oder den Zeitungen bekannt. Ihn aber müßten die Attentäter persönlich kennen, denn er sei in der Öffentlichkeit nicht existent. Wie bescheiden. Daraus sei zu folgern, daß die Absender ganz in seiner Nähe, also in der westlichen Südsteiermark, zu finden sein müßten. Und weil die Bomber bei seinem Brief als fingierten Absender den Vornamen Franz gewählt hatten, sei klar, daß das Bombenhirn tatsächlich Franz hieß und ihm die Bombe gleichsam persönlich gewidmet hatte. Nicht schlecht, gut kombiniert. Zum Glück, dachte Franz Hofer, galt der Professor als Wirrkopf. Die Behörden würden sich seine These höflich anhören, alles notieren, ihn hinauskomplimentieren und zur Tagesordnung übergehen. Niemand würde den Hinweis ernst nehmen. Er kannte den Amtsweg.

Es hatte zu schneien begonnen. Ein dünner, glitzernder Film bedeckte die Straße. Franz Hofer schob das Gartentor zur Seite und stieg in den frisch gewachsten und gesaugten Mitsubishi. Er wollte nicht alleine sein, nicht an diesem Tag. Greifen lag ruhig da. Greifen in der südlichen Steiermark. Dort, wo die Menschen noch herzlich sind, hieß es in den Vierfarbprospekten der Fremdenverkehrswerbung. Herzliche Grüße, dachte Franz Hofer. Franz Hofer grüßt Österreich. Er bog in die Hauptstraße ein. Rechts saßen zwei Krampusse am Gehsteigrand, einer hatte sich offenbar gerade übergeben. Geradeaus, vierter Gang, weg aus dem bedeutungslosen Nest. Franz Hofer hatte sich oft gefragt, warum er Greifen nicht längst verlassen hatte. Er hatte hier niemanden, mit dem er seine Gedanken hätte teilen können. Nach der zweiten Ampel lenkte er nach rechts. Er wählte die Auffahrt zur Autobahn und stellte den Wagen ein paar Hundert Meter weiter auf dem Parkplatz der Raststätte Greifen ab. Hier konnte er sich selbst bedienen. Er war unter Menschen; Reisende, für die Greifen nur eine Bedeutung hatte: Es lag wenige Kilometer vor Graz, gerade richtig, um noch einen Kaffee zu trinken. Franz Hofer kam oft hierher. Er mochte das Unstete, die wechselnden Gäste, den Mohr im Hemd. Er nahm sich die Abendausgabe der *Kleinen Zeitung*. Im Nichtraucher-Stüberl war noch kein Platz besetzt. »Warnung vor neuen Bomben.« Darunter ein Faksimile seiner Bekennung: »Wir wehren uns!« Franz Hofer drehte die Zeitung um. Für heute hatte er genug gesehen. Eine halbe Stunde vor Mitternacht setzte er sich ins Auto und fuhr zurück in die Siedlung. Es war nicht Triumph, den er spürte, sondern einfach ein wohliges Gefühl von Geborgenheit. Es gab keinen Knick in seinem Leben. Er hatte es getan, weil es sonst niemand getan hätte. Er war nicht verrückt. Er wollte nur die Regierung stürzen. Der Schnee hatte die Spuren zum Haus schon wieder verwischt.

Bericht des Psychiaters vom 29.11.1997

Auf die Frage, ob sich die zur Tatbereitschaft führenden Umstände allmählich oder aufgrund eines besonderen Erlebnisses entwickelt haben, meint Herr Hofer, daß es keine besonderen Belastungen, wie »der Vater, der mich haut, und die Oma, die trinkt«, gegeben habe. Zwar habe der Vater – Herr Hofer sagt dies schmunzelnd – mit der Oma gelegentlich dunkles Bier getrunken, daraus seien aber auch keine wie immer gearteten Belastungen auf ihn gefallen. Derartige Erklärungen und Entschuldigungen lehne er ab, er wolle kein Mitleid. Überhaupt habe er alles »Persönliche« abgeschrieben, als er beschlossen habe, bei der Sache mitzumachen.

Damals, als er den Entschluß gefaßt habe, habe er mit dem Leben innerlich abgeschlossen. Es sei gleichsam zur Wahl gestanden, ob er erstens durch eine Polizeikugel, zweitens durch einen Unfall bei einem Einsatz oder drittens durch Selbsttötung sterbe.

Er habe schon länger, vielleicht seit Ende der 80er/Anfang der 90er Jahre, wegen des Überhandnehmens der Ausländer das Gefühl gehabt: »Es muß etwas geschehen!« Das Ganze sei nicht plötzlich gekommen, er habe keine Erscheinungen gehabt, nicht unter Eingebungserlebnissen oder Sinnestäuschungen gelitten. Er habe, wie erwähnt, jetzt das Gefühl, daß etwas geschehen müsse, gehabt, »und dann müssen sich die Möglichkeiten auftun«. Dann müsse man überlegen: »Was setze ich ein?«

Franz Hofer zog den Plastikvorhang zur Seite. Der Acker vor dem Fenster war weiß. Niemand war in der Nacht gekommen. Er hatte gelesen, daß Fahnder, insbesondere die der Terroreinheiten, stets zwischen drei und vier Uhr morgens zur Hausdurchsuchung schritten. Er wußte, daß sie nicht anklopfen würden. Sie hatten Strümpfe über die Köpfe gezogen und Glock-Pistolen im Anschlag. Franz Hofer hatte das Szenario in den letzten Tagen permanent durchgespielt. Wie sie ihn nackt – er trug in der Nacht keinen Pyjama – an die Wand stellen würden, die Beine auseinandergedrückt, den Lauf der Waffe im Genick. Er hätte es über sich ergehen lassen, ruhig, ohne Aufstand, ohne Protest. Er war ja nicht schuldig. Bitte, das muß ein Versehen sein, meine Herren, ich bin ein höflicher Mensch, aber ich würde Sie jetzt trotzdem bitten, mein Haus zu verlassen. Er wußte, daß es besser sein würde, auf leichte Ironie zu setzen als auf künstliche Aufgeregtheit.

In den Morgennachrichten wurde noch einmal vor neuen Briefen gewarnt. Sie seien etwas dicker als normale Briefe. Eventuell fett. Und wahrscheinlich mit einer Sieben-Schilling-Marke freigemacht. Freigemacht, das Wort gefiel ihm. Der Entschluß, sich der Sache anzunehmen, hatte ihn tatsächlich frei gemacht. Auch dieser Tag würde ein guter werden. Seit Tagen gab es in den Nachrichten nur noch eine Spitzenmeldung: seine Sprengkörper. Dabei waren sie so klein. Die führenden Magazine des Landes hatten eilig Sonderhefte herausgebracht, nicht ohne sich zu erblöden, am Cover die Aufklärung der Hintergründe anzukündigen. Exklusiv, versteht sich. Franz Hofer stand auf und schaltete den Fernseher ein. Es war kurz vor elf Uhr vormittags. Manöverkritik. Der Innenminister, sein Stapo-Chef und der Generaldirektor hatten zur internationalen Pressekonferenz in die Wiener Herrengasse geladen. Sie boten ein jämmerliches Bild. Der Innenminister hatte die Brille tief ins Gesicht gerückt und versuchte, Hochdeutsch zu sprechen, was nicht weniger seltsam klang als die Versuche, die österreichische Fußballer bisweilen nach verlorenen Spielen unternahmen. Natürlich haben wir auch die rechte Flanke abgedeckt. Aber vielleicht waren wir zu wenig offensiv. Der Generaldirektor schwitzte live. Der Leiter der Staatspolizei las tapfer vom Blatt, wie die Bomben aufgebaut waren. Dann die ersten Fragen. »Gibt es schon eine heiße Spur, Herr Minister?« – »Wir ermitteln. Und prüfen alle Hinweise, die wir aus der Bevölkerung bekommen.« – »Kommen die Täter aus der rechtsextremen Szene?« – »Kein Kommentar.« – »Ist es richtig, daß eine ›Aktion Freiheit für Adolf Kanter‹ kurz vor den Anschlägen in einer einschlägigen Zeitung ihre Kameraden aufgefordert hat, als Rache für die Verurteilung Kanters zu zehn Jahren Haft zehn Briefe zu verschicken?« – »Ja, das stimmt.« – »Schließen Sie daraus, daß die Attentäter für Kanter gebombt haben?« – »Wir prüfen alle Indizien.« Franz Hofer war stets aufs neue verblüfft, wie leicht sich Journalisten in diesem Land abspeisen ließen. Eine Frage, keine Antwort, danke fürs Kommen.

Er war zufrieden. Die, die ihm ab sofort als direkte Gegner gegenüberstehen würden, hatten seine Arbeit als einmalig, als einzigartig auf der Welt gelobt. Er hatte mehr erreicht, als er sich vorgestellt hatte. Die Sicherheitsbehörden gingen offensichtlich davon aus, daß mehrere Täter hinter den Anschlägen steckten, und durchkämmten die rechte Szene.

Selbst Adolf Kanters Zelle, berichtete ein Wochenblatt, wurde auf den Kopf gestellt. Dutzende Rechtsextremisten hatten in den letzten Tagen Besuch vom Staatsschutz erhalten. Die Wohnungen wurden dabei, wie üblich, ohne richterliche Genehmigung durchwühlt, freiwillige Nachschau hieß das, es folgten Kraftausdrücke, auch das war Usus, dann Nötigungen und schließlich die Anzeige wegen nationalsozialistischer Wiederbetätigung. Waffen wurden nicht gefunden, schrieben die Zeitungen, weder Briefbomben noch Chemiebaukästen. Franz Hofer hatte nichts zu befürchten. Er war kein Mitglied der rechten Szene. Er bezog keine nationalsozialistischen Schriften. Er schrieb keine Leserbriefe mit Namen. Er hatte keinen Kontakt zu Neonazis oder Revisionisten. Er kannte diese Leute nur aus den Medien. Sie waren ihm zu redselig und handzahm. Molotowcocktails in Flüchtlingsheime zu werfen, Ausländer in der U-Bahn zu überfallen oder Hakenkreuze auf Hauswände zu sprühen, das war nicht sein Stil.

Drei Tage später hatte es einen dieser jungen Rechten erwischt. Karl Beilner wurde am Grenzübergang Richtung Prag gestellt. Weil er kurzgeschorenes Haar trug und der tschechische Zöllner Skinheads haßte. Im Handschuhfach eine Pistole. Geladen. Im Kofferraum fünfzehn Langwaffen, frisch gekauft. Und Nitroglycerin. Reines, selbstproduziertes Nitroglycerin. Der Sprengstoff. Sein Sprengstoff. Karl Beilner war auf dem Weg nach Berlin gewesen. Zu jenen Gesinnungsbrüdern, die zehn Briefe für zehn Jahre Haft angekündigt hatten. Noch am Abend zuvor hatte er in der Szene großspurig die Nachfolge Adolf Kanters angemeldet, unter den Augen der Staatspolizei. Der Innenminister saß erstmals seit einer Woche aufrecht bei der Pressekonferenz. Der Stapo-Chef meinte, jetzt kriegen wir sie alle. Und der Generaldirektor betonte, daß nun sogar mit weiteren Verhaftungen zu rechnen sei.

Franz Hofer lehnte sich genüßlich zurück. Die Behörden zogen mit jungenhafter Begeisterung an Fäden eines Netzwerks, das nicht von ihm gesponnen war. Die Spinne saß dort, wo sie keiner vermutete. Greifen hatte keine dreitausend Einwohner. Eine Kirche, zwei Gasthäuser, gepflegte Gärten. Unausgesprochener Haß. Wenn die Sonne der Kultur tief steht, hatte Franz Hofer einen Ausspruch von Karl Kraus auf sein Dorf gemünzt, werfen selbst die Zwerge lange Schatten – oder Gartenzwerge. Wie der Bürgermeister von Greifen, der aufrichtig davor gewarnt hatte, das Volksbegehren gegen Ausländer zu unterzeichnen, genauso, wie es seine Parteizentrale in Wien gewünscht hatte. Im Wirtshaus aber war er es, der am lautesten auflachte, wenn es gegen die Fremden ging. *Ist erst der letzte Jugo tot, gibt's keinen Nachbarn mehr in Not.*

Franz Hofer kannte die Hinterfotzigkeit der Menschen im Ort. Und er verachtete sie dafür, wie sie sich mit ihren Lebenslügen arrangiert hatten. Sie hatten sich damit abgefunden, nichts gegen *die da oben* machen zu können. Sie suhlten sich in Selbstgefälligkeit, schimpften auf die Ausländer, und viele wählten sogar die Rechtspopulisten. Doch wenn es darum ging, aufzustehen und sich einmal gegen *die da oben* aufzulehnen, da sackten sie zurück. Franz Hofer fühlte sich wie ein Spion in einem fremden Staat. Er wußte, was da ablief. Und nun wußte er auch, wie leicht es war, dagegenzuhalten. Doch dieses Wissen, die Euphorie, den Machtrausch, all das konnte er mit niemandem teilen. Er mußte das, was er begonnen hatte, auch weiterhin alleine durchziehen. Nur so, das war ihm von Anfang an klar gewesen, wäre es möglich, perfekt zu bleiben. Franz Hofer war irritiert darüber, wie leicht es war, den ganzen Staat unter Druck zu setzen. Natürlich hatte er kalkuliert, daß seine Sprengkörper für Verwirrung und Angst sorgen würden. Er hatte auch damit gerechnet, daß die Ermittlungen ins Leere laufen würden. Doch daß seine Bastelei, verbrämt mit dem historischen Vorbild Graf Starhemberg, gleichsam postwendend als politische Kampfansage verstanden wurde, verwunderte ihn doch. »Zurück an den Absender«, schaltete die Sozialistische Partei als Antwort auf die Attentate in allen Zeitungen des Landes. Der Bundespräsident beschwor das Fernsehvolk, jetzt erst recht zusammenzuhalten und sich gegen den Terror zu stellen. Die katholischen Würdenträger schlossen die Opfer der Anschläge in ihre Sonntagspredigten ein. Das Parlament trat zu einer Sondersitzung zusammen. Die Sondereinheit zur Bekämpfung des Terrorismus wurde binnen weniger Tage von fünf Mann auf ganze hundert aufgestockt. Dutzende Nachahmungstäter hatten Briefbomben-Attrappen verschickt. Irgend jemand hatte sogar ein authentisch anmutendes Bekennerschreiben verfaßt. Und die Medien des Landes hatten ohnehin nur noch ein Thema. Ihn. Franz Hofer hatte viel darüber gelesen, wie es war, von einem Tag auf den anderen berühmt zu werden. Er hatte die Biographien zahlreicher Terroristen, wie jene der deutschen RAF-Mitglieder, studiert, er ahnte in etwa, was einen erwartete, wenn man im Untergrund agierte und auf allen Fahndungslisten den ersten Platz einnahm, wenn Phantombilder veröffentlicht wurden, Personenbeschreibungen und Aufrufe, alle Verdächtigen zu melden, wenn man unterwegs war und ständig das Gefühl hatte, alle würden auf einen schauen. Doch was es hieß, als anonymer Terrorist über Nacht Geschichte zu schreiben und mit einem Mal der Medienstar schlechthin zu sein, das stand nirgendwo. Das hatte es noch nicht gegeben. Franz Hofer stand als erster auf dieser Bühne, er hatte nichts, woran er sich hätte anhalten können. Sein Stück war eine Weltpremiere. Wie legen wir es an, schmunzelte Franz Hofer, um gleich zu antworten: hintergründig.

Es war der Tag vor seinem Geburtstag, knapp zwei Wochen vor Weihnachten, als das Innenministerium zum nächsten großen Schlag ausholte. Ein Dutzend hochmunitionierter Männer war frühmorgens in Fürstenfeld, einer Stadt nahe der slowenischen Grenze, aufgefahren und hatte ganze Arbeit geleistet. Endlich durften sie einmal so richtig die Sau rauslassen. Mit gültigen Hausdurchsuchungspapieren und unterschriebenen Haftbefehlen. Otto Jost, der Intellektuellste unter den österreichischen Neonazis, wurde an die Wand gestellt, sein Haus ausgeräumt. Auch sein Vater wurde in Unterhosen auf die Straße gezerrt. Dringender Verdacht der Beteiligung an den Briefbombenattentaten.

Otto Jost, so meldeten die Zeitungen, hatte seine Festnahme teilnahmslos über sich ergehen lassen. Nur der Vater war laut geworden. Ausfällig sogar. Ein paar Tage später stand er wieder auf der Straße. Vor dem Wiener Landesgericht. Der Untersuchungsrichter konnte keinen Grund erkennen, den alten Mann länger festzuhalten. Otto Jost aber wurde als Bombenhirn aufgebaut. Die Fahnder hatten in seiner Wohnung Listen und Videos gefunden, die einige Opfer der Attentate zeigten. In der Bibliothek des untersetzten, extrem kurzsichtigen Rechten hatten die Ermittler ein Skriptum über Rassenhygiene gefunden, verfaßt von einem Professor Vutuc. Genau diesen Namen, der in Österreich lediglich dreimal vorkam, hatte Franz Hofer bei zwei der Bomben als fingierten Absender gewählt. Franz Hofer war Otto Jost kein einziges Mal begegnet. Er wußte, daß der junge Neonazi immer wieder behauptet hatte, daß es keine Gaskammern gegeben habe, und er wußte auch, daß er nicht zuletzt deshalb immer wieder angezeigt und in Haft genommen worden war. Irgendwie war Franz Hofer von Otto Jost fasziniert. Er war ohne Schuld in Haft, er gab an, nichts mit den Anschlägen zu tun zu haben, doch genau das, sagte er, täte ihm eigentlich sehr leid, er wäre stolz, zu den Terroristen des Grafen Starhemberg zu zählen.

Franz Hofer wurde bewußt, daß er spätestens damit auch zur Lichtgestalt der Rechtsextremen geworden war. Adolf Kanter war im Hochsicherheitstrakt weggesperrt, doch auch früher, als er noch in Freiheit war, hatte er in der Szene stets als Operettennazi gegolten. Der Vater Legationsrat, die Mutter treue Christlich-Soziale, er ein fülliger Kerl, der es liebte, im Unterholz niederösterreichischer Wälder herumzurobben und sich mit Kameraden vor laufenden

Kameras Gotcha-Schlachten zu liefern. Gotchas waren Pistolen, gefüllt mit Farbkügelchen. Die Regeln waren klar. Wer rot war, war getroffen, und wer getroffen war, war tot. Franz Hofer hatte Kanter und seine Kameraden stets belächelt. Otto Jost war ein anderes Kaliber. Er sprach nur soviel, wie es der Kampf verlangte. Er klagte nicht, daß er verfolgt wurde, er verstand es als Panik des Staates, der nicht fertig würde mit Leuten wie ihm.

Franz Hofer hatte von Anfang an damit gerechnet, daß Otto Jost für die Anschläge verantwortlich gemacht werden könnte. Doch jetzt fühlte er zum ersten Mal so etwas wie Eifersucht. Ein skurriles Gefühl. Otto Jost, schrieben die Wochenmagazine, ist der Prototyp des Neuen Rechten. Blitzgescheit, pragmatisch, bereit zur Gewalt. Er allein, hieß es nun jeden Tag, jede Stunde, jede Zeile, verfüge über jene Kraft, die nötig gewesen sein mußte, um das Unternehmen Briefbomben durchzuziehen. Mit ein, zwei, drei oder vier Mittätern. Er hatte Ausgaben der ORF-Sendung *Heimat, fremde Heimat* aufgezeichnet, selbst geschnitten und mit zynischen Kommentaren im Stil der »Juda-verrecke«-Filme versehen. Er hatte, noch in Haft, Kassiber an den ebenfalls inhaftierten Führer, an Adolf Kanter, geschickt, dem er mitgeteilt hatte, daß es nun an der Zeit sei, militärische Kader zu bilden, in den Untergrund zu gehen und loszuschlagen. Er war es, sagten die Behörden. Karl Beilner, ja, vielleicht. Otto Jost mit an Sicherheit grenzender Wahrscheinlichkeit. Wer sonst, wenn nicht er. Schließlich hatte er sogar zugegeben, daß der Graf Starhemberg bereits in der Schule zu seinen Vorbildern gezählt habe.

Die Behörden warnten vor neuen Briefbomben. Auch unter dem Christbaum sei Vorsicht geboten, hieß es. Den Kameraden Josts wäre nichts lieber als Blut am Weihnachtsabend, als Tote unter Sprühkerzen. Franz Hofer gelang es nun nur noch sporadisch, seinen Erfolg auszukosten. Die Anschläge wurden als mehr oder weniger gegessen erklärt, jetzt seien nur noch die Gerichte am Zug. Franz Hofer fühlte sich, als sei er von seiner eigenen Bühne gestoßen worden. Den Applaus, die Kritik bekamen jetzt andere. Beilner. Jost. Kanter. Ja sogar Kisson, Hermann Kisson, der sich schon Monate vor den Briefbomben in den Süden abgesetzt hatte, wurde als einer der Hauptverdächtigen gehandelt. Franz Hofer war nicht mehr präsent. Er mußte etwas dagegen tun, er war noch lange nicht fertig. Es galt, den Staat noch tiefer zu verwunden, ihn vorzuführen, ihn durch immer neue Nadelstiche lächerlich zu machen.

Bericht des psychiatrischen Gutachters

Herr Franz Hofer erfüllt die Kriterien der fanatischen Persönlichkeitsstörung, weil er in den letzten Jahren mehr und mehr von überwertigen, ideenhaften Gedankenkomplexen beherrscht worden ist und sein ganzes Handeln, ja seine Lebensführung, danach ausgerichtet hat. Innerhalb der von Kurt Schneider beschriebenen Unterteilung dieser Charakterkategorie in aktiv-expansive, persönliche und matte Fanatiker gehört er zu den »Ideenfanatikern«, welche für ihre Ideen kämpfen. Der Gedanke, daß es in Österreich zu einer Verschiebung der Volksgruppe komme und ein Deutschösterreicher das Recht, ja geradezu die Pflicht habe, sich gegen die »Umvolkung« zur Wehr zu setzen, ist für ihn zum Programm geworden. Im Gegensatz zu den meisten Ideenfanatikern ist Franz Hofer allerdings nach außen keine hochaktive, kämpferische und suggestible Persönlichkeit, die ihre Aggressionsimpulse auf Gruppen oder Massen übertragen kann. Sein absoluter Einsatz für die überwertige Idee, die unbedingte Überzeugung von der Richtigkeit und Gerechtigkeit der eigenen Ideologie, sein unbeirrbares und für jede Kritik unzugängliches, beinahe messianisches Sendungsbewußtsein gehören aber zum Wesen des Kampffanatikers. Dessen Bild wird durch die Schilderungen des Untersuchten komplettiert, wonach er sich vor und bei Einsätzen »wie ein Krieger in der Schlacht« gefühlt, unter höchstem Streß, unter Übelkeit und Durchfall gelitten und stets mit Todesangst gekämpft habe. Er hat seine fixe Idee kämpferisch, wenn auch anonymisiert, nach außen vertreten und tut dies heute im Gespräch immer wieder. Der ansonsten höfliche, rücksichtsvolle Mann wird im Gespräch über ausländische Volksgruppen in Österreich und die dazugehörige Politik hart, abwertend, aggressiv und zynisch. Er hat seinen vorherrschenden Lebensinhalt im unerkannten, zurückgezogenen, aber um so verbisseneren Agieren gegen das seiner Meinung nach stattfindende Überhandnehmen von Ausländern in führenden Positionen gefunden. Sein alles beherrschender Fanatismus kann aber auch als gelungener Überbau beziehungsweise Schutzwall für skrupellose Anwandlungen und für die tief verwurzelte innere Unsicherheit betrachtet werden.

Franz Hofer stand nun wieder früh auf. Er spazierte über die eisigen Äcker, machte lange Autofahrten, erwog die Wahl der Sprengstoffe, recherchierte die Auslösezeit verschiedenster Zündelemente und spielte immer wieder neue mögliche Opfer durch. Die Berichterstattung über die Briefe vom vergangenen Dezember war mittlerweile von den Politikseiten der Zeitungen auf die Chronikseiten ausgelagert worden. Die Attentate wurden längst nicht mehr politisch analysiert, sie waren zur kriminaltechnischen Angelegenheit verkommen. Jost und Beilner saßen immer noch. Die Anklage nahm Konturen an und wurde als wasserdicht gepriesen. Und obwohl nichts geklärt war, schien alles entschieden. Es gibt eben doch keinen breiten Terror im Land, sagte der Innenminister. Und der Generaldirektor sekundierte, daß die rechte Szene spätestens jetzt aufgemischt sei. Man habe mehr als sechzig Hausdurchsuchungen durchgeführt und alles, was rechts war, zweimal umgedreht.

Der nächste Anschlag mußte noch besser sein. Ein Knall, hart und unüberhörbar. Ein paar Finger würden jetzt nicht mehr reichen. Er wollte die ganze Hand. Oder mehr. Außerdem müßte er endlich flächendeckend arbeiten. Er wollte, daß auch der Westen und Süden des Landes aufgeweckt werden. Anfang Mai fuhr er zum ersten Mal nach Klagenfurt. Er mochte die Stadt. Sie hatte mediterranes Flair und roch nach Wasser, tiefem, dunkelgrünem Wasser. Doch deswegen war er nicht hierhergekommen. Franz Hofer stand im Einsatz. Er parkte den Wagen in der Innenstadt, bestieg am Heiligengeistplatz einen der öffentlichen Busse und fuhr bis zur Ebentalerstraße. Dort stieg er aus und setzte sich auf eine der umstehenden Parkbänke. Die Schule gegenüber, so hatte er entschieden, würde sein nächstes Ziel sein. Und der Sprengkörper kein Brief, sondern eine richtige Bombe. Eine, die diesen Namen tatsächlich verdiente. Eine, die dem Staat zeigen würde, daß Graf Starhemberg jederzeit bereit und fähig sei, zu töten. Die Renner-Volksschule war die erste Schule außerhalb des zweisprachigen Gebietes von Kärnten, die Slowenisch als Unterrichtssprache eingeführt hatte.

Die Mehrheit der Bevölkerung, das hatte Franz Hofer immer wieder gelesen, verurteilte dieses Vorgehen. Sie wollte kein Slowenisch, wo Deutsch gesprochen wurde. Er erinnerte sich an die künstlich aufgeregten Frauen, die vor dem Büro des Landeshauptmannes in Hungerstreik getreten waren, um Slowenisch im Unterricht durchzusetzen. Mit allen Mitteln. Und er war immer noch entsetzt und aufgebracht, daß sich diese Minderheit nicht genierte, sich aufzuführen wie eine Mehrheit. Aber der Staat war so schwach, daß sie gewonnen hatten. Die Renner-Volksschule, dachte Franz Hofer, dieses großslowenische Umvolkungsinstitut, muß brennen. Muß in sich zusammenbrechen. Mit allen Mitteln. Ein Spalt zwischen der Außenmauer und fünf davorstehenden Stromverteilerkästen erschien ihm als der ideale Ort für die Hinterlegung der Bombe. Hier könnte sie niemand entdecken, bevor sie hochgehen und das Gebäude zum Einsturz bringen würde.

Am späten Abend schlenderte Franz Hofer noch einmal an der Schule vorbei, sondierte das Gelände, überlegte, wo er am besten parken und wie lange es dauern würde, bis er die Bombe im Spalt versenkt hätte. Um sich nicht jetzt schon verdächtig zu machen, ging er in eine Telefonzelle, die unmittelbar vor der Schule stand. Und schaute von dort auf sein Kampfziel. Er nahm den Hörer von der Gabel und sprach sich leise vor, daß er die Bombe in den Ferien hinterlegen würde, um nicht die Schüler selbst zu verletzen, und daß in Hinkunft jeder damit rechnen müßte, verwundet oder getötet zu werden, der auf österreichischem Staatsgebiet die slowenische Sprache benutzte, gleich, ob es sich um Österreicher oder Slowenen handelte.

In den folgenden Wochen erlebte Franz Hofer, was er bereits beim Bau der Briefbomben bemerkt hatte. Seit er sich für neuen Terror entschieden und das Ziel des Anschlags festgelegt hatte, überkam ihn eine Leichtigkeit, und wenn er die Augen schloß, sah er jetzt wieder die Farbe Orange.

Franz Hofer ging einkaufen. Er hatte beschlossen, die Bombe aus vier Komponenten zusammenzusetzen. Für den ersten Teil der Elektronik benötigte er einen Tischwecker. Dieser mußte präzise, leise, klein und batteriebetrieben sein, um den Zeitzünder zu betreiben. Er erwarb Elektronikwecker der Marken Junghans, Kundo, Peter, Schwaiger und Kienzle. Doch keiner davon war brauchbar. Erst ein Wecker der Marke Rhythm erfüllte alle Ansprüche. Die Uhr war sehr klein, ließ sich perfekt einbauen, der Sekundentakt ging leise, die Batteriekontakte ließen sich gut löten. Die Einstellungselemente Zeit und Alarm fixierte Franz Hofer mit Klebstoff. Jetzt bedurfte es nur noch einer weiteren

Manipulation, und er hätte sogar ein perfektes Alibi: Franz Hofer wollte zum Zeitpunkt der Explosion zurück in Greifen sein und den Fernseher so laut aufdrehen, daß seine Eltern an die Tür klopfen und sich tags darauf bei ihm beschweren würden. Er veränderte die Geschwindigkeit des Schrittmotors so, daß sich der Sekundentakt im Verhältnis eins zu sechs verzögerte. Der Stundenzeiger brauchte nun nicht mehr zwölf Stunden für eine Umrundung des Ziffernblattes, sondern zweiundsiebzig Stunden. Genug Zeit, um sich zurückzuziehen, das Auto zu saugen, zu duschen und sich entspannt vor den Fernseher zu setzen. Danach konstruierte er einen Rüttelkontakt. Wer immer das Rohr aufheben würde, sollte damit in die Luft gehen. Die dritte Komponente wurde zu seinem Meisterstück. Aus Platzmangel war Franz Hofer gezwungen, die einzelnen Bauteile, insgesamt fast neunzig Elemente, in dreidimensionaler Form anzuordnen. Er vergoß die vertikal und horizontal plazierten Materialien mit Epoxidharz, ließ sie trocknen und arbeitete weiter. Die Bombe wuchs wie ein dreidimensionales Puzzle. Franz Hofer war glücklich.

Im August ließ er im Arbeitszimmer das Licht brennen, packte die Bombe in seinen Wagen, drehte das Glühlämpchen der Kennzeichenbeleuchtung aus der Fassung, schob den Mitsubishi im Leerlauf aus dem Hof und machte sich auf den Weg.

ERMITTLUNGSANSÄTZE

Die Justiz tat sich verdammt schwer. Zu schwer für Lümmers Geschmack. Es war bekannt, daß die Staatsanwälte, auch die im Ministerium, in der Lage waren, ihre Untersuchungen so zu führen, daß etwas Anständiges dabei herauskam. Mit dem sich eine Anklage basteln ließ. Mit dem sie vor die Geschworenen treten konnten. Zwar nicht guten Gewissens, doch welche Rolle spielt in diesem Fall schon das Gewissen. Sie verstanden ihr Handwerk. Im Grunde war das Justizministerium dem Innenressort nicht unähnlich. Nur die Wahl ihrer Mittel unterschied die beiden. Hier im Haus waren die Trennlinien zwischen den Grabenkämpfen mit auch nur ansatzweise vorhandenem Instinkt für Intrigenspiele nachvollziehbar. In der Neustiftgasse, wo sich die Amtsräume des Justizministers befanden, wurden keine Messer gewetzt. Dort gab es keine Kämpfe. Nur Diskurse. Meinungsverschiedenheiten. Kein hartes Wort. Besser ein leiser Telefonanruf. Die Stiche wurden in der Regel so gesetzt, daß sie für den Betroffenen kaum spürbar waren, es aber trotzdem zur gewünschten Machtaufteilung kam. Wie sie ihre Einflußsphären verteidigten, so geschickt steuerten sie auch auf ein Ergebnis hin, das sie sich vorgestellt hatten. Oder das sie von ganz oben ausdrücklich vorgestellt bekamen. Die gesetzlichen Vorschriften wurden dabei niemals nachweislich verletzt, aber eben in die eine oder andere Richtung passend interpretiert. Schließlich standen den Betroffenen immer sämtliche Rechtswege offen. Vertrauen in den Instanzenweg. Aufforderungen, die Staatsanwälte gerne machten. Mit einem süffisanten Lächeln im Gesicht.

Der Anfangsverdacht, so nennen das die Juristen, war stark und rechtfertigte alle getroffenen Maßnahmen. Die Indizien waren eindeutig. Solange jedenfalls, bis die Voruntersuchung in Schwung kam. Sie brachte einiges ans Tageslicht, was rechte Umtriebe in Österreich betraf. Aber keine Beweise. Lümmer ließ sich alle drei bis vier Wochen über den Stand der Dinge berichten. Ein rein dienstliches Interesse offiziell. Schließlich war er falsch gelegen. Und im nächsten Haushaltsplan würden womöglich die Mittel für den kriminalpsychologischen Dienst gekürzt.

Die Briefbombenanschläge galten als aufgeklärt. Die Öffentlichkeit war beruhigt worden, die Medien konzentrierten sich auf das Umfeld von Beilner und Jost. Präsentierten graphische Darstellungen jener Verbindungen zwischen Deutschland und Österreich, in denen die beiden Attentäter wirkten. Die Zeichnungen kamen Lümmer bekannt vor. Er hatte sie erst tags zuvor im Original gesehen. Der Kollege von der Staatspolizei hatte sie ihm gezeigt, nicht ohne Stolz. Die Beamten hatten die Neonazis derart durchleuchtet, wie es wohl ohne die Anschläge niemals passiert wäre. Durch ihre peniblen Recherchen hatten sie mittlerweile eine konkrete Vorstellung, wie es zu dem gekommen war, was im Advent seinen Höhepunkt erreicht hatte: der Plan »Freiheit für Adolf Kanter«. Bereits im Sommer, kurz vor Beginn des Prozesses gegen den Neonazi-Führer in Österreich, war es zu ersten Vorbereitungen gekommen, damals noch rein ideologischer Natur. In einem Lokal in Salzburg hatten sich alle, die in der Szene Rang und Namen hatten, getroffen und beschlossen: *Wir wehren uns.* Dann ging man daran, die nötigen infrastrukturellen Maßnahmen zu schaffen und Personal zu organisieren. Bestellung der Bauteile bei Kollegen in Deutschland. Absolvierung zahlreicher Bombenbau-Kurse. Im Dezember schließlich startete die Aktionswoche. Actio est reactio. Wie in den Naturwissenschaften.

Lümmers Fehleranalyse verlief ohne nennenswerte Ergebnisse.

Wien, 24. August. Neue Zürcher Zeitung. Vor der Karl-Renner-Schule, einer Volksschule im Stadtteil St. Peter der Kärntner Landeshauptstadt Klagenfurt, wurde in der Nacht zum Mittwoch eine Rohrbombe entdeckt. Sie war gegen Mitternacht von einem Unbekannten in unmittelbarer Nähe eines Stromverteilerkastens deponiert worden. Der Mann fiel einem Nachbarn auf, welcher sofort die Polizei verständigte, doch entkam der Unbekannte in einem Personenauto. Drei Polizisten, die alsbald am Tatort erschienen waren, entschieden, die Bombe – ein PVC-Rohr von etwa einem halben Meter Länge und etwa fünf Kilogramm Gewicht – zum Klagenfurter Flug-

hafen zu bringen, um sie dort in der Gepäck-Röntgenstrasse untersuchen zu können. Das Rohr explodierte jedoch, ehe die Polizisten ihre Absicht verwirklichen konnten. Einem der drei wurden beide Unterarme abgerissen, zudem wurde er an beiden Augen verletzt. Einer seiner Kollegen erlitt eine Splitterverletzung an der Schulter und einen schweren Schock. Der dritte Polizist wurde an der Hand verletzt und erlitt einen Hörsturz. Alle drei sind außer Lebensgefahr. Der Umstand, daß die Polizisten das Risiko eingingen und versuchten, das verdächtige Rohrstück zum Flughafen zur Untersuchung zu bringen, wurde im Radio damit erklärt, daß der Schwerstverletzte einer von 54 österreichischen Sprengstoffsachverständigen ist und auf Grund seiner Ausbildung berechtigt sei, in eigener Verantwortung zu klären, wie gefährlich ein Sprengsatz sei und wie er zu entschärfen sei. Erst wenn ihm das Risiko zu groß erscheine, müsse er einen der sieben Entschärfungsspezialisten des Innenministeriums in Wien hinzuziehen. Art und Herkunft des Sprengsatzes sind derzeit Gegenstand von Untersuchungen von Sachverständigen. Das Wiener Innenministerium hat eine rigorose Informationssperre über den Anschlag verhängt. Die Grenzen zu Italien und Slowenien werden intensiv überwacht. Der Flugverkehr von und nach Klagenfurt ist jedoch nicht beschränkt. Der Anschlag hat bereits auch »Trittbrettfahrer« auf den Plan gerufen. Am Mittwochmorgen gab es in einem Klagenfurter Kaufhaus nach einem Telefonanruf Bombenalarm. Die folgende Suche blieb jedoch ergebnislos. Ein weiterer Drohanruf ging beim Roten Kreuz in Klagenfurt ein. Der Anrufer kündigte weitere Anschläge in der Landeshauptstadt an. Ein eventuelles Motiv des Anschlags auf die Karl-Renner-Schule wird in Klagenfurt in dem Umstand vermutet, daß die Schule seit zwei Jahren eine deutsch- und slowenischsprachige Primarstufe beherbergt, deren Einrichtung von Angehörigen der slowe-

nischen Volksgruppe gegen Widerstand in Bevölkerung und Politik erst mit Hilfe eines Spruches des Verfassungsgerichts erzwungen werden konnte. Die Schule wird im kommenden Jahr 50 Schüler zweisprachig unterrichten und erstmals auch einen vierten Klassenzug führen.

Es hatte einen Polizisten erwischt. Lümmer erinnerte sich, wie er selbst noch an der Front gestanden war. Die Straßen abgeschritten, seinen Dienst vor Ort getan hatte. Die Ereignisse von Klagenfurt berührten ihn. Die verständnislosen Bemerkungen brachten ihn in Rage. Wie kann man nur so unvorsichtig sein, ein verdächtiges Rohrstück durch die Gegend zu führen? Damit völlig bedenkenlos hantieren? Er hatte die Gefährlichkeit nicht unterschätzt, sondern objektiv bemessen. Wie es jeder Experte gemacht hätte. Und alle wären sie zu dem Ergebnis gelangt, daß es mit dem Plastikrohr nicht viel auf sich hatte. Sie hatten es fallen lassen. Die Exekutivbeamten hatten das verdächtige Stück fallen lassen, als sie versucht hatten, es hinter dem Stromverteilerkasten hervorzuholen. Sie hatten es schon in Händen gehalten, als es ihnen entglitten war. Auf dem Gehsteig aufgeschlagen war. Aus rund einem Meter Höhe. Keine Anzeichen irgendeiner Reaktion. Keine Explosion. Die Erleichterung war groß. Eine richtige Bombe wäre nach solch einem Zwischenfall zur Detonation gelangt. Das Rohr war nicht besonders gefährlich. Für eine gewisse Zeit. Solange eine spezielle Technik die Auslösung durch Bewegung verhinderte. Als das Förderband in der Röntgenanlage des Klagenfurter Flughafens eingeschaltet wurde, war die Zeit abgelaufen. Obwohl schon Teile des Sprengstoffes aus dem Rohr entfernt worden waren – der Polizist hatte es aufgeschnitten und die Chemikalien in einen Eimer geleert –, war die Wucht der Explosion enorm gewesen. Sie hatte ihm beide Hände von den Unterarmen gerissen. Seine Kollegen hatten ihm das Leben gerettet, als sie ihm beide Stümpfe mit einer Schnur abbanden.

Lümmer bekam die Information, daß die Staatspolizei die Ermittlungen übernommen habe. Es gab einen Zeugen. Einen Augenzeugen. Er hatte den Mann gesehen, der das Rohr deponiert hatte. Und wie er mit einem hellfarbigen Fahrzeug, vermutlich japanischer Herkunft, den Tatort verlassen hatte. Sie bemühten sich, ein Phantombild zu zeichnen. Schlank, dunkelhaarig, Alter um die vierzig, möglicherweise ein Schnurrbart. Es war Mitternacht. Und finster. Es gab erste Spuren. Einen Verdächtigen sogar. Er wollte in seinem PKW die italienisch-deutsche Grenze passieren, ergiff aber panikartig die Flucht, als Polizisten versuchten, ihn anzuhalten. Der Mann taugte allerdings nicht viel. Es war lediglich ein Häftling, der Ausgang hatte. Und nervös wurde, weil ihm Grenzübertritte grundsätzlich untersagt waren.

Vieles deutete wieder auf Neonazis hin. Auf die lokale Szene. Daß die Bombe vor einer zweisprachigen Schule angebracht worden war, sprach für einen politischen Hintergrund. Außer man ging davon aus, daß die Stromversorgung in Teilen Klagenfurts mittels Sprengsatz kurzfristig zum Erliegen kommen sollte. Solche Einzelmeinungen gab es.

Für rechtsradikale Urheber sprach auch die Bauweise. Laut erster Analyse eine Sprengstoffmischung aus Unkrautsalz (womöglich mit Staubzucker). In Flugblättern der »Neuen Nazistischen Front Deutschlands« wurden Sympathisanten explosive Mischungen dieser Art wärmstens zur Verwendung empfohlen. Samt leicht verständlich abgefaßter Herstellungsformeln.

Gut möglich, daß Kärntner Neonazis mit dem Plastikrohr ein Zeichen setzen wollten. Doch der am intensivsten verfolgte Ermittlungsansatz hieß »Rotlichtszene«. Die Sicherheitsdirektion hatte den Fahndern aus Wien zu verstehen gegeben, daß in der Kärntner Landeshauptstadt vor mehreren Monaten eine gewalttätige Auseinandersetzung zwischen verschiedenen konkurrierenden Gruppen entbrannt war. Inklusive Erpressungen und Schußattentaten. Die Bombe, gelegt von einem der mächtigsten Clans der Kärntner Unterwelt, sollte allen anderen als eindeutige Warnung dienen.

Lümmer verstand nicht, warum Rotlichtkaiser Bomben vor Schulen deponieren sollten. Und nicht vor feindlichen Nachtklubs. Er brauchte nicht weiter nachzudenken. Die wahren Täter hatten sich entschlossen, mit den Mißverständnissen aufzuräumen.

Salzburger Eidgenossenschaft
Bajuwarische Befreiungsarmee

An den Außenminister der Republik Slowenien
8. September

Schriftliche Ausführung und stilistische
Bearbeitung: BBA, Sekretariat;
Briefaufgabe: BBA, »Andreas Hofer«

A) Erklärung des Kampftrupps BBA, »Herzog Oadilo von Bayern« zum Anschlag vom 24. August auf die Renner-Schule in Klagenfurt:
1) Wir als Kampftrupp »Herzog Oadilo von Bayern« bekennen uns zum Anschlag vom 24. August auf das großslowenische und panslawistische Umvolkungsinstitut Renner-Volksschule in Klagenfurt und bestätigen hiermit die Vermutungen des slowenischen Außenministeriums. Produktion der Kampfmittel und Bombenlegung erfolgte durch den Kampftrupp »Herzog Oadilo von Bayern«.
2) Beweise zu Punkt 1: Der im TV vorgezeigte Schalttransistor der Zünderstufe trägt die Aufschrift »ITT BC 140-10«. In den rauchförmigen Detonationsrückständen sind Glassplitter, Nitroglycerin und Silberfulminat und deren Zerfallsprodukte nachweisbar (wenn sich jemand die Mühe macht, dies zu untersuchen).

3) Warnung an Eltern, Schüler und Lehrkräfte: Wer seine Kinder in die »VS 24« schickt, verbaut ihnen die Zukunft. Gefährdet sind ferner alle Personen an Eigentum, Gesundheit und Leben, die mit Schülern und Lehrern der »VS 24« im gleichen Bus fahren oder sich im gleichen Gebäude aufhalten.
4) Beste Wiedersehensgrüße an jene beiden Volksverräter und Partisanenfreunde, die unerwartet viel und vor allem gefährlich rasch »gesungen« haben, nämlich an den langen »Wolfgang« und an die gestutzte »Gisela«. Letztere (Zitat vom 24.8.: »Host dees gseen?«) geht ungeniert in Klagenfurt spazieren und wurde von uns nochmals aus nächster Nähe fotografiert.
5) Wir freuen uns, daß der zur Kaste der Deutschösterreicher gehörige Gendarmeriebeamte nicht nennenswert verletzt wurde. Die beiden anderen Herren gehören zur Herrenkaste der österreichischen Tschuschen, das ist jene Kaste, die 35 Prozent der Bevölkerung ausmacht, aber sich im Lauf von 10 Jahren 80 bis 90 Prozent der politischen Macht und über die Aufsichtsräte auch der wirtschaftlichen Macht angeeignet hat.

Es folgen Beleidigungen gegen den Bundespräsidenten, gegen mehrere Mitglieder der Bundesregierung sowie gegen Landespolitiker. Anschließend ein Abschnitt »aus der Geschichte der Karantaner«. Begründung für die Verwendung der deutschen Sprache im Raum Kärnten.

C) WARNUNG in Richtung der großslowenischen Expansionisten: Wer in Hinkunft auf österreichischem Staatsgebiet die slowenische Sprache benützt (namentlich das Laibacher Schriftslowenisch), muß damit rechnen, verletzt oder getötet zu werden. Dies gilt sowohl für österreichische als auch für slowenische Staatsbürger (Geschäftsgespräche von Einkaufstouristen mit öster-

reichischen Verkäufern in slowenischer Sprache). Es besteht auch kein Bedarf an slowenischsprachigen Funktionären in der Kammer für Land- und Forstwirtschaft in Klagenfurt. Mit Konsequenzen hat auch die katholische Kirche zu rechnen, die derzeit (zum wiederholten Male in der Geschichte) die sprachliche Slowenisierung Kärntens berücksichtigt.

Mit Grüßen
BBA, »Herzog Oadilo von Bayern«

Ergänzung des Sekretariats:
Die BBA bekennt sich zum wiederholten Male zur Briefbombenserie vom Dezember 1993. Genaue Zielauswahl, technische Planung, Produktion der Kampfmittel und Briefabsendung wurden vom Kampftrupp BBA, »Graf Ernst Rüdiger von Starhemberg« durchgeführt. Wir vermuten, daß die inhaftierten Verdächtigen Jost und Beilner nicht einmal von der Existenz einer BBA wissen; umso weniger haben sie irgend jemanden angestiftet oder gar das Kampfprojekt selbst durchgezogen. Kurios sind vor allem die Anschuldigungen gegen den »Philosophen« Beilner, der sich einbildet, daß man unsere gefestigte Tschuschen-Diktatur mit demokratischen, zumindest aber mit gewaltfreien Mitteln zu Fall bringen kann.

Der Brief war ein Alptraum. Er langte am 6. Oktober im slowenischen Außenministerium ein. Einen Tag später wurden der Generaldirektor, die Chefs der Staatspolizei sowie der »besonderen Einsatzgruppe« und auch Lümmer informiert. Der Generaldirektor gab Weisung, das Schreiben aus »kriminaltaktischen Gründen« vorerst geheimzuhalten. Die Bekennung zu dem Bombenanschlag in Klagenfurt wäre verkraftbar gewesen. Die Angaben, auch die Briefbomben vom Dezember gingen auf ihr Konto, nicht. Das könnte Ärger verursachen. Und noch mehr Unruhe. Also Geheimhaltungsstufe.

Die neuen Briefbomben eigneten sich für kein Versteckspiel. Vier Stück an der Zahl. Nun heißt es kühlen Kopf bewahren, sinnierte der Generaldirektor. Der trommelte seine Leute zusammen. Diesmal alle. Die Kommunikationstechnik innerhalb der Sicherheitsbehörden hatte sich seit den ersten Bombenanschlägen im Winter deutlich verbessert. Jeder Fahnder hatte einen Pager bekommen. Damit konnten sie zu jeder Tages- und Nachtzeit angepiepst werden. Der Generaldirektor machte Gebrauch davon. Lümmer als Zuhörer. Die Ziele: Dornbirn, Hallein, Innsbruck und Klagenfurt. Teilweise Bekennungen. BBA, Kampftrupps und ein »Graf Ernst Rüdiger von Starhemberg«. Beipackzettel ausländerfeindlichen Inhalts in Hallein. Forderung nach Auflösung der Moschee.

Verletzt wurde niemand, keine der Briefbomben war scharf. Eine gute Nachricht, die alle gerne hörten. Kein Vergleich mit den Briefbomben von Jost und Beilner. Damals im Winter: hochkomplexe Elektronik, verschiedene Zündmechanismen. Meisterwerke. Diesmal im Herbst: schlampige Arbeit. Unvermögen. Konstruktionsfehler, die ein Explodieren verhinderten. Ganz eindeutig fehlte beim Bau der Briefe jemand, der in Elektrotechnik versiert war. Wie Karl Beilner. Überhaupt war bei diesen vier Briefbomben einiges anders: So konnte hinter den fingierten Absendern keinerlei Symbolik entdeckt werden.

Der Generaldirektor war von einer Entlastungsaktion für Jost und Beilner überzeugt. Er äußerte das im Fernsehen und in Zeitungsinterviews. Er glaubte das wirklich. Dessen vergewisserte sich Lümmer auf »kurzem Dienstweg«. Was konnte Jost und Beilner Besseres passieren als Briefbomben, während sie in Untersuchungshaft saßen? Wenn das kein einwandfreies Motiv war. Für zwei, drei andere braune Gestalten in der Szene. Nicht besonders auffällig, aber mit engem Kontakt zum Hirn der Aktionen in Deutschland. Der deutsche Verfassungsschutz arbeitete schon auf Hochtouren.

Die Theorie des Generaldirektors stimmte, wenn man den Brief an den slowenischen Außenminister nicht berücksichtigte. Baute man das Schreiben in seine Überlegungen mit ein, war sie nicht mehr aufrechtzuerhalten. Das wußte der Generaldirektor.

Ein ernstes Wort. Jemand mußte mit ihm darüber reden. Lümmer meinte, es machen zu können. Er war ihm nicht direkt unterstellt. Vielleicht auf dem Papier, aber nicht im täglichen Zusammenspiel. Sie hatten Respekt voreinander, aber ohne Unterwürfigkeit. Er konnte sich einiges erlauben. Die Staatspolizisten hingegen wollten sich mit ihrem obersten Chef nicht anlegen. Sie äußerten nur in den seltensten Fällen Kritik. Wegen des Briefes. Wegen des Bekennerschreibens. Die Stirnfalten des Generaldirektors runzelten sich. Sie machen einen Fehler. Beide waren sich darin einig, daß jene, die das Schreiben an den slowenischen Außenminister verfaßt hatten, auch die Urheber des Anschlages auf die Klagenfurter Schule waren. Das war eindeutig. Sie lieferten dafür sogar Beweise, beschrieben Details, die nur die Täter wissen konnten. Doch den nächsten Gedankensprung Lümmers teilte der Generaldirektor nicht. Er verweigerte. Die Verfasser der Bekennung gaben an, sie seien es gewesen, die die Klagenfurter Bombe gebaut hatten. Und es stimmte. Die Verfasser gaben weiters an, sie hätten die Briefbomben an den Wiener Bürgermeister und andere verschickt. Warum sollte ausgerechnet das nicht stimmen? Abwertende Handbewegung. Ein billiger Trick. Und Sie fallen drauf rein. Weil die den Gesinnungsgenossen den Kopf aus der Schlinge ziehen wollen. Ganz ehrlich: Warum sollen wir die zwei Briefbombenserien in Verbindung bringen? Aufgrund der drei lächerlichen Buchstaben BBA? *Bajuwarische Befreiungsarmee*. So nannten sie sich, die den Brief an den slowenischen Außenminister geschrieben hatten.

Und die behaupteten, im Dezember explosive Post in Umlauf gebracht zu haben. *BBA*. Das stand auch auf Zetteln, die den aktuellen Briefbomben beigelegt waren. Für den Generaldirektor kein Beweis.

Lümmer war nicht erfolgreich. Der Generaldirektor konnte es sich nicht leisten, so zu denken wie er. Alles eine Handschrift: Die ersten Briefbomben, die Bombe in Klagenfurt, das Schreiben, die zweiten Briefbomben. Lümmer glaubte, was die Bajuwarische Befreiungsarmee behauptete. Selbst jene, die nun Opfer der gefährlichen Post werden sollten, dachten an das vergangene Jahr, erinnerten sich an die ersten Briefbomben und verständigten deshalb die Gendarmerie, als wieder weiße Kuverts, dicker als die normalen, die sie sonst erhielten, mit dem Vermerk »persönlich« auf ihren Schreibtischen lagen. Nur der Generaldirektor verdrängte. Zwei Hauptverdächtige läßt man nicht so schnell wieder laufen. Das sähe nicht gut aus.

Lümmer bekam die dreiseitigen Ausführungen der Bajuwarischen Befreiungsarmee auf seinen Wunsch in Kopie ausgehändigt. Er knipste seine Schreibtischlampe an und begann erneut zu lesen. Langsam. Wort für Wort. Auf jede Kleinigkeit achtend. Legte sie wieder zurück und ließ den Inhalt auf sich wirken. Er versuchte, sich seine Gedanken zu machen. Kritzelte ein paar Zeichnungen auf das Blatt Papier, das er vor sich liegen hatte. Strich sie wieder durch. Und fing von neuem an. Lümmer ging nicht schlafen. Dazu war er zu aufgeregt, wenn er mitten in seinem Labyrinth aus Gedanken herumirrte. Es dauerte oft Stunden, bis es soweit war, daß sich seine Kreativität in gewünschtem Maß ausbreiten konnte. Hatte er diesen Zustand erreicht, mußte er solange wie möglich aufrechterhalten werden. Betten, Telefone, Hungergefühle oder eine schlecht entleerte Blase wurden dabei zum Risiko.

Jost und Beilner ließ Lümmer außen vor. Sollte der Generaldirektor doch Recht behalten, und sie waren tatsächlich die Urheber der zehn Anschläge, galt es noch immer, die Mitglieder der BBA auszumachen, das Attentat auf die Klagenfurter Volksschule zu klären und die Hersteller der neuen Briefbomben zu finden. Für all das konnten Jost und Beilner nicht verantwortlich gemacht werden. Dazu hätten sie in ihren Zellen nun wirklich keine Möglichkeit gehabt. Und wenn Lümmer diesmal richtig lag und die beiden nichts mit der ganze Sache zu tun hatten, spielten sie ohnehin keine Rolle.

Das Bekennerschreiben war aus kriminalpsychologischer Hinsicht nicht in erster Linie wegen seines Inhalts interessant. Lümmer beschäftigte vor allem, warum er diese Blätter Papier überhaupt in Händen halten konnte. Warum entschlossen sich die Attentäter, zu schreiben, und damit, ob sie wollten oder nicht, Spuren zu legen. Details zu verraten. Jeder Brief birgt ein ungeheures Risiko in sich. Der Stand der Kriminaltechnik mußte den Attentätern doch bekannt sein. Und trotzdem der Brief, der sie verraten könnte. Er war wie eine Vorstellung. Wie wenn im Theater der Vorhang hochging. Hier sind wir. Gestatten, Salzburger Eidgenossenschaft. Bajuwarische Befreiungsarmee. Die Bomben reichten ihnen nicht. Die Menschen mußten sie auch sehen. Wie sie die Bühne betraten. Und erkennen, daß sie den Terror verbreiteten und nicht irgendwelche dahergelaufenen Neonazis, die von der Existenz der Bajuwarischen Befreiungsarmee nicht einmal eine Ahnung hatten. Sie schrieben diese trotzigen Zeilen nicht, um Jost und Beilner zu entlasten. Die beiden waren ihnen nicht wichtig. Wichtig war, daß nicht zwei Stümpern, die noch grün hinter den Ohren waren, diese hochkomplexe Arbeit, Bomben zu bauen, zugetraut wurde. Sie hatten sich für diese Leistung Anerkennung verdient. Nicht Jost und Beilner. Was für eine Demütigung. Und was für ein Gefährdungspotential. Hielt die Justiz weiter an den beiden fest, würde es weitere Beweise der echten Attentäter geben, daß Jost und Beilner nichts mit den Anschlägen zu tun hatten.

Davon war Lümmer überzeugt. Er betrachtete für sich von nun an die erste Anschlagserie als nicht aufgeklärt. Auch wenn der Generaldirektor die Attentäter im Gefangenenhaus des Landesgerichts wähnte. Der Mann irrte. Diesmal war er es, der nicht verstand, was sich wirklich abspielte. Nicht Lümmer. Das stärkte sein Selbstbewußtsein. Die gewonnenen Erkenntnisse brachten ihn aber nicht weiter, was die Bajuwarische Befreiungsarmee betraf.

Er drehte wieder seine Runden. Die rassistische Sprache. Die menschenverachtende Diktion. Überfremdungswahn. Das alles paßte zur Geisteshaltung der Neonazis. Lümmer war sich sicher, daß Jost und Beilner nicht unmittelbar für die Briefbombenanschläge verantwortlich zu machen waren. Aber die Stoßrichtung stimmte. Braune Zellen, aber neuartig organisiert. In einer Armee zusammengefaßt. Die Vorstellung, die Rechtsradikalen könnten mittlerweile in jedem Bundesland organisiert tätig werden, gleich einem braunem Netz, das sich über Österreich gelegt hatte, machte Lümmer zu schaffen. Kampftrupps, die nicht einfach losmarschierten, sondern eine Strategie verfolgten. Kanter wollte die Abschaffung der Demokratie in Österreich. Sie würden zumindest versuchen, das System zu destabilisieren.

Erschreckend die Detailkenntnis. Die Armee. Voll informiert. Sie wußten die Namen der Augenzeugen und hatten sogar ein Foto von ihnen gemacht. Die Information, daß es in Klagenfurt eine zweisprachige Volksschule gab, konnte auch aufmerksamen Zeitungslesern nicht entgangen sein. Doch die Eidgenossen kannten auch die Kurzbezeichnung: VS 24. Die merken sich meistens nur die Schüler. Eidgenossen. Was war da mit den Eidgenossen? Trafen sie sich nicht in Salzburg, um zu beschließen: *Wir wehren uns*? Um einen Eid zu schwören, ihren Führer Adolf Kanter zu rächen? Sie taten es.

Die Klagenfurter Landwirtschaftskammer. Die Armee verurteilte slowenischsprachige Funktionäre in diesem Verein.

Woher wußte sie, daß es tatsächlich zwei slowenische Funktionäre gab, die dort beschäftigt waren? Ihre Spione mußten verdammt gut sein. Zumindest auf Kärnten spezialisiert. Das zeigte auch der Abschnitt über die Geschichte der Karantaner. Natürlich einseitig. Natürlich verfälscht. Die Deutschen waren demnach vor den Slowenen in Kärnten gewesen. Mumpitz. Trotzdem eine intensive Beschäftigung mit der Materie. Historisches Interesse. Meinten Historiker, die Lümmer in sein Vertrauen zog. Ein Wiener und ein Salzburger. Ihnen war die Bedeutung des Schreibens bewußt. Sie konnten schweigen. Besonders angetan waren sie von Oadilo. Der hieß lange Zeit nicht so, sondern Odilo. Aufgrund eines einfachen »a« gerieten sie in Entzücken. Oadilo. Oder Oatilo. Nur Fachleuten war seit wenigen Jahren bekannt, daß Odilo von Bayern tatsächlich ein Schwabe gewesen sein soll. Und daß man ihn dort Oadilo nannte. Das alles wußte in Österreich damals nur eine Handvoll Leute. Sicher nicht fachlich gebildete Halblaien. Mehrere Semester Geschichtsstudium reichten dafür nicht. Vielleicht nicht einmal ein Universitätsabschluß. Unter den Eidgenossen war ein Spitzenmann, spezialisiert auf Frühmittelalter, der seine fachlich fundierten Thesen, mit rechtsrassistischen Ideen vermengt, zu Papier brachte.

Lümmer schrieb auf einem Zettel noch einmal die wichtigsten Punkte seines Brainstormings zusammen. Nur für ihn bestimmt. Als Argumentationshilfe, um Jost und Beilner auszuscheiden. Auf die Bajuwarische Befreiungsarmee konzentrieren. Sie als Urheber zweier Briefbombenserien und eines Anschlages auf eine Klagenfurter Schule ansehen. Theorie konkurrierender Zuhälterclans nicht weiter verbreiten, weil falsch und peinlich. Kärntner Neonaziszene durchleuchten. Ältere Männer suchen. Auf die Unis gehen. Geschichtsinstitute durchkämmen. Auch auf Professoren achten. Bibliotheken observieren. Entlehnungen rekonstruieren. Er traf noch einmal den Generaldirektor, um ihn sanft, aber bestimmt auf den richtigen Weg zu bringen. Es nutzte wieder einmal nichts. Der Herr Innenminister sei von dem Ermittlungsansatz in der Rotlichtszene begeistert.

Lümmer war ein ehrgeiziger Mensch, doch der Generaldirektor ließ völlig borniert vor sich hinarbeiten. Vorbei an den kriminalpsychologischen Erkenntnissen, die Lümmer lieferte. Wenn nicht mehr. Zornesröte im Gesicht. Und Mut zu einem ungewöhnlichen Schritt.

Das Bekennerschreiben tauchte in der Redaktion einer großen Wiener Tageszeitung auf. Ohne zusätzlichen Kommentar. In einem braunen, schmucklosen Kuvert. Natürlich ohne Absender. Der stand sowieso auf dem Briefkopf. Die Blattmacher entschieden, die Polizei zu verständigen. Schließlich war der Inhalt des Schreibens eindeutig. Und gleichzeitig ließen sich mehrere Zeitungsseiten damit füllen. Dokumentation, erste Analysen und natürlich ein Statement des Innenministers: »Wir kennen dieses Schreiben. Wir haben das Original vor einigen Wochen erhalten und es aus kriminaltaktischen Erwägungen geheimgehalten.«

Es war der Teufel los. Die Erklärungen, wonach der Bekennerbrief, die neuen Bomben und die Serie vom Dezember nichts miteinander zu tun hätten, klangen immer unglaubwürdiger. Von der Spur in die Rotlichtszene hörte man ab diesem Zeitpunkt nichts mehr. Gleichzeitig wurde versucht herauszufinden, ob sich im Innenministerium nicht ein Maulwurf breitgemacht haben könnte. Eine undichte Stelle. Immerhin war es eine Kopie, und das Original war nur ganz wenigen bekannt.

Lümmer sagte dem Generaldirektor, er könne sich seine Nachforschungen ersparen. Daß sich die Bajuwaren an eine Zeitung wenden – ganz natürlich. Aus seiner Sicht. Sie wollten mit dem Schreiben Aufmerksamkeit erregen. Zeigen, wer die Bomben baute. Niemand sollte sagen können, er wisse nicht, mit wem er es zu tun habe. Daß die Befreiungsarmee sauer reagierte, weil ihr Plan nicht aufging und niemand über ihr Schreiben sprach, war klar. Hilfe zur Selbsthilfe. An Medien absenden und auf Vervielfältigung hoffen. Diesmal hatten sie richtig kalkuliert, indem sie ein bißchen nachhalfen. Die Staatsanwälte versuchten zwar weiter, Jost und Beilner die ersten Briefbomben anzulasten. Der Innenminister und der Generaldirekor spielten die Bedeutung des Schreiben weiter herab. Doch das nützte wenig.

Der Terror hatte über Nacht ein Gesicht bekommen. Viele verschiedene Gesichter. Hinter den Anschlägen stand nicht ein Mann, sondern eine ganze Armee. Die Bajuwarische Befreiungsarmee. Eine Gesinnungsgemeinschaft. Die BBA. Es dauerte nur ein paar Tage, bis jeder in Österreich mit dieser Buchstabenkombination etwas anfangen konnte.

4.

Die Armee

Daß es so leicht sein würde, zu töten, belanglos fast – Franz Hofer hatte es sich nicht vorstellen können. Er hatte gelesen, daß einer der Polizisten, die seine Bombe in die Röntgenstraße des Klagenfurter Flughafens getragen hatten, durch die Explosion mehr als einen Meter in die Höhe gerissen und gegen eine Wand geschleudert worden war. Er hatte gesehen, wieviel Blut auf dem Fliesenboden gewesen war, die Lachen, zu tief, um zu verkrusten. Die hellroten Fußabdrücke, die dokumentierten, wie panisch die Polizisten nach der Detonation durch das Gebäude gewankt waren. Die Schnur, die dem Polizisten das Leben gerettet hatte, eine Paketschnur, blutgetränkt, vom Leiter der Intensivmedizin in einem Plastiksackerl präsentiert. Dazu die Aufnahmen der Armstümpfe des Polizisten, fleischige Krater, aufgerissen wie Knallbonbons. Ein Wochenmagazin hatte berichtet, daß einer der Polizisten Einsprengungen im Bereich von Brust und Schulter hatte, die besonders schwer zu operieren waren, weil sie extrem tief lagen und mit dem eigenen Körpergewebe verschmolzen waren. Es waren drei Finger des Kollegen.

Franz Hofer hatte keinen besonders guten Magen. Wenn er im Auto nur Beifahrer gewesen war, früher, als er noch unter die Menschen gegangen war, wurde ihm schon nach fünf, sechs Kurven übel. Dann trat kalter Schweiß auf seine Stirn, oft mußte er sich sogar übergeben. Und als er im Spital eine Operation an der Nasenscheidewand über sich ergehen lassen mußte, war er bereits weggekippt, noch bevor der Arzt das Stemmeisen angesetzt hatte.

Die Artikel und Fernsehbeiträge über die Wirkungen seiner Bomben aber ließen ihn unbeeindruckt. Er konnte bei der Lektüre sogar frühstücken. Es war, als hätte er mit den Anschlägen nichts zu tun. Als hätte sein Part damit geendet, die Briefe abzuschicken oder das Rohr zu hinterlegen. Was danach passiert war, fiel nicht mehr in seine Verantwortung. Das war gottgewollt, dachte er, Gott hatte bestimmt, was geschehen war, nicht er. Franz Hofer hatte zwischen sich und den Opfern eine Wand aufgezogen, die keine Emotionen durchließ, die ihn vor jedem Mitgefühl abschirmte. Er brauchte die Distanz. Er warf die Briefe in einen Postkasten, drehte sich um, zog die Handschuhe aus und war nicht mehr Terrorist. Er legte die Bombe vor die Schule, fuhr am Nachhauseweg in die Waschstraße und wartete auf die Morgennachrichten. Er wollte nicht sehen, wie seine Sprengkörper aufgerissen wurden. Wie die Auserwählten aufschrien. Wie die Todesangst in ihren Gesichtern stand. Er wollte nicht dabei sein, wie seine Bombe zündete und die Menschen, die darüber gebeugt waren, wegfegte wie ein trockener, heißer Orkan. Er sah auch im Fernsehen lieber die alten Hans-Moser-Filme. Er brauchte keine Action.

Es war so mühelos, zu töten. Er war ja nicht dabei. Er saß zu Hause im Arbeitszimmer, in der Küche, strich seiner Nichte durchs Haar, schnitt die Mandelbäumchen im Garten oder machte Anmerkungen in seinem Lexikon. »Adler. 3 Kilo und 70 Kilo Greifkraft.« »Goliath, Körpergröße in Fuß stimmt wahrscheinlich, allerdings anderes Fußmaß als angenommen. 3 Meter wohl übertrieben, also 2,20 oder 2,30 Meter.« »Keltischer Typ. Germanen waren mehr rothaarig als blond, sowohl Kelten als auch Germanen haben bleichende Seife benutzt, gebrannter Kalk und Ziegenfett, um hellhäutiger und vor allem hellhaariger zu werden.«

Die Verletzten drangen nicht bis zu ihm vor. Sie blieben draußen. Franz Hofer hatte gelernt, indirekt zu kämpfen. Kein Face-to-face-Kontakt. Kein Gespräch. Kein Pardon. Er dachte oft an die Piloten des Golfkrieges, *Operation Desert Storm*, die einen Knopf am Display ihrer Kanzel drückten, die Bomben absetzten und zurückflogen. Einfach, ästhetisch, ohne Worte, schmerzlos. Wer sein Opfer nicht persönlich kannte, konnte gefühllos vorgehen. Ohne Affekt. Es war schön, zu richten.

Franz Hofer hatte in den Wochen nach dem Anschlag von Klagenfurt und den vier unscharf verschickten Briefen aufgehört, sich selbst zu befriedigen. Er brauchte diese Erleichterung, die ihn seit Jahren begleitet hatte, nicht mehr, er war enthaltsam geworden. Die Softpornos auf deutschen Privatkanälen, die ihn zuvor durch viele Nächte begleitet hatten, sprachen ihn nicht mehr an. Auch die Frauen auf der Straße, denen er noch vor wenigen Wochen mit Wehmut nachgeschaut hatte, konnten ihm nun nichts mehr anhaben. Er hatte sein Gleichgewicht gefunden. Er wußte, daß er nun nie mehr eine Frau haben würde. Dafür, dachte er, sei er wohl zu wenig attraktiv. Er war zum Eremiten geworden. Ein einsamer Attentäter. Ohne Freunde, ohne Partner. Konzentriert auf die eine Sache. Seine Sache.

Das Phantombild, das die Fahnder nach seinem Auftritt in Klagenfurt am Polizeicomputer zusammengestellt hatten, war gut. Er hatte geglaubt, daß er viel zu durchschnittlich sei, ohne jeden markanten Zug, als daß sein Gesicht aufgrund flüchtiger Angaben von Augenzeugen auch nur einigermaßen rekonstruiert werden könnte. Er hatte in der weichen Erde vor der Schule Schuhabdrücke hinterlassen. Eine Zeitung hatte berichtet, daß die Fahnder aufgrund der Profiltiefen auf die exakte Marke zurückschließen konnten. Eine Frau, die auf dem Balkon gesessen hatte, um eine Zigarette zu rauchen, hatte zudem angegeben, daß der Attentäter einen weißen Wagen japanischer Bauart gefahren hätte. Auch das war richtig. Er hatte die ersten Fehler gemacht. Und er hatte zum ersten Mal geschrieben. Er hatte das Schweigen nicht mehr ausgehalten. Die falschen Verdächtigungen. Die Spekulationen. Die bewußt lancierten Falschmeldungen über Beilner und Jost. Die Fahndung im Rotlichtmilieu, mit dem er wirklich noch nie in Berührung gekommen war. Einmal, da hätte er fast kotzen müssen, bei einer Grundwassermessung unweit eines Landbordells. Er hatte sich vor dem Geruch, den das Puff ausströmte, geekelt und die Arbeit vorzeitig abgebrochen. Mit solchen Menschen wollte er nun wirklich nicht in Zusammenhang gebracht werden. Er hatte instinktiv gespürt, daß die Statements des Generaldirektors nicht dazu gedacht waren, ihn herauszufordern. Das war kein kriminaltaktisches Geplänkel, das ihn provozieren, zu überhasteten Schritten animieren und damit zu weiteren Fehlern zwingen sollte. Die Einschätzungen des Innenministeriums waren ernst gemeint. Beilner, Jost und ein paar andere hatten die ersten zehn Briefbomben gebaut. Klagenfurt ist etwas ganz anderes. Und die vier Briefbomben vom Oktober stammen von Nachahmungstätern, Kärntner Neonazis, die nicht abseits stehen wollten, denen es zuwenig geworden war, immer bloß »Nur für Arier« auf Parkbänke zu sprühen und Kanaken zu verprügeln. Kleine Nazis, die auch einmal in die großen Schlagzeilen drängten. Franz Hofer hatte lange überlegt, ob er das Schreiben an den slowenischen Außenminister abschicken sollte. Er hatte es gleich viermal mit Nitroglycerin bepinselt, danach mit Geruchsentferner behandelt und mittels Luftspray von Staub und Pollen befreit. Aber die Spuren, die er trotz allem gelegt hatte, waren riskant genug. Drei eng beschriebene Seiten. Linksbündig, sieben Punkt. Eine Ergänzung. Knapp zehntausend Anschläge.

Wörter, die nur er benutzte. Sätze, die er so oft umgedreht hatte, bis sie ihm fremd vorkamen und doch nur von ihm stammen konnten. Historische Details, Namen, Jahreszahlen, die die Ermittler verwirren sollten und doch zu ihm führen konnten. Er hatte ihnen etwas gegeben, was ihn greifbar machte. Lesbar. Faßbar. Er hatte plötzlich eine Sprache. Einen Stil. Humor. Zynismus. Ein guter Kriminalpsychologe würde aus diesen drei Seiten die Diplomarbeit basteln. Er selbst hatte sich in der Vorbereitung der Attentate Bücher über *Profiling* angesehen, eine Wissenschaft, die jung, aber aufstrebend war und Serientäter einzukreisen vermochte, indem sie ihnen ein Gesicht gab. Und doch war es richtig gewesen, den Brief abzuschicken. Der Brief hatte Wirkung gezeigt. Er war heilsam. Wie eines der Breitbandantibiotika, die alle Krankheitsherde aufspüren und eindämmen. Der Generaldirektor war still geworden. Der Stapo-Chef mußte eingestehen, daß da vielleicht doch noch einer war. Und die Medien konnten sich gar nicht mehr einkriegen.

Der Verfasser der Bekennerbriefe war über Nacht zum trendigsten Gastautor geworden, der noch dazu den Vorteil hatte, keine Honorarnote stellen zu können. Er hatte der Öffentlichkeit zwei Namen angeboten. Salzburger Eidgenossenschaft und Bajuwarische Befreiungsarmee. Sie hatte den zweiten gewählt. Er klang schöner, hatte etwas Martialisches und ließ sich mit drei Buchstaben abkürzen. *BBA*. Jetzt hatte auch Österreich, was Deutschland, Spanien oder Irland hatte. Eine Terrorgruppe, die mit drei Buchstaben auskam.

Franz Hofer hatte keine besondere Affinität zu den Bajuwaren. Er wußte, daß es zumindest drei Theorien über ihre historische Zuordnung gab. Die erste, wonach sich die Bajuwaren aus Markomannen, Thüringern und anderen Völkern entwickelt hatten, die um 540 im Raum Straubing und Augsburg über die Donau gekommen waren, überzeugte ihn ebensowenig wie die Darstellung, daß die Bajuwaren aus den Quaden hervorgegangen seien, die, der Bernsteinstraße folgend, die Donaufurt östlich von Carnuntum überschritten haben sollen. Die dritte Theorie gefiel ihm schon besser. Derzufolge stammte der Name von Salzburger Bauerndörfern der Antike, deren Bewohner sich »Pagus Iuvavi« genannt hatten. Die Bajuwaren. Die Diktion Salzburger Eidgenossenschaft hatte er gewählt, um den Terror auch im Westen salonfähig zu machen. Die *Salzburger Nachrichten*, ein Blatt der alten Schule, das gerne auch zeitgeistig sein wollte, so hatte er spekuliert, würden wohl nicht mehr davon heruntersteigen, die Herkunft der Terroristen für ihr Verbreitungsgebiet zu reklamieren. Mochte die Regierung in Wien tagen, doch der Terror gegen sie verlagerte sich in die Bundesländer. Die beiden Bezeichnungen, die er in altdeutsch anmutenden Lettern gesetzt hatte, erlaubten ihm darüber hinaus, ein ganzes Heer um sich zu scharen. Graf Starhemberg hatte Kampfgefährten erhalten. Die Bajuwarische Befreiungsarmee/Salzburger Eidgenossenschaft stand für eine neue Allmacht. Sie konnte überall und jederzeit auftreten, war voll einsatzfähig. Konnte nach Belieben verletzen oder töten. Bomben schicken oder Briefe. Franz Hofer hatte den Staat an die Wand gespielt. Der Staat war panisch, er hatte die Übersicht. Der Staat verfügte nur über eine besondere Einsatzgruppe, er über eine ganze Armee. Jetzt gab es kein Zurück mehr. Der Staat wollte den Krieg. Er sollte ihn haben.

Vernehmungsprotokoll
vom 17.10.1997

Zu den historischen Persönlichkeiten der BBA befragt, gebe ich an: Die BBA ist davon ausgegangen, daß historisch verdienstvolle Persönlichkeiten, die zum einen in historische Vergessenheit geraten sind und andererseits auf unserem Gebiet erfolgreich gegen fremde Völker gekämpft haben, unter die Leute gebracht werden sollen.

Vernehmungsprotokoll
vom 27.01.1998

Die Bekennerschreiben waren alles in allem wohl viel wichtiger als die Bomben. Was soll denn das Umherkrachen in der Gegend sonst für einen Sinn haben, wenn keiner weiß, was damit gemeint ist. Die Bekennerbriefe sind ja das Allerwichtigste, das war natürlich von Anfang an so geplant, sie wären auch gekommen, wenn Beilner und Jost nicht eingesperrt worden wären. Das ist ja ganz egal. Ohne Beilner und Jost wären die Schreiben halt kürzer gewesen, vielleicht so wie das an den slowenischen Außenminister. Aber die Schreiben wären auf jeden Fall gekommen. Natürlich sind die Schreiben wichtiger als die Bomben, aber die Schreiben wären ohne Bomben gar nichts wert, weil sie sonst als Machwerk von Spinnern abgetan worden wären.

Franz Hofer ging nun wieder in die Bibliotheken. Er mochte die Atmosphäre der Lesesäle. Die angestrengten Gesichter. Die gedeckten Lämpchen. Die schweren Buchrücken, das süßlich riechende Leder. Er konnte nur in den Wintermonaten hierherkommen. Dann, wenn es nicht auffiel, daß er die angeforderten Bücher in Handschuhen entgegennahm. Er hatte Angst davor, beobachtet zu werden. Davor, daß die besondere Einsatzgruppe auf die Idee gekommen war, all jene Besucher der großen Bibliotheken zu observieren, die sich einschlägige Literatur ausborgten. Deshalb nahm er ausnahmslos in einer der dunkleren Ecken des barocken Saales Platz, wo niemand registrierte, daß er den rechten Hemdsärmel über die Finger gezogen hatte, um beim Umblättern keine Fingerabdrücke zu hinterlassen.

Er studierte die Geschichte der Roma. Sie sollten die nächste Bombe bekommen. Eine, die nicht mehr entschärfbar war, die niemand wegtragen konnte, die endlich jene treffen sollte, für die sie auch bestimmt war. Die Vorfahren der Roma, las er, waren vor rund tausend Jahren von Indien über die Türkei erstmals nach Europa eingedrungen. Seit dem 15. Jahrhundert, berichtete die Enzyklopädie, hatten sie sich auch in Mitteleuropa niedergelassen. Die Roma selbst waren erst im 16. und 17. Jahrhundert im Gefolge des türkischen

Heeres im deutschen Sprachraum aufgetaucht. Außer kurzen Unterbrechungen waren sie stets der Verfolgung ausgesetzt. In der Ersten Republik, notierte Franz Hofer, hatten mehr als achttausend Roma im Burgenland gelebt. Deren persönliche Daten, sogar ihre Fingerabdrücke wurden ab 1928 in der »Zigeunerkartothek« gesammelt, geführt vom Bundespolizeikommissariat Eisenstadt. Mit dem Anschluß Österreichs an das Deutsche Reich war diese Kartothek umgehend an das Rasse- und Siedlungshauptamt der SS gegangen. Noch im selben Jahr, 1938, wurden die ersten österreichischen Roma in Konzentrationslager verbracht. Im Mittelburgenland wurde ein Anhaltelager errichtet, viertausend Männer, Frauen und Kinder wurden dort interniert. Ab 1941, so berichtete das Buch *Widerstand und Verfolgung im Burgenland*, wurden fast alle Roma in polnische KZ verschleppt, insbesondere nach Auschwitz-Birkenau. Mehr als die Hälfte wurde dort ermordet. Den Überlebenden, die nach dem Krieg in ihre Siedlungen zurückkehrten, wurde rasch klargemacht, daß sie nicht erwünscht waren. So entstanden isolierte Ansammlungen, Ghettos. Wie die Zigeunersiedlung »Am Anger« in Oberwart. Die ORF-Sendung *Heimat, fremde Heimat* hatte im Dezember 1994 dankenswerterweise Luftbilder der Oberwarter Siedlung gezeigt. Daß die Roma keine zwei Wochen, nachdem er im Dezember 1993 seine ersten zehn Sprengkörper abgeschickt hatte, als eigene Volksgruppe anerkannt worden waren, empfand Franz Hofer als besonderen Hohn. Er hätte sie links liegen lassen. Wem taten die schon etwas, in ihrem Ghetto. Sie waren arbeitslos und kamen aus ihren Baracken kaum heraus, erstickten in Armut und Schlamm, wurden angefeindet. Doch nun hatten sie sich förmlich aufgedrängt. Eigene Volksgruppe. Wieder eine neue Minderheit mit dem Recht auf eigene Sprache. Daß just zu diesem Zeitpunkt ein Bewohner der Roma-Siedlung einen Soldaten des österreichischen Bundesheeres in einer Diskothek niedergestochen hatte, erschien Franz Hofer geradezu als Zeichen. Er beschloß, daß sie die nächsten sein würden.

Sie sollten spüren, was passierte, wenn man zu hoch hinaus wollte. Er würde sie auf den Boden zurückbringen. Sie sollten wieder im Dreck liegen, dort, wo sie hergekommen waren. Dort, wo sie hingehörten.

Er fuhr nach Oberwart, sondierte das Terrain und prägte sich den Verlauf der Zufahrtsstraßen ein. Die Container für Restmüll. Die geparkten Autos. Die Vorgärten, in denen Schäferhunde patrouillierten. Die Fenster der winzigen Häuser. Er war sicher, daß die Roma bewaffnet waren. Daß sie schießen würden, wenn sie ihn beim Aufstellen der Bombe entdeckten. Als er zum Auto zurückkam, wußte er, daß die Bombe todsicher sein mußte. Todsicher.

Bericht des psychiatrischen Gutachters

Franz Hofer sagt, er lehne im Prinzip Gewalt ab. Zu Gewalt dürfe man nur greifen, wenn die Naturrechte bedroht seien und man mit demokratischen Mitteln keinerlei Chance habe, ans Ziel zu kommen. Die Beschränktheit demokratischer Mittel sehe man am Beispiel des Oppositionsführers. Dieser habe es zwar geschafft, seine Partei stark zu machen, an die Macht komme er aber trotzdem nicht. Der Grazer Bürgermeister könne, obwohl er von Wahl zu Wahl verliere, trotzdem noch lange weiterregieren, ohne daß sich etwas Grundlegendes ändern würde. Er sei dafür verantwortlich, daß in Graz sehr viele Ausländer, vor allem Schwarze, seien. Im Grundgesetz stehe, daß jeder Staatsbürger gleich zu behandeln sei. Diesen Grundsatz habe man in Österreich nicht mehr beachtet: Die Regierung sei plötzlich »voll von Tschuschen« gewesen, alle Generalmanager- und Direktorsposten seien von Personen mit tschechischen oder anderen slawischen Namen besetzt worden.

Die Bombe hatte ganze Arbeit geleistet. Franz Hofer saß da, vor dem Fernseher, den er abgeschaltet hatte, und weinte. Er hatte vier Menschen getötet. Zerfetzt, wie der Nachrichtensprecher gesagt hatte. Vier. Die Tränen liefen ihm über die Wangen. Er wischte sie nicht ab. Er ließ sie eintrocknen, bis sein Gesicht steif war. Steif. Sie lagen einfach da. Sternförmig. Gesichter nach oben. Schnee auf den Schuhen. Ausgestreckt. Einer der Toten hielt eine Stabtaschenlampe in der Faust umklammert. Das Knie angewinkelt. Die Brust offen. In der Mitte der Bilder, die stündlich aus immer neuen Perspektiven gezeigt wurden, war der Sockel der Bombe zu sehen. Mit dem untersten Gestänge. Das Epoxidharz mußte also genug Zeit gehabt haben, um zu trocknen. Sonst wäre die Stange mit in die Luft geflogen. Er wußte, daß der Kleber zumindest zwei Stunden benötigte, um hart zu werden. Es mußte Mitternacht gewesen sein. Warum war zu dieser Zeit noch jemand auf der Straße? Und warum vier Menschen? Um diese Zeit. Franz Hofer schloß die Tür hinter sich ab und ging hinaus auf die Äcker. Der kalte Wind machte ihn ruhiger. Er hatte sich wieder gefangen. Er hatte getötet. Die Richtigen. Die Schuldigen. Der Schnee der vergangenen Tage gab unter seinen Schritten nach. Er hatte im Auftrag gehandelt. Im Auftrag all derer, die sich nicht wehren konnten. Die Sprengladung war in Brusthöhe angebracht. Die Metallsplitter hatten direkt ins Herz getroffen.

Ein Wochenmagazin hatte erste Auszüge aus einem der Täterprofile des Innenministeriums zitiert. »Der Hersteller der Bomben hat außergewöhnliche bis geniale Fähigkeiten auf chemisch-technischem Gebiet. Sowie langjährige Erfahrung in diesem Bereich, eventuell aber überalteten Ausbildungsstand. […] Vermutet wird auch, daß der Bombenbauer nicht unmittelbar zur Neonazi-Szene gehört. Die Rede ist von einem terroristisch erfahrenen Auftragstäter, der möglicherweise auch deshalb nicht überführbar ist. […] Am umfangreichsten fällt die Beschreibung des Verfassers der Bekennerbriefe aus. Sein Alter wird auf 40 bis 60 Jahre geschätzt. Familienstand: unverheiratet oder geschieden oder verwitwet. Er hat einen berufsbedingt entwickelten Umgang mit der Sprache, neigt zu Wortkreationen, hat Erfahrungen mit Sicherheitsbehörden, Kontakte zum universitären Bereich und einen einseitigen Bezug zur Geschichte. [...] Nicht gerade schmeichelhaft fällt die charakterliche Beurteilung des Briefeschreibers aus: Er ist selbstsicher bis hin zur Überheblichkeit, zynisch, skrupellos, verbissen, nachtragend, pedantisch, einseitig interessiert, selbstherrlich, kryptisch, machtgierig, unberechenbar, mitteilungsbedürftig, und er nutzt Medien intensiv zur Informationsgewinnung.«

Franz Hofer war geschmeichelt. Seine Gegner waren weit besser, als er gedacht hatte. Er mochte es, wenn er gefordert war. Wenn er die Sicherheit hatte, Profis gegenüberzustehen. Nur dann konnte er zur Hochform auflaufen. Stimmt, er war skrupellos, pedantisch, zynisch, auch selbstsicher. Er fühlte sich erstmals wirklich anerkannt. Sie hatten Respekt vor ihm. Selbst die Motive hatten die Fahnder nicht schlecht eingeordnet.

»Das primäre Feindbild – die Fremden – soll offensichtlich vernichtet werden. [...] Es wird demonstriert, daß systematisch ›ethnische Säuberungen‹ vorgenommen werden. Der Vernichtungswille dem vorgenannten Feindbild gegenüber zeigt sich auch in der Wahl der Mittel, die eingesetzt werden: in der Bauart der auf Töten ausgerichteten Rohrbomben. [...] Schließlich resümieren die Gutachter die Ziele der Tätergruppe. Kurzfristig: Die von der bisherigen Führung ruhiggehaltenen militanten rechten Kreise fühlen sich bestätigt und erstarken. Mittelfristig: Die eigentlichen Feinde, die derzeitigen Systemträger, werden dadurch bloßgelegt, daß im nachhinein die rechtsextreme Szene entlastet wird. Die Unsicherheit wächst, der ›Schwarze Peter‹ wird vermehrt dem System zugeschoben. Destabilisierung. [...] Langfristig: Das Endziel ist erreicht, ein Rechtsruck kann gelingen.«

Franz Hofer war in sein Zimmer zurückgekehrt. In der Küche saßen sein Vater und seine Mutter fassungslos vor dem Fernseher. »Schau dir das an, Franz, das mußt du dir anschauen. Jetzt spricht gleich der Bundeskanzler«, sagte die Mutter. »Ich kann jetzt nicht, gute Nacht.«

Der Bundeskanzler. Als er vor zwei Tagen die Angehörigen der Toten in Oberwart besucht hatte, war zuvor rasch noch das Blut weggespritzt und der schlammige Weg mit Kies bestreut worden. Der Sekretär des Kanzlers wollte trotzdem nicht aus dem Mercedes steigen, die genagelten Schuhe waren frisch gewichst. Aber das Maul aufreißen. Wie all die anderen. Die Aufrechten, die nur reden konnten und reden und verdrängt hatten, wen sie vertreten sollten. Franz Hofer hatte sich die Zeitschrift *News* gekauft. Dort durften sie sich auf einer ganzen Seite ausweinen. Der Kardinal, der Bürgermeister, der Burgtheater-Chef, der Zeichner. Der Herr Bürgermeister, ja der Herr Bürgermeister, der wieder genesen war, sagte da mit einbandagierter Hand: »Ein bekannter Künstler, ich will jetzt keinen Namen nennen, hat gesagt: Die Zeit des Redens ist vorbei. Aber das ist auch nur reden. Die Polizei muß personell aufgerüstet werden, und das Parlament muß der Exekutive endlich ein geeignetes Instrumentarium gegen Terroristen in die Hand geben.« Der Kardinal kam gleich mit dem lieben Gott. Ohne Religion, gab er zum Besten, könne das herrschende Klima der Brutalität und des Egoismus wohl nicht verändert werden. Die Kirche brauchte wirklich nicht zu reden. Der Zeichner wünschte sich Mike Tyson als Innenminister, denn die Braunen, sagte er, hätten der Demokratie den Krieg erklärt, also müsse die Demokratie auch entsprechend hart kontern. Der Burgtheaterdirektor durfte ebenfalls einen Kommentar abgeben. Ungestraft. »Achtzig Polizisten wurden losgeschickt, um die Häuser mit den heulenden Kindern der Ermordeten zu durchwühlen. Jetzt muß untersucht werden, ob da nicht bewußt ein Fahndungsrückstand herbeigeführt wurde. Ob nicht das zweite Attentat, das von Stinatz, hätte verhindert werden können. Vom Innenminister hörte man kein Wort der Betroffenheit und des Schmerzes. Unfähigkeit? Überforderung? Taktik? Wir können nur mit unseren Mitteln reagieren: Deshalb gastiert am kommenden Samstag und Sonntag im Burgtheater das Roma-Theater.«

Fünfundvierzig Prozent der befragten Österreicher hatten in einer Gallup-Umfrage gemeint, daß die Demokratie durch die Bombenattentate gefährdet sei. Das war es, was Franz Hofer angepeilt hatte: dem Staat zuzusetzen. Franz Hofer taumelte zwischen Euphorie und Niedergeschlagenheit. Er wußte, daß er richtig gehandelt hatte, und wurde hysterisch, wenn ihn in den Trafiken die Toten anschauten. Er konnte den Anblick nicht ertragen, die starren Augen, die aufgedunsenen Bäuche. Wo blieb der Schutz der Intimsphäre, wer hatte die Fotografen zum Tatort vorgelassen, warum war der Abdruck von Leichenbildern plötzlich üblich geworden? Sie lagen so ausgestreckt da, man hätte sie wenigstens zudecken können.

Franz Hofer öffnete noch einmal die Diskette, bevor er sie im Ofen des Badezimmers verbrennen wollte. Auf Punkt neun des Bekennerschreibens, das er zeitgleich mit der Plazierung der Bomben von Oberwart und Stinatz aufgegeben hatte, war er besonders stolz. Da hieß es, gerichtet an die Polizeigewerkschaft:

> *9.1. Wir halten es für höchst gefährlich, wie sich die Exekutivbeamten mit ihren Metallsuchgeräten ungeschützt auf die Briefe stürzen. Besonders die Thyristorvariante (Serie 2) reagiert sehr empfindlich auf Störspannungen, falls der eingebaute Entstörkondensator einen Transportschaden aufweist! 9.2. Abgestellte Sprengkörper sind dazu bestimmt, an Ort und Stelle von selbst zu detonieren oder gesprengt zu werden; in Hinkunft wird es gelegentlich schon bei der ersten Berührung krachen. Wir stellen fest, daß die Entschärfer vermeintliche Bomben nach wie vor irgendwohin schleppen und erst dort spren-*

gen. 9.3. Die Tschuschen mögen übrigens die für sie bestimmten Bomben selbst entschärfen; wieso riskieren die Sklaven ihr Leben für die Sklaventreiber? 9.4. Wir verteidigen unsere Freiheit und unser Hausrecht grundsätzlich mit dem Leben, auch gegen Gendarmeriespähtrupps im Auftrag der EBT. Unglücksfälle dieser Art konnten bisher knapp vermieden werden.

Es hatte bei der ersten Berührung gekracht. Die Roma hatten die für sie bestimmte Bombe selbst entschärft. Er konnte zufrieden sein. Die Armee hatte getan, was getan werden mußte.

Der Innenminister war in den letzten Tagen wiederholt zum Rücktritt aufgefordert worden. Die Ermittler ermittelten inzwischen vornehmlich gegen sich selbst. Hausdurchsuchungsbefehle wurden nicht mehr per Fax oder Eilpost zugestellt, sondern versiegelt und persönlich überbracht. Die Wiener Stapo verdächtigte die Klagenfurter Kollegen, nicht dichtgehalten zu haben, diese wiederum lancierten, daß sie nicht bereit seien, für dahergelaufene junge Burschen aus Wien die Büros zu räumen, nur weil sie von der Einsatzgruppe kämen, mit Ray-Ban-Brillen und verspiegelten Mercedes-Limousinen. Er hatte erreicht, was er erträumt hatte. Seine Gegner waren im Kleinkrieg gefangen, sie hatten sich selbst gelähmt. Und kamen schon deshalb nicht von der Stelle. Er konnte sein Werk in Ruhe fortsetzen.

In den kommenden Wochen ging Franz Hofer daran, die Bajuwarische Befreiungsarmee erneut aufzurüsten. Er wollte das strategische Planspiel, das ihm bei den ersten Sprengkörpern soviel Freude bereitet hatte, noch weiter ausbauen. Graf Ernst Rüdiger von Starhemberg würde wieder Verbündete bekommen. Noch mehr Kampftrupps. Er mochte sie, als wären sie seine Kinder, die er sich immer so gewünscht, aber glücklicherweise nie bekommen hatte. Denn er verachtete all die Eheleute, die sich beim ersten kleinen Streit sofort scheiden ließen. Er wußte, wieviel Unheil mit dieser blödsinnigen Scheiderei angerichtet wurde. Die Kinder waren für ihr Leben lang geprägt. Auch er hatte seine Beziehungen stets beim ersten Konflikt aufgegeben, auch er war derselbe Idiot gewesen. Es war gut, daß er keine Kinder bekommen hatte.

Bericht des psychiatrischen Gutachters

Im Prinzip, gibt Franz Hofer an, sei er sehr bindungsfest und leide unter Trennungsangst, dies liege auch in seiner Familie. An seiner ersten Freundin und Geliebten, die er mit 18 oder 19 Jahren während der Bundesheerzeit kennengelernt habe, sei er »ganz wild gehangen«. Den Namen dieser Freundin werde er unter keinen Umständen preisgeben, da sie dann behelligt würde, was sie sicher nicht wolle. Von sich aus habe sie sich ja nicht gemeldet. Er sei mit ihr etwa ein Jahr zusammen gewesen. Er habe zu dieser Zeit gemeint, daß er in partnerschaftlichen Beziehungen ein »Spätzünder« sei, er habe sich eingebildet, daß er in der ganzen Klasse als letzter Kontakt mit einem Mädchen habe. Bei späteren Maturatreffen habe es sich aber herausgestellt, daß lediglich ein einziger Co-Maturant schon zur Zeit der Matura ein intimes Verhältnis hinter sich gehabt hatte, alle anderen hätten »nur Sprüche geklopft«. Die Beziehung sei dann in die Brüche gegangen, weil die Freundin mit ihm gespielt habe. Sie habe ursprünglich die selben Ideale wie er gehabt, also Treue, Verläßlichkeit, Beziehung nur zu einem Partner usw. Diese Ideale seien aber damals dem Zeitgeist zum Opfer gefallen und gestorben, diesen Prozeß habe auch seine Freundin mitgemacht. Er deutet an, daß sie andere Partner gehabt habe, meint aber, daß er die genauen Umstände der Trennung nicht erzählen wolle. Er habe immer vorgehabt, nur eine einzige Partnerschaft einzugehen, bei dieser Frau zu bleiben, sie zu heiraten und ihr treu zu sein. Als dann diese erste Beziehung in die Brüche gegangen sei, sei er schon schwer enttäuscht gewesen, daß das Ganze nicht geklappt habe und er seine Idealvorstellungen nicht verwirklichen konnte. In der Folge habe er sich wohl nicht mehr so auf Beziehungen eingelassen. Zwar habe es zahlreiche kurze Bekanntschaften, auch mit intimen Kontakten, gegeben, zu einer wirklich engen Beziehung sei es nicht gekommen. Vielleicht habe es auch damit zu tun, daß er viel im Ausland gewesen sei und viel gearbeitet habe. Er habe bei anderen, die im Ausland arbeiteten, festgestellt, daß sie dort wenig Kontakte knüpften und auch in der Heimat nicht mehr verwurzelt waren und so weder am einen noch am anderen Ort einen Bekanntenkreis aufbauten. Von 1977 bis 1984 habe er sehr viel gearbeitet, von 1984 bis 1987 noch mehr. Er glaube auch, daß er für Frauen nicht so attraktiv sei. [Anmerkung: Er lacht dabei heftig und verlegen.] Nachdem seine Freundin zu experimentieren begonnen und ihn betrogen habe, habe er sich wohl »Vermeidungsstrategien« zugelegt. Er sei ihr anfangs wie ein Hund »hinterhergewinselt«, habe dann aber aufgegeben und sei in dieser Zeit wohl depressiv geworden. Er habe keine ernsthaften Selbstmordgedanken, aber Todeswünsche gehabt, er habe sich vor allem als »völliger Versager« gefühlt. Er habe immer wieder kurz dauernde Frauenbeziehungen gehabt, könnte auch genau sagen, wie viele, wolle dies aber für sich behalten: »Es waren zu viele.« Zuletzt habe er sämtliche Kontakte zu Frauen gemieden. Seine ideale Partnerin wäre eine Katzenliebhaberin, da diese sicher nicht nur mit Katzen gerne herumschmuse. Auch er sei Katzenliebhaber, sie hätten zu Hause auch immer eine Katze gehabt.

Er hatte sich damit abgefunden, daß er wohl keine eigenen Kinder haben würde. Franz Hofer hatte Kampfgefährten. Für die Klagenfurter Bombe hatte er den Kampftrupp »Herzog Oadilo von Bayern« geboren. Daß er den Namen des bajuwarischen Edelmannes bewußt mit weichem »d« und »Oa« geschrieben hatte, war sein bester Schachzug gewesen. Seither war ein renommierter Historiker nach dem anderen aufgetreten und hatte dem Verfasser des Bekennerschreibens eine geradezu geniale Bildung bescheinigt. Wer die Schreibweise Oadilo kenne, hatten sie voll Bewunderung bemerkt, mußte nicht nur über ein abgeschlossenes Hochschulstudium in Geschichte verfügen, sondern auch alle aktuellen Forschungsansätze intus haben. Dabei hatte er den Namen eher zufällig so gelesen. In einem Dokument der Landesbibliothek, das den kampflosen Einmarsch des Herzogs in Kärnten beschrieb.

Die Aufgabe des ersten Bekennerbriefes hatte der Kampftrupp »Andreas Hofer« besorgt. Mit ihm verband Franz Hofer eine besondere Beziehung. Allein das Rezitieren der Kampfansage »Mander 's isch Zeit« reichte, um ihn zu Tränen zu rühren. Er verehrte die Figur des Tiroler Freiheitskämpfers, der sich den Besatzern, die in der totalen Übermacht waren, entgegengestellt hatte. Mit einfachsten Waffen und Mitteln.

Für den Bekennerbrief zur Oberwarter Bombe hatte er Friedrich II., den Streitbaren, ins Feld geschickt. Franz Hofer hatte den Herzog für die Schlacht von Oberwart ausgewählt, weil er das Burgenland, die Oststeiermark und Teile des östlichen Niederösterreichs immer wieder gegen die Ungarn verteidigt hatte. Schließlich hatten sogar die Mongolen so großen Respekt vor Friedrich II., daß sie Österreich nicht angriffen. Zuletzt fiel er aber im Kampf.

Franz Hofer rechnete damit, daß auch er den Einsatz an der Front nicht überleben würde. Die besondere Einsatzgruppe würde keine Skrupel haben, einen Terroristen zu töten. Er hatte gelesen, wie sie Karl Beilner aus der Zelle der

Untersuchungshaft geholt und in einen dunklen Wagen gebracht hatten. Dann waren sie mit ihm auf die Weinberge über Stein gefahren. »Schau da unten, im Hochsicherheitstrakt, da wirst du bald sein. Schon schade, wo es hier heraußen so schön ist«, sollen die verdeckten Fahnder gesagt haben. Dann hatten sie ihn allein im Auto sitzen lassen, mit unversperrten Türen, und waren weggegangen. Ein paar Minuten, eine Viertelstunde, eine halbe Stunde. Beilner war trotzdem sitzen geblieben. Hätte er die Einladung zur Flucht angenommen, sagte er später Journalisten – die Beamten hätten sie dankend quittiert. Von hinten. Mit Projektilen ins Herz. Auf der Flucht erschossen, hätte es dann geheißen. Sie hatten ihn zum »Selbstmord« provoziert. Franz Hofer machte sich nichts daraus. Er hing nicht wirklich an seinem Leben. Er hatte gelernt, mit dem Tod zu spielen. Wenn er die Sprengstoffe herstellte, empfand er ein eigenartiges Gefühl von Fatalismus. Er wußte, daß ein einziger falscher Handgriff das Ende bedeuten konnte, daß der Terror damit beendet sein würde und daß auch Verletzungen, die schwer, aber nicht lebensbedrohlich wären, zu seiner Ausforschung führen würden. Alle Krankenhäuser, selbst die jenseits der Grenze, sowie alle Arztpraxen hatten die Anweisung erhalten, jede verdächtige Verletzung, insbesondere Abschürfungen im Gesicht und an den Händen, unverzüglich dem Ministerium zu melden. Und Ärzte taten, was man ihnen auftrug.

Franz Hofer war auch für die Einsätze draußen gerüstet. Wenn er ausfuhr, hatte er stets eine flache, handliche Granate bei sich, die er in den Mund stecken und mit den Zähnen auslösen konnte. Er hatte lange überlegt, ob er für den Fall der Überführung eine Kapsel Zyankali mitführen sollte, aber schließlich hatte er doch Angst davor, zu ersticken. Die Granate würde wohl schneller zum Atemstillstand führen, und schmerzloser. Er hatte oft gelesen, daß die Angst vor dem Tod umso fragiler, umso kleiner würde, je näher das Sterben rückte.

Der schale Geschmack auf der Zunge, die weiten Pupillen, der Schweiß, der aus allen Poren platzte, all das kam, als Franz Hofer nicht mehr damit gerechnet hatte. Er saß in der Küche, die Nichte auf dem Schoß. Die Mutter trocknete das Geschirr. Harald, sein Bruder, erzählte, daß er vor kurzem auf der Autobahn angehalten worden war. Franz Hofer interessierte sich nicht für die immer gleichen Geschichten. Er war selbst ein paar Mal zu schnell gefahren, hatte die Anzeige sofort bezahlt und ebenso schnell wieder vergessen. Doch diese Geschichte war anders. »Ich hab' 'glaubt, ich spinn«, sagte Harald, »halten mich doch tatsächlich sechs Gendarmen an, auf der Autobahn, und sagen mir nicht, warum. Aussteigen. Kontrolle. Wir gehen vertraulichen Hinweisen nach. War ein Banküberfall, frag' ich. Nein, etwas ganz anderes. Dann haben sie mich weiterfahren lassen. Das ist doch äußerst seltsam, oder?« Franz Hofer spürte das Surren in seinen Ohren, merkte, wie alles um ihn herum wegdriftete, leiser wurde. Irgend jemand hat mich beobachtet. Anonym die Polizei verständigt. Der Hofer aus Greifen, schauen Sie sich den einmal an. Er stand nicht im Telefonbuch. Er hatte den Anschluß noch im Dezember 1993 storniert. Im Telefonbuch stand unter Greifen nur ein Hofer: sein Bruder. Sein Bruder, der Maler. Irgend jemand hat sich an die Information der Sicherheitsbehörden erinnert, daß der Schriftzug auf der Tafel der Oberwarter Bombe mit der Hand gemalt war, ohne Schablone. So etwas konnte nur ein Maler. Aber warum hatten sie Harald dann laufen lassen?

Franz Hofer schloß die Augen. Er wollte, daß seine Anspannung von den anderen unbemerkt blieb. Die Tafel von Oberwart. Die handgeschriebenen Ziffern auf den Böden der ersten Sprengkörper. Die angekündigte Rasterfahndung. Die Anfrage des Innenministeriums bei der NASA, der amerikanischen Weltraumbehörde, ob sie nicht vielleicht taugliche Satellitenbilder von Oberwart habe. Aus der Mordnacht. Die Auswertung aller Radarkameras rund um Oberwart. Versuchen Täter nicht, so rasch wie möglich vom Tatort zu verschwinden? Franz Hofer mußte sich übergeben.

Vernehmungsprotokoll vom 18.11.1997

Die Eltern haben immer wieder gesagt, wie kann es denn das geben, daß sie den nicht erwischen. Ich habe dann nur sowenig geredet wie irgendwie möglich. Ich habe versucht, dem aus dem Weg zu gehen, damit ich mich nicht immer so verstellen muß. Und so bin ich zum Beispiel vor den Nachrichten essen gegangen. Die Eltern haben nichts überrissen.

Triumph war es sicher keiner, das können Sie mir glauben. Wenn man daheim in der Küche sitzt beim Essen und alle davon sprechen, was das für eine Sauerei ist und ich nur aufpassen muß, nicht aufzufallen, da ist sicher kein Triumph dabei. Für mich war immer am allerwichtigsten, daß daheim keiner was merkt. Die Mutter war schon sehr hellhörig.

5.
Rote Rosen

Lümmer. Er wollte alles über diesen Thomas Lümmer erfahren. Er mußte wissen, wer der Mann war, der sich in den vergangenen Wochen mehr und mehr als das Hirn auf der anderen Seite der Front entpuppt hatte. Wie sah er aus, wie alt war er, was konnte er tatsächlich? Franz Hofer wußte, daß Kriminalpsychologen immer Schreibtischtäter waren. Sie ließen sich alle Ermittlungsergebnisse ins Büro liefern, studierten die Tatausführung, die zurückgelegten Strecken, die Beschaffenheit der Tatorte, die Auswahl der Opfer, die fingierten Absender, die Anordnung der Bombenelemente und natürlich die Bekennerbriefe, und dann machten sie lange gar nichts. Sie ordneten die einzelnen Stücke, brachten System in die Handlungsweisen der unbekannten Täter, ließen sich alles durch den Kopf gehen. Und irgendwann schritten sie zur psychologischen Rasterfahndung. An deren Ende standen die markantesten Persönlichkeitsmerkmale. Er fühlte, daß dieser Mann ihm gefährlich werden konnte.

Thomas Lümmer, so hatte er gelesen, überraschte Journalisten, die ihm zum ersten Mal gegenübersaßen, liebend gerne mit der genauen Beschreibung ihrer Haushaltsführung, er wußte, wie es in ihrem Auto aussah, was in ihrem Kühlschrank stand, ob sie verheiratet waren oder wie sie mit ihren Vorgesetzten auskamen. Er brauchte nicht viele Anhaltspunkte, um zum Charakter eines Menschen vorzudringen. Natürlich prägte der Charakter das Tatverhalten. Er hatte oft genug darüber nachgedacht. Ob man wollte oder nicht, denn was den Charakter anging, konnte man sich nicht verstellen. Jeder Versuch, dies zu tun, würde wiederum vom selben Charakter geprägt sein und zusätzliche Spuren liefern.

Jack Urbach hatte sich darin verstrickt, sogar im Wortsinn. Der »Häfenliterat«, den sie in Graz vor Gericht gestellt hatten, weil er verdächtigt wurde, ein Dutzend Prostituierte erdrosselt zu haben, hatte jedes der Opfer mit demselben Knoten getötet. Egal, ob er sich in Wien, in Graz, in Prag oder in Los Angeles über eine Nutte gebeugt und ihr den Kehlkopf zugedrückt hatte; er hatte die Strumpfhose, den Slip oder was auch immer stets nach dem gleichen Muster gebunden. Selbst als der Verdacht längst auf ihn gefallen war, als klar geworden war, daß es sich hier um einen Serientäter handeln mußte, und die Beamten des Wiener Sicherheitsbüros keinen Hehl mehr daraus machten, daß sie ihn, Jack Urbach, für den Täter hielten, war er nach Amerika gefahren und hatte erneut denselben Knoten geknüpft. Nicht, weil er alle Morde für sich reklamiert wissen wollte, als Bekennung sozusagen, sondern weil er nicht anders konnte. Thomas Lümmer hatte damals als Zeuge gegen Urbach ausgesagt, war dann in der ersten Reihe sitzen geblieben und hatte den Angeklagten studiert. Daß Jack Urbach zu lebenslanger Haft verurteilt worden war und sich noch in derselben Nacht an der Duschstange seiner Einzelzelle erhängt hatte, war Franz Hofer weniger nahegegangen als der Umstand, daß auch die Schnur, mit der sich der Mann das Leben genommen hatte, besagten Knoten aufwies. Und das, obwohl Urbach bis zuletzt erklärt hatte, unschuldig zu sein, und auch den Selbstmord als Reaktion auf das Fehlurteil verstanden wissen wollte.

Die Batterien hatte Franz Hofer immer im rechten Winkel zueinander angeordnet. In den Sprengkörpern der Briefe genauso wie in der Bombe von Klagenfurt. Es wäre nicht notwendig gewesen, aber er hatte es gemacht. So wie es gereicht hätte, in Oberwart eine Schachtel mit Natriumchlorat und Nitroglycerin zu füllen, um den gleichen Effekt zu erzielen. Er aber hatte die Bomben als Kunstwerk gestaltet. Er konnte nicht anders. Er spürte, daß Thomas Lümmer längst bei ihm eingezogen war. Lümmer schaute ihm über die Schulter, verfolgte jeden Schritt, sah, wenn es ihm schlecht ging, zog Schlüsse daraus, daß er plötzlich immer längere Briefe schrieb, daß er immer neue historische Figuren aus der Versenkung holte, daß er nicht damit gerechnet hatte, in Oberwart vier Menschen zu töten. Er war da. Wie ein ungebetener Gast, der sich selbst eingeladen hatte. Wahrscheinlich dachte Thomas Lümmer auch in diesem Moment an ihn. Franz Hofer stand auf und ging zum Fenster.

Die Ermittler der Sonderkommission Briefbomben konnten ihm nichts anhaben, solange er perfekt arbeitete. Sie waren darauf beschränkt, Spuren auszuwerten, und Spuren hatte er bisher kaum hinterlassen. Sie konnten die Bomben analysieren, die Empfänger der Sprengkörper ausfragen – Haben Sie nicht schon öfter Drohbriefe bekommen, wer sind denn nun Ihre Feinde, ist Ihnen nichts aufgefallen? –, doch all das brachte sie keinen Schritt weiter, sie waren auch nach vierzehn Briefen und drei Bomben so weit von ihm entfernt wie zu Beginn seiner Anschläge. Sie mußten sich damit begnügen, ihm mit Respektabstand zu folgen. Von einer Bombe zur anderen. Solange er sich nicht durch ein vorzeitiges Umsetzen von Silberfulminat, Nitroglycerin oder anderen Flüssigkeiten von der Bühne verabschieden würde, waren sie weiterhin darauf angewiesen, einen Fehler ihres Gegenübers abzuwarten. Solange er solide das Tor hütete, konnten die Fahnder das Spiel nur von der Ersatzbank aus verfolgen. Ihre einzige Chance bestand darin, ihn an der Front zu stellen. Wenn er die Sprengkörper im Fond des Wagens hatte, wenn er ausstieg, um sie behutsam in den Briefkasten gleiten zu lassen, wenn er eine Bombe am Feld zusammenbaute, dann, und nur dann, konnten sie ihn fangen.

Franz Hofer war darauf bedacht, dieses Risiko weiter zu minimieren. Die nächsten Bomben würde er deshalb an historisch unbedenklichen Orten einwerfen. Er war sich dessen bewußt, daß die Aufgabe der ersten zehn Sprengkörper analog zu den Aufmarschplänen der Türkenbefreier auch die Fahnder auf die Idee gebracht haben mußte, fortan die Briefkästen in allen Orten, die in diesem geschichtlichen Zusammenhang eine Rolle gespielt hatten, zu observieren. Er mußte Abstriche machen in seinem historischen Planspiel, wenn er nicht berechenbar werden wollte. Berechenbar – ein wunderbarer Gedanke. Franz Hofer überkam eine geradezu kindliche Freude. Das ist die adäquate Antwort, dachte er. Er würde berechenbar sein. Ganz bewußt berechenbar. Den Takt vorgeben. Den Rhythmus bestimmen. Stärke demonstrieren. Angreifen, nicht verteidigen. Alle sollten wissen, wann wieder Bomben kommen. Exakt, auf den Tag genau.

Der nächste Anschlag sollte für alle vorhersehbar sein, man würde sich das Datum am Kalender anstreichen können, verhindern aber könnte man ihn nicht. Franz Hofer hatte zwischen der sogenannten 2. Briefbombenserie im Oktober 1994 bis zum Anschlag von Oberwart am 4. Februar 1995 exakt 123 Tage verstreichen lassen. Die Bombe war längst fertig gewesen, die Anklage gegen Jost und Beilner wegen Beteiligung an den Anschlägen der Bajuwarischen Befreiungsarmee schon am 31. Jänner 1995 eingebracht worden, doch die Zahl 123 erschien ihm zu verlockend, als daß er nicht die Geduld aufgebracht hätte, auf den 4. Februar zu warten. Damals hatte er damit spekuliert, daß die Ermittler nach versteckten, hintergründigen Botschaften der Zahlen suchen würden, so wie sie die Ziffern, die er auf die Böden der Sprengkörper geschrieben hatte, ernsthaft als militärische Codes zur Zeit der Türkenbelagerung ausgemacht hatten. Dabei hatte er lediglich den Wert für den Spannungsabfall der Zünder in Millivolt, gemessen bei einem Prüfstrom von drei Milliampere, vermerkt. Die

Ermittler aber sahen das anders. Die Zahl 41 identifizierten sie anhand aufgefundener Pläne »der von den Türken 1683 belagerten Stadt Wien« als Positionszahl für das »Rothenturm-Tor«, 26 stand für »Neu-Pastey«, 57 bezeichnete die Vorstadt und 21 »Ravelin, genannt Ziegl-Schanzel«.

Ein paar historische Winkelzüge hatten genügt, und sie fraßen ihm aus der Hand, auch dann, wenn sich darin nicht mehr verbarg als technische Zahlen. Jetzt wollte er noch mehr. Sie sollten sehen, wer hier das Tempo vorgibt, wer die Macht hat und wer ohnmächtig ist. Er rechnete nach. Seit dem letzten Anschlag, dem von Oberwart, waren etwas mehr als zweieinhalb Monate vergangen. Um den 123-Tage-Takt zu halten, mußten die nächsten Bomben exakt am 6. Juni 1995 detonieren. Das mußte sich ausgehen. Das Datum für das nächste Attentat stand fest. Thomas Lümmer sollte sehen, mit wem er es zu tun hatte.

Vernehmungsprotokoll vom 13.12.1997

Ein so exakter Rhythmus erweckt den Eindruck von Stärke, wenn der nächste Anschlag schon vorhersehbar und trotzdem nicht aufhaltbar ist. Wenn ein Rhythmus beschlossen ist, dann muß auch eine gewisse Größenordnung vorhanden sein. Der Eindruck des Unaufhaltsamen entsteht am besten dadurch, wenn aus dem Anschlagszeitpunkt hervorgeht, daß die Planung keinerlei Rücksichten nimmt auf die Gegenseite. Dieser Rhythmus sollte auch den Eindruck erwecken, daß es sich um eine straffe Organisation handeln muß. Wesentlich ist natürlich auch, daß in den Medien steht: Der nächste Anschlag ist vorhersehbar. So etwas erzeugt Angst. Furcht erzeugen ist ja Zweck der Übung. Da braucht man nicht so viele Bomben.

Franz Hofer hatte sich selbst unter Druck gesetzt. Dieses Mal sollten es wieder Briefbomben sein. Er wußte nicht, ob diese Festlegung daher rührte, daß er auf Briefbomben bisher stets Rohrbomben hatte folgen lassen und vice versa, oder doch eher daher, daß ihn das Bild der vier Roma, die dreckig und ausgestreckt im Matsch gelegen waren, noch immer nicht losgelassen hatte. Vielleicht hatte er aber auch bloß aus zeitökonomischen Gründen so entschieden. Für die Herstellung einer Briefbombe benötigte er nicht einmal drei Tage, und drei solcher Sprengkörper mußten es zumindest sein. Die Medien sollten von einer neuen Serie berichten können, dafür brauchte es mehrere Bomben, was juristisch mit mindestens drei definiert war. Franz Hofer begann, die benötigten Bauteile zusammenzulegen. Er schnitt die Aluminiumröhrchen in Stücke, bereitete das Epoxidharz vor, legte den Zwirn, die Zünder, den Transistor bereit und machte sich daran, die Bomben-Checklist erneut auswendig zu lernen.

Über die Opfer hatte er noch gar nicht nachgedacht. Sie waren ihm nicht so wichtig. Er wollte zeigen, daß er das Heft in der Hand hielt, daß er es war, der für alle bisherigen Anschläge verantwortlich zeichnete, daß Jost und Beilner ahnungslose Amateure waren, die mit der Bajuwarischen Befreiungsarmee nicht das geringste zu tun hatten. Er würde demonstrieren, daß er noch da war und dem Staat den Krieg erklären konnte. Die Adressaten der Sprengkörper waren dafür nur das Treibmittel, sie gaben die Statisten, die ganz nach Belieben ausgetauscht werden konnten. Also brauchte er sich jetzt noch nicht um sie zu kümmern. Es gab genug, die diese Rolle übernehmen konnten. Einige hatten sich für die Besetzung der nächsten Aufführung geradezu aufgedrängt, andere, stillere, waren nur ihm, dem Regisseur, aufgefallen.

Arabella fiel ohne Zweifel unter die erste Kategorie. Sie war so laut, so schrill und einnehmend, daß Franz Hofer bereits daran gedacht hatte, die Röhrchen ihrer Bombe reichlicher zu befüllen, damit ihre Stimme wenigstens vom Knall der Detonation übertönt würde. Er wußte, daß die farbige Fernseh-Moderatorin ein Mischlingskind war. Der Vater aus Ghana, die Mutter aus Deutschland. Doch Arabella war auch noch stolz darauf. Sie hatte sich an die Spitze der Kerzenmarschierer gestellt, die den Wiener Heldenplatz mit ihrer Demonstration gegen Fremdenfeindlichkeit beglückt hatten und den Platz auch gleich noch umbenennen wollten. Denn Helden hätte der Platz noch nicht gesehen.

Franz Hofer mußte schmunzeln. Er war sich sicher, daß Arabella eitel genug sein würde, um auch die Briefbombe für ihre Karriere zu nutzen. Ein Cover auf einem der Nachrichtenmagazine, das müßte schon drin sein. So wie damals, als sie das Titelblatt von *News* zieren durfte, mit einer Kerze in der Hand und nachdenklichem Blick. Daß Arabella jetzt für deutsche Sender ihre Show abzog, erschien Franz Hofer geradezu als Aufforderung. Er würde ihr den Sprengkörper nachschicken. Den Terror auslagern. Ins Altreich, wie die Neonazis sagen würden. Nach München. Die Bajuwaren würden damit auch über der Grenze aktiv. Was sprach dagegen, das Verbreitungsgebiet auszudehnen? Er würde einen weiteren Gegner dazubekommen, das deutsche Bundeskriminalamt, erprobt in der Bekämpfung terroristischer Zellen. Und der BBA würde endlich auch im Ausland die Aufmerksamkeit zuteil werden, die sie verdiente. Franz Hofer war begeistert. Jetzt machte ihm auch die Auswahl der Opfer wieder Spaß.

Er schaltete den Computer ein und spielte mit dem Zeichenprogramm. Er wollte den Brief an die Moderatorin mit roten Rosen verzieren, mit kitschigen, roten Rosen. Wie es sich für einen treuen Fan gehörte. In das Kuvert legte er einen Zettel mit der Bekennung »Regent Andreas Hofer von Tirol« und »Graf Ernst Rüdiger von Starhemberg«. Auf einen weiteren Papierstreifen schrieb er den Namen eines Mannes, dessen Tod Franz Hofer auf besondere Weise berührt hatte: Reinhold Heinrich. Ein 75jähriger deutscher

Rentner, der sich am 25. April vor der Münchner Feldherrnhalle mit Benzin übergossen und selbst angezündet hatte. Als Fanal gegen die »Deutschland-Hetze«, wie das ZDF in einem Kurzbeitrag berichtet hatte. Franz Hofer hatte die Nachricht betroffen gemacht. Ein alter Mann, der sich selbst in Brand steckte.

Er war eigens nach Graz gefahren, um sich in der Bahnhofstrafik deutsche Zeitungen zu besorgen, hatte sich auf einen der unansehnlichen Bahnsteige gesetzt und sofort zu lesen begonnen. Die Münchner *Abendzeitung* hatte die Tat mit einem Zweispalter abgehandelt. »Warum Reinhold Heinrich sich umbrachte. Selbstverbrennung in der Feldherrnhalle: Sinnlose Tat eines verbitterten Deutsch-Nationalen.« Franz Hofer hatte sofort gespürt, daß ihm der Mann, der verkrümmt auf dem Boden lag, nahe war. Er hatte den ganzen Bericht gelesen. »München. Die spektakuläre Selbstverbrennung in der Feldherrnhalle war die Tat eines verbitterten Deutsch-Nationalen. Der 75jährige Münchner Rentner, der gestern früh seinen schweren Verletzungen erlag, hat in einem vierseitigen Bekennerbrief als Motiv für seinen Freitod die Verärgerung über die angeblich falsche Darstellung der deutschen Geschichte angegeben. Als ›alter Frontkämpfer‹ wolle er mit seiner Tat ›als Fanal ein sichtbares Zeichen der Besinnung setzen‹. Die Freunde und Bekannten des Toten, der in einem Münchner Altenheim lebte, sind schokkiert: Der ehemalige Diplom-Chemiker war nach außen immer fröhlich, nie hat er ein Wort über seine Gesinnung verloren. Bis zu dem Tag, als er den Tod suchte.«

Franz Hofer hatte sich nicht getäuscht. Da war einer gewesen, der gedacht hatte wie er und bereit gewesen war, für seine Gesinnung sein Leben zu geben. Und er war Chemiker gewesen.

»Reinhold Heinrich stammte aus dem Sudetenland. Seine Mutter war Tschechin, sein Vater Deutscher. Den ganzen Krieg verbrachte er an der Ostfront, dann kam er in russische Gefangenschaft. In seine Heimat konnte Reinhold Heinrich schließlich nicht mehr zurückkehren, der Sudetendeutsche ließ sich deshalb in München nieder. Hier studierte er, hier heiratete er auch seine (inzwischen lange verstorbene) Frau. Aus der Ehe mit ihr entstammt ein Sohn. Vor zwei Jahren zog Reinhold Heinrich aus seinem Laimer Einfamilien-Häuschen in ein Altenheim in der Reichenhaller Straße 7. Für sein Drei-Zimmer-Appartement zahlte er 3300 Mark Miete, finanziell war der ehemalige Diplom-Chemiker gut gestellt. Angestellte und Mitbewohner – alle schätzten den rüstigen Rentner, der immer einen Scherz auf den Lippen hatte. Wohl deshalb wurde er vergangenes Jahr auch zum Vorsitzenden des Heimbeirates gewählt. Doch Reinhold Heinrich lebte offenbar ein quälendes Doppelleben: Nach außen hin stets fröhlich, im Innern tief deprimiert. Keiner in seinem Umfeld ahnte es: Die Vertreibung aus seiner alten Heimat hat Reinhold Heinrich anscheinend ein Leben lang zugesetzt. Nur hin und wieder drang seine Verbitterung durch, als er etwa sagte, die wahren Kriegsgeschädigten seien Leute wie er. Die Ereignisse zum 50. Jahrestag des Kriegsendes brachten seine innere Wut dann wohl zum Kochen – und führten zu der spektakulären Verzweiflungstat. Bevor Reinhold Heinrich am Dienstag abend mit Benzin und Spiritus zur Feldherrnhalle ging, tippte er fein säuberlich einen Abschiedsbrief. Korrekt, wie er gelebt hatte, kündigte er dann mit einem formlosen Einschreibebrief seine Wohnung. Der Heimleiter geschockt: ›Es ist mir völlig unbegreiflich, wie diese Tat passieren konnte, es gab überhaupt keine Anzeichen. Er wollte sogar ein neues Auto kaufen.‹ Alles, was Reinhold Heinrich ein Leben lang bedrückte, hat er nur seinem Abschiedsbrief anvertraut. Ein Exemplar schickte der Rentner einem rechtsgerichteten Verlag in Coburg, ein weiteres steckte in seiner Jackentasche. Der Brief blieb unversehrt.«

Die *Süddeutsche Zeitung* hatte den Pressesprecher des Polizeipräsidiums München zitiert. »Der Mann ist niemals zuvor als Rechtsradikaler aufgefallen noch als Mitglied in irgendeiner Partei oder einer Vereinigung.«

Franz Hofer war über die Oberflächlichkeit der Berichterstattung erbost. Er hatte gedacht, daß die deutschen Zeitungen differenzierter recherchieren würden, *noch nie als Rechtsradikaler aufgefallen*, war es denn nun schon rechtsradikal, für das eigene Volk, die eigene Heimat einzustehen? Er ging die letzten Zeilen noch einmal durch: »In seinem Abschiedsbrief zieht er über sogenannte Kriegsgewinnler her. Er sei verbittert gewesen, daß man Kriegsgeschädigte nach 1945 unterschiedlich behandelt und auch die Presse darüber ungleich berichtet habe, erklärte der Pressesprecher des Polizeipräsidiums. Seinen Selbstmord wollte Reinhold Heinrich als ›Fanal‹ begriffen sehen, da jetzt am 8. Mai, dem 50. Jahrestag der Befreiung vom NS-Regime, eine ›Niagara-Lügenflut‹ über das deutsche Volk niederstürzte, heißt es in dem Abschiedsschreiben.«

Der Bahnsteig war nun in gleißendes Licht getaucht, Franz Hofer hatte die großformatigen Blätter in seine Jackentasche gesteckt und war die Treppen zum Ausgang hinuntergestiegen. Er hatte die Entscheidung getroffen, diesem Mann ein Denkmal zu setzen. Reinhold Heinrich sollte nicht umsonst gestorben sein, alleine, in der Abenddämmerung, um unverstanden zu bleiben, erledigt als Zweispalter, denn mehr hatte die Geschichte offenbar nicht getragen. Franz Hofer war stolz, im Namen dieses Mannes bomben zu können. Er war den schweren Brandverletzungen erlegen, und jetzt sollten sich andere die Finger verbrennen. Franz Hofer beschriftete das Kuvert an Arabella mit dem Absender »Fans of Arabella, Awarenallee 79/1, A-3392 Gerolding«. Über die aufgeklebten Rosen tippte er den Vermerk »persönlich«. Die Mühe sollte sich schließlich lohnen.

Es war ein guter Monat. Mit einem Mal fügte sich ein Opfer an das andere. In Lübeck hatte sich der Vizebürgermeister der Stadt bemüßigt gefühlt, den strammen Antifaschisten zu geben. Vier Jugendliche waren zu Freiheitsstrafen verurteilt worden, weil ihnen angelastet wurde, die Synagoge von Lübeck in Brand gesteckt zu haben. Doch dem Herrn Vizebürgermeister waren die Haftstrafen zu gering, er forderte mehr, schon aus Präventivgründen, wie er in die Kameras gesagt hatte. Franz Hofer wurde übel, wenn er so etwas hörte. Erst im Vorjahr waren auf dem Leibnitzer Friedhof, dort, wo seine Großmutter beerdigt lag, an die hundert Grabsteine umgeworfen worden. Zur selben Zeit waren in Eisenstadt auf dem jüdischen Friedhof einige Grabsteine beschmiert worden, mit »Heil Hitler« und »Arischer weißer Widerstand«. Doch während man von der Sache in Leibnitz nie wieder etwas gehört hatte – die Urteile wurden nicht veröffentlicht und die Täter wahrscheinlich zum Sozialdienst verurteilt –, hatte es für die Täter von Eisenstadt mehrjährige Haftstrafen gegeben. Das war es, was er nicht einsah. Warum sollten tote Israeliten mehr wert sein als tote Deutschösterreicher? Der Staat sollte gefälligst alle gleich behandeln, sowohl die Lebenden als auch die Toten. Das wollte er auch dem Vizebürgermeister sagen. Er wollte, daß er mit eigener Haut spüren konnte, was es hieß, Minderheiten zu bevorzugen. Gezeichnet: Reinhold Heinrich.

Vernehmungsprotokoll
vom 05.12.1997

Die Historiker sind ja alle gleich. Mich ärgert, daß sich keiner was traut, sie verbeißen sich alle gleich in merkwürdige neuartige Theorien, etwa, daß die Geburt des Österreichers im Jahr 1945 stattfand. Man brauchte eigentlich nur einen einzigen Historiker, weil sie alle dieselben Theorien vertreten. Das sind alles Staatsangestellte, die nur für die staatliche Linie schreiben. Keiner traut sich, auszuscheren und die Alliierten anzugreifen, weil er sonst sofort als Nazi abgestempelt wird. In Wirklichkeit ist es auf der anderen Seite um nichts besser gewesen. Besonders zu Kriegsende sind von den Verbündeten furchtbare Sachen geschehen gegen die heimische Bevölkerung. Da geht es um Millionen, die gleich gestorben sind. Nicht zu vergessen sind Hiroshima und Nagasaki.

Die Nazizeit brauche ich nicht. Es ist logisch, daß ich mich von dieser Rassenpolitik distanziere. Das NS-Regime hat sich das Recht herausgenommen, den Staatsbürgern unterschiedliche Rechte einzuräumen. Davon distanziere ich mich. Für mich geht es an sich nur um die Einteilung in Volksgruppen. Für mich gibt es nur Österreicher, und die müssen alle gleich behandelt werden. Er ist ein trauriges Zeichen, wenn – wie auch in einem Bekennerbrief geschrieben steht – ein Kastensystem geschaffen wird und die Volksgruppe der Deutsch-Österreicher benachteiligt wird. Das hat keinen Anhauch einer großdeutschen Idee. Gemeint sind nur die deutschsprachigen Österreicher zum Unterschied von den Kroatisch-Österreichern oder den Slowenisch-Österreichern. Das, was die Regierung gemacht hat durch den EU-Beitritt, nämlich die Wiedervereinigung mit Deutschland und Südtirol, paßt mir auch nicht. Ich habe dagegen gestimmt. Österreich wurde zu einem Gebilde zweiter Ordnung herabgestuft. Mir hat es früher auch ganz gut gefallen. Der Staat hat nicht zu sagen: »Der eine ist mehr wert als der andere.« Für den Staat hat jeder Staatsbürger gleich zu sein. Wenn ich die Menschen nach ihrer Herkunft klassifiziere, so mache ich das nach dem Fernsehen. Wenn ich eine Sportveranstaltung sehe, und jeder Dritte sieht so oder so aus, dann mache ich mir ein Bild, wo er herkommt. Das ist aber kein Rassismus. Rassismus ist erst das, was früher in der Regierung passiert ist, nämlich Rassendiskriminierung.

Es war Tausende Jahre immer so, daß sich gleiche zu gleichen gefunden haben, sonst hätten sich die Unter-

schiede nicht bewahrt. Als im Zuge der Völkerwanderung manche Stämme nach Süden, nach Spanien, gezogen sind, sind sie ausgestorben, die Stämme aus dem Norden haben dort die Sonne nicht vertragen, wurden häßlich und unattraktiv, haben Flecken auf der Haut und Hautkrebs bzw. Malaria bekommen und sind ausgestorben. Ähnlich war es mit den Südvölkern, die nach Norden gezogen sind. Im Norden hat man damals zum großen Teil von Milchprodukten gelebt, die Südvölker haben Durchfall bekommen. Sie sind dann schnell wieder in den Süden gezogen, um wieder ihre Fische zu fangen.

Die dritte Bombe adressierte Franz Hofer an die Supercontact Partnervermittlung in Linz. Er hatte bereits im Jahr zuvor überlegt, einem dieser Partnerinstitute, die die Ausländer ins Land schleppten und so taten, als sei es ganz normal, wenn ein Österreicher eine Philippinin heiratet, die entsprechende Antwort zukommen zu lassen. Die Völkerwanderung sollte nicht auch noch per Katalog gefördert werden. Er hatte im Radio, auf Ö 1, einen Beitrag über die Supercontact gehört. Ihr Chef hatte sich damit gebrüstet, selbst eine Ausländerin zur Frau zu haben. Eine Ungarin. Die ausländischen Damen seien ja so häuslich, sagte er, so adrett und trotzdem bescheiden, kein Vergleich mit den heimischen Frauen. Franz Hofer schmückte auch dieses Kuvert mit vielen roten Rosen.

Gerichtsprotokoll ueber die 3. Briefbomben-Serie

Die für Arabella vorgesehene Briefbombe langte am Morgen des 9.6.1995 beim Bürogebäude des TV-Senders »Pro 7« in Unterföhring bei München ein. Im Sekretariat von Arabella sortierte die Redaktionsassistentin Sabine D. die von ihr aus der Einlaufstelle geholten Zusendungen in vier Gruppen, nämlich die von den Redakteuren zu bearbeitenden Briefe, die mit Stichwörtern für Sonderaktionen versehenen Briefe, die mit dem Vermerk »Arabella-Redaktion« einem Postfach entnommenen Briefe und die an Arabella direkt gesendeten Briefe. In der zuletzt genannten Gruppe befand sich neben ca. 15 weiteren Zusendungen auch die von Franz Hofer geschickte Briefbombe. Wegen der kitschigen Gestaltung des Kuverts hielt Sabine D. diesen auffälligen Brief für die Zusendung eines Kindes. Mit dem Brieföffner fuhr sie in die von Franz Hofer dafür unverklebt gelassene Ecke des Kuverts und schnitt die Lasche sowie die Ruhestromschaltung auf. Das dadurch zur Explosion gebrachte Silberfulminat und die weggeschleuderten Elektronikbauteile fügten Sabine D. an der rechten Wange und Augenbraue kurze, aber tiefe Rißquetschwunden zu. An der linken Hand kam es zwischen dem 1. und dem 2. Finger zu kleineren Einsprengungen von Bombenbauteilen. Die Journalistin Barbara W. hielt sich bei der Explosion in der Nähe von Sabine D. auf. Sie erlitt einen Schock und ein Knalltrauma an beiden Ohren mit blutigen Trommelfellverletzungen. Diese leichten Verletzungen der beiden Frauen konnten ambulant behandelt werden.

Ebenfalls am 9.6.1995 stellte die Post die nächste Briefbombe des Franz Hofer in das Geschäftslokal des Partnervermittlungsinstitutes Supercontact in Linz zu. Die Frau des Geschäftsführers, eine gebürtige Ungarin, erledigte die Büroarbeiten und übersetzte die Zusendungen. Am 9.6.1995 brachte der Geschäftsführer um ca. 12 Uhr seine Gattin und seine auf Besuch weilende Schwiegermutter zum Geschäftslokal. Anschließend stellte er sein Auto in die nahegelegene Parkgarage. Seine Frau hob nach dem Betreten des Büros die vom Briefträger durch

einen Schlitz eingeworfene, am Boden liegende Briefpost auf. Dabei fiel ihr Augenmerk auf einen dickeren Brief, der mit rosenförmigen Aufklebern verziert war. Sie zeigte das geschmückte Kuvert ihrer Mutter und begab sich ahnungslos mit der Briefbombe des Franz Hofer zum Schreibtisch ihres Gatten. Mit dem dort abgelegten Brieföffner schnitt sie das Kuvert auf. Dabei durchtrennte sie den in die Laschenfalte eingeklebten Sensordraht und löste die Explosion des Silberfulminats aus. An der linken Hand stark blutend, lief sie an ihrer Mutter vorbei ins Freie und schrie immerzu: »Bomba«. Über Notruf verständigte ein Nachbar die Rettung und die Polizei. Als ihr Mann um ca. 12.15 Uhr zu seinem Geschäftslokal kam, leisteten ihr herbeigeeilte Personen erste Hilfe. Die Frau erlitt durch die explodierte Briefbombe eine Rißquetschwunde an der Oberlippe und die vom Beschuldigten beabsichtigten, zumindest schweren Verletzungen an der linken Hand. So kam es zu einer Teilamputation des linken Zeigefingers und des linken Daumens sowie zu zahlreichen Fremdkörpereinsprengungen. Das Opfer wurde im LKH Linz stationär behandelt und an der verletzten Hand mehrmals operiert. Während der ersten Operation, die ca. 12 Stunden dauerte, befand sie sich in Lebensgefahr. Die Explosion der Briefbombe verursachte auch eine dauerhafte auffallende Verunstaltung, nämlich die Teilamputation des linken Daumens und des linken Zeigefingers sowie Vernarbungen der linken Hand. Die Mutter des Opfers erlitt ebenfalls einen schweren Schock und ein leichtes Knalltrauma.
Am 13.6.1995 erreichte die für den stellvertretenden Bürgermeister der Stadt Lübeck bestimmte Briefbombe das Rathaus. Der Politiker gehört der SPD-Fraktion an. In den für diese Partei vorgesehenen Büroräumen des Rathauses ordnete Thomas R. die für seine Partei eingehenden Postsendungen. Thomas R. hatte auch die an den stellvertretenden Bürgermeister persönlich adressier-

ten Briefe zu öffnen und vorzuerledigen. So geschah es, daß er die von Franz Hofer geschickte Briefbombe durch Öffnung des Kuverts zur Explosion brachte und durch den Anschlag schwere Verletzungen an seiner rechten Hand erlitt. Die Bombe zerfetzte das Endglied des Zeigefingers, zerriß dessen Weichteile, bewirkte am Mittelfinger eine Nagelluxation und Nagelkranztrümmerfraktur. Alle Finger der rechten Hand wiesen Fremdkörpereinsprengungen auf. Diese an sich schweren Verletzungen wurden operativ im Krankenhaus Lübeck behandelt.

Franz Hofer machte es sich vor dem Fernseher gemütlich. Auf dem Glastisch zu seiner Rechten stand eine Packung Studentenfutter, daneben ein Liter Apfelsaft, aus biologischem Anbau. Sein Vater hatte zwei Kisten der hellgrünen Flaschen gekauft, weil ein Bauer bei ihm angeläutet hatte und er nicht nein sagen konnte. In einer kleinen Schüssel lagen Pralinen aus Nougat. Er naschte gerne, wenn es ohne Brösel abging. Links von seinem Platz hatte er ein kleines Notizheft und eine Füllfeder parat gelegt. Die Vorstellung konnte beginnen.

Er liebte es, wenn im Fernsehen sein Programm lief, er war geradezu süchtig danach geworden, erste Reihe fußfrei zu sitzen und zu verfolgen, wie seine Bomben den Adrenalinspiegel der sonst so gefaßten Nachrichtenmoderatoren anhoben. »Der Terror der ›Bajuwarischen Befreiungsarmee‹ hat heute seine blutige Fortsetzung gefunden. Zunächst explodierte in den Vormittagsstunden in der Münchner Redaktion des deutschen Fernsehsenders Pro 7 eine Briefbombe, die an die aus Österreich stammende Moderatorin Arabella gerichtet war, und verletzte eine Sekretärin schwer. Kurz nach Mittag wurde dann auch in Linz Bombenalarm gegeben. Ein Brief an das Linzer Partnervermittlungsinstitut Supercontact explodierte in den Händen der Gattin des Geschäftsführers und verletzte diese lebensgefährlich.«

Franz Hofer hatte die Vollzugsmeldung bereits kurz vor elf Uhr am Teletext erhalten. Der ORF hatte die Schlagzeile eigens rot eingefärbt. »Wieder Briefbombenterror. Zwei Verletzte.« Er war eben jemand besonderer. Einer, der Quote machte. Einer, der nur noch aufzuzeigen brauchte, um ein ganzes Land in Hysterie zu versetzen. Er hatte einen Status erreicht, der ihn selbst befremdete. Einen etwas fülligeren Brief zu öffnen, galt heute schon als Lebensgefahr. Die Bajuwarische Befreiungsarmee, sein Graf Starhemberg, dachte Franz Hofer, hatte geschafft, was keine Terrorgruppe zuvor je zu Wege gebracht hatte. Sie war ständig präsent. Immerdar. Egal, wer in Österreich Post entgegennahm – selbst sein Bruder hatte ihm von dieser Angst erzählt –, überlegte, ob er das Kuvert oder das Päckchen öffnen sollte. Jede einzelne Postsendung bewirkte, daß die Empfänger an die BBA dachten. Die Panik war unangebracht, vermessen sogar, aber sie war offenbar da. Und er konnte sich nicht sattsehen daran.

Seit zwölf Uhr, da war die erste Sondersendung gelaufen, hatte er allein im ORF fünf Liveberichte gesehen. Den enervierten Generaldirektor, der meinte, er sei ja nur der Chef vom Chef des Chefermittlers, den neuen, ein wenig entrückt anmutenden Stapo-Chef, der auf dem Heimweg nach Klagenfurt war, ins Wochenende, bevor er vom Minister persönlich zurückbeordert wurde, und eine auffallend stille Arabella. Es war, als spürte sie, daß alles, was sie jetzt in die Mikrofone sprach, auch von ihm gehört würde. Als wollte sie durch die bedächtige Wortwahl, die leise gesetzten Sätze, zeigen, daß sie sich zurücknehmen würde, daß sie verstanden hatte, daß sie verletzlich war, daß er sie jederzeit wieder treffen konnte. Keine Rede von Widerstand. »Ich kann mich ja nicht weiß anmalen, oder«, sagte sie. Sie sah sehr blaß aus. Es ist schön, sie so winseln zu sehen, dachte Franz Hofer. Die Bombe hatte ihr Ziel erreicht, auch wenn sie nicht in den Händen der Farbigen explodiert war. Franz Hofer ließ den letzten Nougatwürfel im Mund schmelzen.

Die Bilder aus Linz waren ganz nach seinem Geschmack. Ein wenig Blut, nicht zuviel, überforderte Ermittler und ein Pressesprecher, der in holprigen Sätzen von sich gab, daß er nichts wußte. »Die Ermittlungen laufen auf Hochtouren.« Franz Hofer legte den Kopf in den Nacken, schloß die Augen und ließ sich von den Worten des Chefinspektors berieseln. Er wußte, daß dieser Mann nicht sein Gegner war. Der Innenminister hatte ihm offenbar rasch ein Kommunikationsseminar bezahlt, so nichtssagend und um Diplomatie bemüht war alles, was er sagte. Sie hatten ihn an die Front gestellt, damit Lümmer aus der Deckung heraus agieren konnte.

Das Schicksal hatte wieder einmal für ihn gearbeitet. Der Sprengkörper an das Partnervermittlungsinstitut hatte sich selbst das richtige Opfer gesucht. Wie ein Torpedo, der mittels Wärmebildmessung, Infrarot und Bewegungssensoren selbständig sein Ziel findet. Die Frau war Ungarin. Sie erledigte für ihren Mann die Post. Jetzt dürfte sie wohl nicht mehr so adrett sein. Die Liveschaltung ins Landeskrankenhaus hatte ergeben, daß sie ein paar Fingerglieder verloren hatte. Sie hatte sich die Finger verbrannt. Ihr Gatte beklagte die Fremdenfeindlichkeit – »diese Terroristen haben einen Haß auf die multikulturelle Gesellschaft, der Staat hat diese Nazi-Brut nie wirklich bekämpft, jetzt kommt das alles wieder zum Vorschein« – und beteuerte, daß er nie etwas Böses getan hätte. Es sei doch wunderbar, wenn Tausende Österreicher ihr Glück bei Ost-Frauen gefunden hätten. »Meine Frau und ich werden auf jeden Fall weitermachen. Wir haben schon Tausende Ehepaare glücklich zusammengeführt.« Franz Hofer empfand die Rede als aufgesetzt. Der Partnervermittler war lächerlich. Franz Hofer war froh, dessen Frau verletzt zu haben. Sie würde verstehen, was die Bombe sagen wollte.

Franz Hofer blieb noch bis drei Uhr morgens wach. Er hatte das Radio aufgedreht und am Teletext die Seite hundert gespeichert. Die aktuellen Nachrichten. Die Bombe von Lübeck ließ weiter auf sich warten. Hatten die deutschen Behörden sie rechtzeitig abgefangen, wollten sie ihn provozieren, indem sie den dritten Sprengkörper verschwiegen? Franz Hofer mußte in dieser Nacht zweimal aufstehen, der Apfelsaft zeigte Wirkung. Aber er stand leicht auf. Es war ein gutes Gefühl, dieses Mal nicht getötet zu haben. Es machte die Nacht erträglich. Und das Leintuch blieb trocken.

Die nächsten Tage war Franz Hofer dennoch von einer Anspannung gezeichnet, die er selbst nicht einzuordnen wußte. Er war antriebslos, zappte durch die Kanäle, kaufte sich die Hochglanzmagazine - Arabella war tatsächlich aufs Cover gehievt worden –, doch die Ungeduld wurde dadurch nur drängender. Franz Hofer fühlte sich an die ersten schriftlichen Prüfungen an der Uni erinnert, an das Warten auf die Zeugnisse, darauf, zu erfahren, ob er durchgekommen war oder nicht. Er brauchte die Noten, das Feedback. Er mußte wissen, was seiner Bombe zugestoßen war. Vier Tage später, es war der 13. Juni, kam endlich die Erlösung. Auch der dritte Sprengkörper hatte seine Arbeit getan. Franz Hofer konnte wieder zur Tagesordnung übergehen.

Die nächsten Bomben sollten Anfang Oktober zur Post gehen, exakt 123 Tage nach dieser Serie. Franz Hofer war endlich dort, wo er immer hingewollt hatte. Er saß in seinem Arbeitszimmer, einem kleinen Zimmer, und hielt Gericht über die Welt. Jetzt war er es, der austeilte. Einen Sprengkörper an Arabella, eine Bombe an die Roma. Er bestimmte, wer sich schuldig gemacht hatte, er urteilte, wer abgestraft gehörte, er legte fest, wen er durch persönliche Verunglimpfungen bloßstellen wollte, wen er verwunden wollte und wer getötet werden mußte. Im letzten Bekennerbrief hatte er geschrieben: »Und wenn aufs Schimpfen und Töten die gleichen Strafen stehen, entscheiden wir uns für das Effektivere.« Er hatte die Macht, den Staat auflaufen zu lassen. Er regierte Österreich.

Bericht des psychiatrischen Gutachters

Franz Hofer hat die Kompensationsleistungen gegenüber den eigenen Minderwertigkeitsgefühlen jahrelang in sozial verantwortlichem Verhalten beziehungsweise guter beruflicher Leistung erbracht. Durch die neurotische Entwicklung und exogene Faktoren – Verlust des Arbeitsplatzes, berufliche Desintegration, soziale Isolierung – ist es zu einer Verschiebung des Kompensationsvorganges (für die Überwindung der persönlichen Minderwertigkeitsgefühle) in einen äußeren Bereich, nämlich in jenen (von der eigenen Person weggehenden) des Vergleichs und der Konkurrenz mit Regierenden, Strafverfolgungsbehörden und Meinungsbildnern, bei gleichzeitigem Verlust an Gemeinschaftsgefühl, gekommen. Diese Bedeutungsverschiebung führte zur Mobilisierung persönlicher Ressourcen, welche bei ihm in übermächtig-destruktiver Form vorhanden waren.

Ebenso charakteristisch ist die Affektivität des Franz Hofer: Sie wirkt emotional kühl, distanziert und nach außen hin großteils flach. Er hat nur geringe Fähigkeiten, positive oder negative Gefühle anderen gegenüber zu zeigen. Dabei ist er im direkten Kontakt aber überaus höflich und offensichtlich bemüht, bei seinem Gegenüber kein Gefühl der Brüskierung oder Kränkung aufkommen zu lassen. Während der gesamten Vernehmungen und Explorationen hat er nur während einer vorübergehenden Phase deutliche emotionale Reaktivität gezeigt, im allgemeinen schien er durch Fragen und Argumente kaum irritierbar, alles scheint von ihm bereits durchdacht, sodaß Gefühle wie Ärger oder Überraschung kaum aufgekommen sind. Lediglich beim Abzug der Schwestern des mobilen Hilfsdienstes hat er – ganz entsprechend, daß schizoide Menschen nur in sehr seltenen Situationen aus sich herausgehen können – Gefühls-

regungen in Form von emotionaler Kränkung, Trauer und Verlassenheitsangst gezeigt. Im übrigen aber hat er offensichtlich Schwierigkeiten, Ärger, Wut oder auch Freude auszudrücken, was den Eindruck erweckt, als ob er keine reiche Gefühlsausstattung besitzt. Gegenüber Lob oder Kritik wirkt er zumindest äußerlich gleichgültig. Keinesfalls zeigt er Dramatisierungen bezüglich der eigenen Person, übermäßiges Streben nach Aufmerksamkeit oder übertriebene Emotionalität. Er äußert keinen Stolz auf seinen unzweifelhaft herausragenden technischen Verstand, sein außerordentliches historisches Wissen, seine Zähigkeit und Leistungsfähigkeit und bleibt durch anerkennende Bemerkungen, etwa, daß er ein Experte ersten Ranges sei, äußerlich unberührt.

Unübersehbar stehen hinter seiner Neigung zur sozialen Selbstisolation, welche als Form der Abwehr gegen zwischenmenschlich nahe und intime Beziehungen zu interpretieren ist, eine erhöhte Empfindsamkeit sowie die spezifische Schwierigkeit, Ärger und Feindseligkeit auszudrücken, obwohl solche Gefühlsqualitäten in überhöhtem Maß vorhanden sind und auch subjektiv erlebt werden. Diese »Sperre« im »Ärgerausdruck« führt bei ihm ihrerseits zur beobachteten Wagheit und Unbestimmtheit im interpersonellen Agieren. Franz Hofer weist jedenfalls ein ausgeprägtes Defizit im Umgang mit zwischenmenschlichen, gefühlvollen Beziehungen auf, wobei die sich in den letzten Jahren rückbildenden sozialen Kompetenzdifferenzierungen und das unbeirrbare Verfolgen seiner fanatischen Privatidee Schritte aus der Selbstisolierung und Vereinsamung heraus zunehmend erschwert haben. Der Beschuldigte weist somit jene von Gerd Huber beschriebene »psychoasthenische« Proportion auf, die durch »anästhetische« Qualitäten wie Überempfindlichkeit, Verletzbarkeit und Kränkbarkeit auf der anderen Seite, ferner durch Zähigkeit, Ausdauer, Eigensinn, Pedanterie, Prinzipienreiterei und Fana-

tismus gekennzeichnet sind. Der Mangel an natürlicher Kontaktfähigkeit, die innere Zwiespältigkeit und die Neigung zu Verschlossenheit und Mißtrauen haben bei ihm – wie bei den meisten schizoiden Menschen – zu Schwierigkeiten in der mitmenschlich-kommunikativen Sphäre geführt.

Er brauchte neue Opfer. Es waren nur noch drei Wochen, dann würden die 123 Tage vergangen sein. Franz Hofer haßte den Druck. Er mußte sich zwingen, zumindest vor Mittag aufzustehen. Er kämpfte mit Blähungen. Er hatte nicht mehr die Ruhe, seiner Nichte die selbsterfundenen Geschichten zu erzählen, die sie so gern mochte. Er hatte seit Tagen kein Wort mehr gesprochen. Er war müde geworden. Der Bau der Bomben war zur Arbeit geworden. Von wegen Serienproduktion. Der Leiter der Kriminaltechnischen Zentralstelle hatte in einem Interview gemeint, die Herstellung einer Briefbombe würde gewiß nicht mehr als zwei Tage in Anspruch nehmen. Natürlich, dementsprechend würde sie dann auch aussehen. Er mußte die Sprengkörper weiterentwickeln. Franz Hofer hatte gelesen, daß die Entschärfer die Entscheidung getroffen hatten, rechtzeitig entdeckte Briefbomben mit flüssigem Stickstoff einzufrieren, um sie unschädlich zu machen. Sie rechneten also mit neuen Briefen. Aber die Sprengkörper wurden nicht dazu gebaut, entschärft zu werden. Sie sollten keine Spuren liefern. Sie sollten Verletzte produzieren. Druck machen. Minister hochgehen lassen.

Franz Hofer mußte ihre Pläne kaltstellen. Er hatte eine Germaniumdiode – was für ein klingender Name – aus einem alten Meßgerät ausgebaut. Mit ihrer Hilfe wollte er den Technikern des Innenministeriums zuvorkommen. Sie sollte dafür sorgen, daß der Transistor durchschaltet und der Sprengstoff automatisch umsetzt, sobald die Temperatur im Inneren des Kuverts unter fünf Grad Celsius sinkt.

Gestorben an Unterkühlung, in der Kühltasche der Entschärfer.

Er spürte, daß er an die Grenzen seines Leistungsvermögens gestoßen war. Er war gereizt, sehnte sich danach, wieder verspielt an die Terrorakte herangehen zu können. Es war mühsam geworden, das historische Planspiel auszubauen. Er hatte sich auch in den Bekennerschreiben wiederholt. Und er wußte, daß es kein Zurück gab. Er konnte den Kampf nicht einstellen, einfach beim nächsten Gendarmerieposten anklopfen und sagen: »Hallo, ich bin's, die Bajuwarische Befreiungsarmee.« Er hatte sich oft dabei ertappt, wie er mit dem Gedanken spielte, einen Journalisten anzurufen, einen mit Humor, und ihn irgendwohin zu bestellen, zum Interview. Wie schön hätte er da sprechen können. Er wußte, daß jeder der Redakteure, die sich nun seit fast zweiundzwanzig Monaten mit seinen Anschlägen beschäftigten, alles dafür geben würde, ihn zu treffen. Sie würden nicht einmal die Staatspolizei informieren. Dessen war er sich sicher. Auch das war Österreich. Die Behörden dumm sterben lassen, selber klüger sein, nichts wissen und schon gar nicht für den Staat spitzeln. Dafür machte sich keiner die Hände schmutzig. Franz Hofer wurde mit jedem Tag stärker bewußt, daß diese Geschichte nur ein mögliches Ende haben konnte: die Eskalation. Wenn ihn die Ermittler stellen sollten, würde er die Granate zünden. Wenn sie ihn nicht fänden, würde er weiter bomben. Immer weiter, mit erhöhter Dosis. Ein Ausstieg war unmöglich.

Franz Hofer kaufte nun jede Woche Zeitungen. Er hatte bereits damit gerechnet. Thomas Lümmer war wieder einmal etwas eingefallen. Es war, als ob der Mann auf der anderen Seite genau kalkulierte, worüber er, der Terrorist, in den letzten Wochen nachgedacht hatte. Franz Hofer glaubte nicht an Telepathie, und Lümmer schien auf dem festen Boden der Wissenschaft zu stehen. Er hatte in einem Gespräch, das im Radio gelaufen war, gemeint, daß auch er nicht so zu denken vermöge wie ein Serientäter, schließlich werde er trotz aller Beschäftigung mit dem Bösen niemals nachvollziehen können, warum ein Mörder sein Opfer ausweidet, ihm die Brustwarzen abschneidet oder Bomben bastelt, die Menschen in Stücke reißen, aber er hätte durch Dutzende Gespräche mit inhaftierten Serienmördern gelernt, deren Schuhe zu benutzen. Den Weg nachzugehen, den sie gingen. Schritt für Schritt. Er war ihm tatsächlich nahe gekommen.

Dieses Mal war offenbar ein Wochenmagazin ausgewählt worden, die Provokation zu lancieren. »Wer auspackt, gewinnt«, hieß es im Titel, und darunter: »Ein geheimer Plan des Innenministeriums soll jetzt Terroristen den Ausstieg erleichtern: Wer sich stellt, erhält eine neue Identität und Millionen. Kronzeugenregelung auf österreichisch.«

Franz Hofer las den Bericht und markierte jene Stellen, die er zu beantworten gedachte.

Ist der Erstkontakt hergestellt, soll überprüft werden, ob der mögliche Kronzeuge tatsächlich »hält«. Er muß, so der Text des internen Papiers, »über den Milderungsgrund eines reuigen Geständnisses hinaus sein Wissen über Aufbau, hierarchische Struktur und geplante oder begangene Straftaten offenbaren«. Denn die Fahnder wollen – wenn schon – alles wissen. »Angaben über die personellen und logistischen Strukturen, das Informations- und Kommunikationssystem der illegalen Verbindung und ihre Entscheidungsbildung.« Erst wenn der Täter dadurch einen »wesentlichen Beitrag zur Aufdeckung und Zerschlagung dieser Verbindungen oder zur Ergreifung ihrer Führungsebene liefert«, kommt er für die Kronzeugenregelung in Frage.

Ab diesem Moment kommt der aussagewillige Mittäter in den Genuß einer Sonderbehandlung, die jedem Vergleich mit den Vorgaben eines Thrillers standhalten kann. »Der Kronzeuge wird sofort ins Ausland gebracht und dort versteckt. Denn Österreich ist dafür leider zu klein.« Längst hat das Innenministerium dafür die logistischen Voraussetzungen geschaffen. »Wir haben sowohl mit den deutschen Behörden als auch mit einigen anderen befreundeten Diensten detaillierte Abmachungen getroffen und können uns mittlerweile aussuchen, ob wir den Kronzeugen lieber in südlicher Sonne oder in der Kälte des Nordens bearbeiten wollen.« Diese Überstellung ins Ausland wird jedenfalls unter strikter Geheimhaltung erfolgen. Zitat aus dem Innenministerium: »Wir werden eine solche Aktion nicht einmal den Justizbehörden melden. So können wir in aller Ruhe ungestört arbeiten.«

Um den Kronzeugen außerhalb seines ministeriellen Verstecks zusätzlich zu schützen, erhält er neue Papiere und damit eine neue Identität: Name, Alter, Wohnort, Staatsbürgerschaft, ja sogar Schulbildung, berufliche Karriere und Lebenslauf werden verändert. All diese Maßnahmen des Zeugenschutzes sind unter den derzeit gültigen Gesetzen aber nicht gedeckt, sagt ein leitender Staatsanwalt vom Justizministerium. »Im Extremfall«, so hingegen der Fahnder, »wären wir sogar bereit, dem Kronzeugen eine Gesichtskorrektur zu verpassen.«

Trägt der Kronzeuge maßgeblich zur Aufklärung der Briefbomben-Causa bei, kann er sogar – fast – straffrei ausgehen. Denn im jüngsten Gesetzesvorschlag des Justizministeriums findet sich der neue § 41a: »Außerordentliche Strafmilderung bei Zusammenarbeit mit den Strafverfolgungsbehörden.« Er sieht ausdrücklich eine »Honorierung solcher Leistungen« vor. Im Klartext: Ein Briefbomben-Mittäter, der als Angeklagter mit »lebenslang« rechnen muß, kann so mit einem einzigen Jahr unbedingter Haft davonkommen. »Das ist doch reizvoll, oder?« sagt der Fahnder des Innenministeriums. Und hofft, daß diese Strafminderung Wirkung zeigt. »Wir wollen vor allem jene Person ködern, die die Briefbomben ins Postkastl wirft. Dieser Mittäter dürfte auf

einer unteren Ebene der ›Bajuwarischen Befreiungsarmee‹ agieren.«
Letztlich überlegt das Innenministerium sogar, die Ergreiferprämie von 10,2 Millionen Schilling selbst dem »Kronzeugen« zukommen zu lassen. Offiziell dementiert der Generaldirektor für die Öffentliche Sicherheit diesen Plan: »Das wäre ja, wie wenn jemand seine Mutter umbringt und dann die ausgelobte Prämie kassiert.« Der Fahnder des Innenministeriums hingegen weiß, »daß auch eine finanzielle Belohnung eines Kronzeugen erwogen wird. Wenn sich nur endlich einer meldet.«

Gerade diesen letzten Absatz empfand Franz Hofer als billig, ja beleidigend. Ein Terrorist, der sich kaufen läßt – das konnte nur der Gedankenwelt österreichischer Beamten entsprungen sein. Er setzte sich an den Schreibtisch. Zwanzig Minuten später hatte er die passende Antwort formuliert. Für den nächsten Bekennerbrief: »Freuen Sie sich nicht zu früh auf den ersten Fahndungsvolltreffer! Wenn Sie einen von uns zu fassen kriegen, was wohl nicht ausbleiben wird, können Sie ruhig im Kreise der Verwandten, Schulkollegen, Berufskollegen und Nachbarn recherchieren: Sie alle sind ahnungslos und glauben, daß wir herumstreunende Mediterrane, Asiaten, Afrikaner und Heiden sowie unsere Herrenkaste der Tschuschen voll akzeptieren. Selbst wenn ein Kamerad seinen Eid bricht, wird sich der Schaden in Grenzen halten. Denn bei uns weiß jeder nur das, was er wissen muß, und es darf keiner länger als nötig Beweismittel besitzen, die auf einen Kameraden hinweisen. Die Idee, ein ganz enormes Kopfgeld auszusetzen, ist schon einige Monate alt, sie stammt von diesem greisen Nazijäger. Zwar wissen wir nicht genau, ob einer der Mithelfer nicht doch den Versuch unternommen hat, uns in die Pfanne zu hauen; es sieht aber noch immer nach einer Blamage für den zugewanderten ukrainischen Abzocker und angeblichen Ingenieur aus! Deutsche haben eben einen ›deutschen‹ Charakter. Bei jahrtausendelanger Seßhaftigkeit bleiben hauptsächlich Menschen mit festen Grundsätzen übrig, denen Eid und Ehre vor Geld gehen!«

Franz Hofer fand, daß er sich selten so klar und elegant ausgedrückt hatte. Da war alles drin. Die wenigen Zeilen würden die Fahnder wochenlang beschäftigen. Allein der Satz, wonach sie nicht genau wüßten, ob nicht einer der Mithelfer bereits den Versuch unternommen habe, zu plaudern, war ein Glanzstück der Desinformationskunst. Nun würden sie die Protokolle Hunderter Einvernahmen noch einmal durchgehen. Noch besser schien ihm nur der Satz gelungen, den er in den Bekennerbrief vom Februar eingebaut hatte: »Wir verteidigen unsere Freiheit und unser Hausrecht grundsätzlich mit dem Leben, auch gegen Gendarmeriespähtrupps im Auftrag der EBT. Unglücksfälle dieser Art konnten bisher knapp vermieden werden.«

Franz Hofer hatte gelesen, daß die Polizeibehörden bis zum damaligen Zeitpunkt fast 150 Hausdurchsuchungen wegen des Verdachts der Beteiligung an den Briefbomben-Attentaten durchgeführt hatten. Er hatte damit spekuliert, daß sie nicht darum herumkommen würden, jede einzelne dieser Razzien noch einmal nachzuchecken, die Beschuldigten aufzusuchen, ihre Alibis ein weiteres Mal zu prüfen und all dies schriftlich dem Minister vorzulegen. Auch Thomas Lümmer würde darauf drängen, denn der Satz war kurz, *Unglücksfälle dieser Art konnten bisher knapp vermieden werden*, und kurze Sätze, so hatte Lümmer des öfteren doziert, würden das widerspiegeln, was der Verfasser wirklich dachte, das, was wahr war. Er hatte die Fahnder wieder einmal mit deren eigenen Waffen geschlagen.

Die Sprengkörper der dritten Serie waren praktisch fertig. Er hatte in den letzten Tagen noch eine weitere Falle eingebaut. Eine Schaltung, die den Sprengkörper auch dann selbständig zur Explosion bringen würde, wenn ein Ermittler daneben steht und das Funkgerät einschaltet, um die Entschärfer anzufordern. Er hatte irgendwo gelesen, daß die meisten Gendarmen und Polizisten über Funkgeräte der Marke Motorola MX 2000 verfügten. Sie im nächsten Umfeld des Sprengkörpers zu verwenden, könnte mit schwersten Verletzungen enden. Die Briefe waren von denen zu öffnen, an die sie adressiert waren. Sollten sie zuvor abgefangen werden, würde das Programm Selbstzerstörung in Kraft treten. Durch Unterkühlung oder durch hitzige Funksprüche.

Gutachten ueber die Sprengkoerper der Serie 4

Bombenkörper: Der Bombenkörper besteht aus einer 60 mm langen Messinghülse. Diese Hülse war ursprünglich rohrförmig, wurde jedoch auf eine Dicke von ca. 4 mm flachgedrückt. Aus dem Umfang ergibt sich rückgerechnet ein Rohrdurchmesser von 0,8 x 0,1 mm. Die Wandstärke der Hülse beträgt 60 mm. Das Material ist eine gängige Messinglegierung (CiZn 36), Werkstoffnummer 2.0335 nach DIN 17 660 für Messingrohre. Das Rohrstück dürfte daher aus einem längeren handelsüblichen Rohr herausgeschnitten worden sein.
Das Zündsystem besteht aus einem ca. 19 mm langen einstufigen Glühzünder. Dieser besteht aus einem rotweißen Trinkhalm, in den die beiden Anschlußdrähte mit Epoxidharz eingegossen wurden. Der Glühdraht wurde mittels Lötzinn an den Anschlußdrähten befestigt. Die Wolframglühwendel hat einen Drahtdurchmesser von ca. 20 μm. Als Initialsprengstoff dient Silberfulminat.
In diesen Primärzünder ist ca. 10 mm tief eine »Kammerhülsenladung« eingeschoben. Ihre Länge beträgt 35 mm, bei einem Durchmesser von 2,4 bis 2,5 mm und

dürfte von einem Wattestäbchen stammen. Die verbleibende Länge dieser Ladung ragt in die Messinghülse. Die aus dieser Kammerhülse entnommene Initialsatzprobe wurde als Silberfulminat identifiziert.
Die Sprengladung der Messinghülse besteht aus Nitroglycerin, das gelb gefärbt ist, verursacht durch gelöste Folgeprodukte von Diphenylamin, einem gängigen Stabilisator von Nitrocellulosetreibladungspulvern. Die Messinghülse enthält außerdem noch Partikel, bestehend aus Nitroglycerin, Nitrocellulose und Treibladungspulverzusatzstoffen (Dibutylphthalat, Diphenylaminderivate, Centralit I). Diese gelartigen Partikel dürften daher durch Gelatinieren von Nitroglycerin mit Nitrocellulose hergestellt worden sein. Die Dichtung der Messinghülse an den Enden erfolgte mit Silikonmasse.
Zündkette: Als Initialzünder dient ein einstufiger Glühzünder. Die Übertragung auf die Hauptladung erfolgt durch eine spezielle »Kammerhülsenladung«, die laut Aussage von Franz Hofer vom 23.02.1998 den Zweck einer raschen Zeitzündschnur verfolgte, um das Nitroglycerin aus der Mitte heraus und nicht von einem Ende her zu initiieren und so den Effekt einer quasi Raketenantriebswirkung auf die Messinghülse auszuschalten.
Elektronik: Die Elektronik der Zündauslösung besteht aus einer dreistufigen Transistorschaltung in Ruhestrombetrieb mit Selbsthalterückkoppelung. Zusätzlich ergibt der spezielle Eingangskreis der Schaltung mit der im Kuvert integrierten Auslöseschleife ein schwingkreisähnliches System, das durch Einwirkung entsprechender elektromagnetischer Felder auf den empfindlichen Eingangskreis eine Zündauslösung initiieren kann. Messungen mit im Exekutivbereich eingesetzten Motorola MX 2000 Funkgeräten ergaben eine Funkauslösung bis maximal 1 m Entfernung. Durch die Verwendung einer Germaniumdiode war in die Schaltung darüber hinaus ein temperaturabhängiges Auslösesystem integriert, das

bei Temperaturen unter 5 Grad Celsius eine Auslösung der Briefbombe bewirkt. Dieses Funktionsmerkmal hätte vermutlich bei versuchter Deaktivierungskühlung eine Zündauslösung bewirken sollen.

Es waren nur noch zwei Wochen, und das Innenministerium hatte noch immer keine Warnung vor neuen Bomben ausgesprochen. Sie mußten doch wissen oder zumindest kalkulieren, daß er die 123-Tage-Frist auch diesmal einhalten würde. Vielleicht lag es aber auch daran, daß sie sich unbewußt bereits damit abgefunden hatten, ohnehin hilflos zu sein. Der Pressesprecher der Sonderkommission hatte nach der letzten Serie gemeint, die Entscheidung zu warnen sei immer eine sehr heikle Sache. Würden die Ermittler aufs Geratewohl vor der Gefahr neuer Bomben warnen, hätten sie noch in derselben Minute Dutzende Anrufe aufgebrachter Journalisten, die wissen wollten, welche neuen Indizien es denn gebe, die zur Warnung geführt hätten. Würden sie keine Warnung aussprechen, und die Bomben kämen trotzdem, stünden sie auch nicht besonders gut da. Der Mann konnte einem fast leid tun, so ungekünstelt gab er über die Nöte des Ministeriums Auskunft.

Franz Hofer fand nicht mehr die Ruhe, wieder in die Bibliotheken zu gehen. Der Esprit, das historische Spiel weiter auszubauen, war weg. Die Zeit drängte, und er hatte noch immer keine Opfer. Es war nicht so, daß der Bajuwarischen Befreiungsarmee plötzlich die Feinde ausgegangen wären. Franz Hofer hatte allein in den Bekennerbriefen sicherlich zwanzig potentielle Opfer mit Namen genannt: die Richterin und den Staatsanwalt des Briefbomben-Prozesses, etliche Historiker, der Nazijäger, die halbe Regierung. Sie alle hätten die Bombe redlich verdient. Aber sie standen für nichts Neues, ihre Kreise hatte er bereits bombardiert. Er brauchte eine Zielgruppe, die anders war, einfach ein bißchen erfrischender. Die signalisierte, daß sein

Terror alle Gesellschaftsbereiche erfassen könnte. Und er wußte, daß auch die Medien Abwechslung brauchten, neue Höhepunkte, Figuren, die etwas hergaben, wie Arabella oder der Bürgermeister. Auch der Terror mußte mit der Zeit gehen. Franz Hofer hatte die treffen wollen, die schuld waren an der Verschiebung der Volksgruppen, diejenigen, die all die Ausländer eingeschleppt hatten, die immer neue Minderheiten erfanden, sie wollte er verletzen oder töten. Wer die Fremden ins Land gebracht hatte, sollte sie auch wieder wegschaffen. Das wäre eine saubere Lösung.

Er ging noch einmal alle bisherigen Anschlagsziele durch. Dabei fiel ihm auf, daß nur noch ein Bundesland übriggeblieben war, in dem keine Bomben der Bajuwarischen Befreiungsarmee detoniert waren. Es gab Opfer in Wien, die Toten im Burgenland, die Bombe in Klagenfurt, Empfänger in Tirol, in Vorarlberg und Salzburg, Verletzte in der Steiermark und in Oberösterreich, auch Deutschland wurde bereits bedient. Nur Niederösterreich war noch ein weißer Fleck. Hier hatte er bislang – er wußte selbst nicht, warum – die Briefe immer nur aufgegeben, aber keine Bombenadressaten ausgewählt. Jetzt ging alles ganz rasch. Franz Hofer sondierte die möglichen Opfer. Sie mußten in Niederösterreich leben und auf den ersten Blick unverdächtig erscheinen, unpolitische Menschen, die es schafften, für unschuldig gehalten zu werden. Die ihre Liebe zu dem Pack der Einwanderer als Menschlichkeit tarnten.

Anfang Oktober wußte Franz Hofer, daß er fündig geworden war. Die *Niederösterreichischen Nachrichten* boten in ihrem Serviceteil geradezu perfekte Opfer an. Unter den Adressen von Ärzten, die an einem der kommenden Wochenenden Dienst haben würden, fand er unter dem Datum 12. Oktober 1995, also unmittelbar vor Ablauf seiner 123-Tage-Frist, einen ganz besonderen Eintrag: Als »diensthabende Wochenärzte« waren in Stronsdorf und in Mistelbach zwei Männer mit fremdländisch klingenden Namen eingetragen. Der eine mußte wohl ein Araber sein, der andere vielleicht gar ein Koreaner oder Chinese. Sie hatten sich also schon in den letzten Winkeln des Landes eingenistet. Stronsdorf, Mistelbach.

Franz Hofer mußte beide Orte erst im Autoatlas suchen. Weinviertel, hart an der tschechischen Grenze. Dann erinnerte er sich, daß die Wiener Polizisten Mistelbacher geschimpft wurden. Weil die Polizei in den zwanziger Jahren dort für die Erholung ihrer Beamten Häuschen gebaut hatte, wurden im Laufe der Jahre Hunderte Bauernburschen für den Dienst bei der Wiener Polizei angeworben. Und genau diese unbedarften, grobschlächtigen jungen Männer wurden im Juli 1927 in die Schlacht geworfen, als der Justizpalast brannte. Die Menge war in Rage geraten, hatte Akten aus den Fenstern geworfen und diese in Brand gesteckt, weil irgendwelche Heimwehrler freigesprochen worden waren, die Schutzbündler erschossen hatten. In Schattendorf. Der Polizeipräsident ließ Schießbefehl erteilen, und die Mistelbacher schossen.

Eine Bombe in Mistelbach würde zeigen, daß auch heute wieder Bürgerkrieg herrschte. Daß die Mistelbacher Bauern wieder schießen müßten. Auf die Roten, die glaubten, das Land gepachtet zu haben. Franz Hofer freute sich.

Er hatte plötzlich eine historische Anspielung, die ihm ohne sein Zutun in die Hände gefallen war. Und daß sich Mistelbach im Jahr 1938 als erste Gemeinde der Ostmark rühmen konnte, judenfrei zu sein, gefiel Franz Hofer erst recht. Jetzt ging es darum, daß der Sprengkörper auch explodierte. Er überlegte, welcher Absender den Brief völlig unverdächtig machen würde. Was er darauf schreiben müßte, damit der Herr Doktor aus Asien um Hilfe betteln würde, mit Metallsplittern im Auge, mit verbrannten Händen. Er tippte: »Ärztefunkdienst des Arbeiter-Samariter-Bundes Österreich«. Was für eine Eingebung.

Für den Brief an das arabische Ärzteehepaar hatte er sich etwas ganz anderes ausgedacht. Beschäftigungstherapie für die Ermittler. Der ausgewählte Absender würde sie viele

Tage rätseln lassen, er würde Hausdurchsuchungen provozieren, vielleicht sogar eine Festnahme. Und sie würden wieder einmal im Dunkeln tappen. Sie konnten ja auch nicht anders, sie hatten es nur so gelernt. Die nächste Bombe würde seine achtzehnte sein, und trotzdem würden die Ermittler wieder antreten und recherchieren, wann, wie, wo und in welchem Zusammenhang der Täter das Opfer kennengelernt haben könnte. Was für einen Grund, welches Motiv er haben könnte, gerade diese Person zu treffen.

Er hatte kein persönliches Motiv, er kannte keines seiner Opfer, er wußte nicht, ob sie Mundgeruch hatten, was sie aßen, mit wem sie korrespondierten, wie oft sie Sex hatten oder welches ihre Sternzeichen waren. Es interessierte ihn auch nicht. Diesmal wollte er sie noch stärker ins Leere laufen lassen. Er schrieb als Absender »Dkfm. Werner Ochsenmüller, Anlageberatung für Ärzte«. Ein Schachzug der Extraklasse. Werner Ochsenmüller, ein Rechtsextremist der alten Schule, mehrfach verurteilt wegen Verhetzung und Wiederbetätigung, war wohl genau jener Prototyp eines Nazis, den sich die Fahnder, selbst Thomas Lümmer, vorstellten, wenn sie nach dem passenden Gesicht für den Terror suchten. Daß er dann wohl nicht seinen Namen als Absender verwenden würde, dürfte auch den dümmsten Ermittlern klar sein. Aber warum, versuchte Franz Hofer die Gedankengänge der Polizei vorauszufühlen, würden die Terroristen dann diesen Namen verwenden? Gehört er einer verfeindeten Fraktion an, die man so unter Druck setzen und ihr die Behörden an den Hals hetzen wollte? Daß die Ermittler nicht denkfaul waren und über eine blühende Phantasie verfügten, hatte Franz Hofer schon oft feststellen können. Die Beifügung »Anlageberatung für Ärzte« würde diesen Thesen noch mehr Boden geben. Denn nur engste Freunde oder Gesinnungsgenossen des Diplomkaufmannes konnten wissen, daß er sich tatsächlich einmal mit Anlagen von Ärzten beschäftigt hatte. Franz Hofer hatte diesen Umstand vor vielen Monaten zufällig registriert. Jetzt konnte er sein Langzeitgedächtnis nutzen, um seine Jäger vollends zu verwirren. Er schlug Haken, um sich noch weiter von ihnen abzusetzen. Und er konnte darauf vertrauen, daß sie nicht wendig genug waren, ihm zu folgen.

Abgesehen von Thomas Lümmer. Franz Hofer dachte nun oft an ihn. Er hatte sicher längst ein ausgefeiltes Täterprofil vor sich auf dem Schreibtisch liegen. Und jede neue Bombe würde das Psychogramm auffetten.

Franz Hofer hatte Glück. Noch an demselben Tag fiel ihm das dritte Opfer in den Schoß. Eine kurze Radiomeldung. Für ihre Tätigkeit im Verein »Bewegung Mitmensch« hatte eine Poysdorfer Flüchtlingshelferin gerade den Menschenrechtspreis der Bruno-Kreisky-Stiftung erhalten. Sie verschaffte Bosniern Wohnungen und Arbeit. Mit 71 Jahren. Unermüdlich. Unerschrocken. Die Mutter Teresa des Weinviertels. Das war es, worauf Franz Hofer gewartet hatte. Eine alte Frau, unpolitisch, eine, die vermutlich über Leichen ging, wenn es galt, Ausländern zu helfen. Er wußte, daß gerade betagtere Menschen da kein Pardon kannten. Sie traten nicht diplomatisch auf, dafür hatten sie keine Zeit, sie waren in ihrem Weltbild so stark gefestigt, daß sie durchzogen, was sie angefangen hatten. Ohne Rücksicht auf Verluste.

Auch die Bajuwarische Befreiungsarmee arbeitete bisher verlustfrei. Das sollte auch so bleiben. Franz Hofer stellte der alten Frau aus Poysdorf einen alten Herrn gegenüber, der schon einmal für Aufsehen gesorgt hatte. Reinhold Heinrich. An ihm sollte sie sich verbrennen. »Reinhold Heinrich, Liga für Menschenrechte.«

Bericht der Staatsanwaltschaft

Mit den Briefbomben fuhr Franz Hofer in seinem PKW am Abend des 14.10.1995 von Greifen nach St. Pölten. Dort warf er die drei als Briefe getarnten Sprengkörper in

einen Postkasten und kehrte nach Greifen zurück. Alle drei Briefbomben wurden am Montag, dem 16.10.1995, den von Franz Hofer ausgewählten Opfern zugestellt.
Der aus Syrien stammende Arzt hielt sich am Vormittag in seiner Ordination in Stronsdorf auf. Gegen 11 Uhr bearbeitete er im Anmeldezimmer die eingelangten Postsendungen. Beim Sortieren der Briefe fiel ihm ein dickerer Brief auf, der als Absender »Dkfm. Werner Ochsenmüller, Anlageberatung für Ärzte« aufwies. Dazu erinnerte er sich an eine zirka drei Wochen zurückliegende Unterhaltung mit dem ihm namentlich nicht mehr bekannten Freund einer Patientin. Dieser hatte ihm eine Vermögensberatung angeboten, weshalb er den in seinen Händen gehaltenen Brief auf dieses Ereignis bezog. Beim Betasten des Kuverts fühlte er einen flächigen, harten Gegenstand, den er für eine Diskette hielt. Zu seinen Angestellten sagte er scherzhaft: »Da schau her, der Brief ist schwer und fühlt sich an, als ob Metall drinnen wäre. Wird doch keine Bombe sein.« Mit der Schere fuhr er dann in die von Franz Hofer bei der Kuvertlasche zur Öffnung freigelassene Stelle und schnitt die Umschlagfalte entlang. Dabei durchtrennte er den Sensordraht der Ruhestromschleife, was zur Explosion der in seinen Händen gehaltenen Briefbombe führte. Sofort bat der schwerverletzte Arzt seine Ordinationsgehilfinnen, die durch diese Explosion ebenfalls gefährdet waren, jedoch unverletzt blieben, die Rettung und die Gendarmerie zu verständigen. Die Ehefrau eilte in die Ordinationsräume und leistete Erste Hilfe. Im Krankenhaus Mistelbach operierten die Ärzte den mit der Rettung eingelieferten, Schwerverletzten. Noch während dieser am Operationstisch lag, rief ein bislang unbekannter Täter, der vom Sprengstoffanschlag erfahren hatte, das Krankenhaus an und drohte mit einem weiteren Bombenanschlag, falls die Ärzte eine Operation durchführen sollten. Die Ärzte amputierten das durch die Bombenexplosion zerfetzte

Endglied des linken Zeigefingers. Neben Schürf- und Rißquetschwunden am linken Mittelfinger und am linken Daumen hatte das Opfer im Bereich des Gesichtes und der linken Hand auch Fremdkörpereinsprengungen erlitten. Zur Dämpfung der psychischen Folgen des gegen ihn gerichteten Anschlages benötigte er Antidepressiva. Auch bei ihm zog die Explosion der Briefbombe eine dauerhafte auffallende Verunstaltung nach sich, nämlich die Teilamputation des linken Zeigefingers mit einer Schiefstellung und Deformation des Amputationsstumpfes.

Um zirka 11.30 Uhr des 16.10.1995 begab sich die Flüchtlingshelferin zum Postamt von Poysdorf und entnahm die an sie gerichteten Zusendungen einem angemieteten Postfach. Nach dem Leeren des Postfaches ging sie zum Schalter und übernahm ein Blankoformular zur Stellung eines Antrages auf Befreiung von der Fernseh- und Rundfunkgebühr für eine von ihr betreute Flüchtlingsfamilie. Dann gab sie am Schalter Briefe auf. Um ihre Post zu bearbeiten, begab sie sich zu einem beim Briefeinwurf angebrachten Pult. Dort fiel ihr der Brief des Franz Hofer mit dem Absender »Reinhold Heinrich, Liga für Menschenrechte« auf. Mit dem am Pult liegenden Kugelschreiber öffnete sie das Briefkuvert und durchriß dabei den Sensordraht. Die Explosion verletzte die damals 71jährige Frau schwer. Sie erlitt offene Brüche des linken Zeigefingers mit einem Weichteildefekt, Rißquetschwunden am linken Daumen und an der linken Daumenfalte sowie in der linken Hals-, Gesichts- und Scheitelregion. Der Frau mußte im Krankenhaus Mistelbach der linke Zeigefinger unterhalb des Mittelgliedes amputiert werden.

Die Beamten des Gendarmeriepostens Mistelbach informierten unmittelbar nach dem Sprengstoffanschlag gegen den syrischen Arzt das von ihnen ebenfalls als mögliche Adressaten einer Briefbombe sofort in Betracht gezogene Ehepaar in Mistelbach. Diese durchsuchten daraufhin die noch unerledigten Poststücke und fanden die auf Grund der Schwere des Briefes verdächtig erscheinende Zusendung mit dem Absender: »Ärztefunkdienst des ASBÖ«. Obwohl Franz Hofer gerade diese Briefbombe mit mehreren Auslösemechanismen versehen hatte, gelang es den in der Folge von der örtlichen Gendarmerie beigezogenen Beamten des Entschärfungsdienstes, den Sprengkörper unschädlich zu machen.

Franz Hofer hatte nicht daran vorbeigehen können. In der Trafik klebte Blut von ihm. Eine Zeitschrift hatte für die Story über die neue Briefbomben-Serie ein Foto vom Wiener Bürgermeister auf die Titelseite montiert. Unter dem Titel »Stoppt den Bomben-Terror« stand der Bürgermeister, der ein extrem vergrößertes Bild seiner Hände in die Kamera hielt. Seine Hände, so wie sie unmittelbar nach der Einlieferung ins Krankenhaus ausgesehen hatten. Es war ein geschmackloses Foto. Eines, das nicht jugendfrei war. Ein aufgerissenes, blutiges Etwas. Franz Hofer konnte das Bild nicht mehr verdrängen. Er mußte sehen, was seine Bomben angerichtet hatten. Er verachtete den Bürgermeister. Jetzt auch dafür, daß er das Tabu gebrochen und diese Fotos freigegeben hatte. Franz Hofer mußte weinen. Er drückte das Gesicht gegen den Polster des Betts, damit seine Eltern nichts hören konnten. Es war nicht leicht, zu richten.

Appell des Wiener Buergermeisters, Oktober 1995

Die Bomben 18, 19 und 20 haben das Land erschüttert: Der Wahnsinn kann nun zwar schon laufend numeriert werden, aber politisch wird das Problem auf die lange

Bank geschoben. Bomben, die Menschen töten, die Gliedmaßen zerfetzen und Panik erzeugen, sind – so scheint es – Teil unseres Alltags. Schrecklich zwar, aber unvermeidbar: Wir haben uns an den Terror noch nicht gewöhnt, aber wir nehmen ihn hin. Es steht unseren Abgeordneten frei, parlamentarische Sondersitzungen über die Budgetmisere abzuhalten, wann immer sie solche Veranstaltungen für notwendig erachten. Was mich aber erzürnt, mehr noch, was mich erschüttert, ist die Agonie, mit der unsere Volksvertreter dem Terror gegenüberstehen. Einer Sondersitzung fürs Budget wird sofort zugestimmt. Ich verstehe aber unsere Abgeordneten nicht, die in diesen dramatischen Tagen nicht von der unbändigen Sehnsucht getragen sind, öffentlich – im Hohen Haus – über die Sicherheit in unserer Demokratie zu diskutieren. Sicherheit und Demokratie: Das eine ist nichts ohne das andere! Seit dem Dezember 1993 fließt Blut, hat der Terror unser Land erfaßt, wird die Demokratie in ihren Grundfesten erschüttert. Was aber tun unsere Volksvertreter? Anstatt Tabula rasa zu machen, machen sie mit Sondersitzungen Wahlkampf.

6.

Kurze Sätze

Er hatte guten Sex gehabt. Von hinten, so wie er es am liebsten mochte. Lümmers Frau war einfallsreich, sie probierte immer neue Varianten mit ihm aus. Doch seine kräftigen Stöße kamen am besten von hinten. Wenn sie sich am Bettrand festkrallte und unkontrolliert in seine Handrücken biß, dann durfte er rücksichtslos werden. Das genoß er in vollen Zügen, auch wenn er anschließend oft Probleme mit seinen Stimmbändern bekam und sich anhörte, als wäre er schwer verkühlt. Sie rieben ihre Körper, naß vom Schweiß, noch immer aneinander. Nicht mehr mit aller Heftigkeit. Abkühlungsphase. Er fuhr ihr noch einmal über die knackigen Arschbacken, anerkennend zupackend. Lümmer war ein Fetischist, was Hinterteile betraf. Er und seine Frau entspannten sich – ohne die Zigarette, die man nach einschlägigen Szenen in Filmen gerne sieht. Beide waren Nichtraucher. Auch in solchen Situationen. Er sah in ihre großen, blauen Augen. Die Pupillen waren noch halbweit.

Eigentlich hätte er sich jetzt eine andere Frage erwartet, aber die Bomben raubten ihm auch noch das letzte Stück seiner Intimsphäre. Die ersten Worte nach dem Sex: Warum glaubst du eigentlich, daß es einer alleine ist? Lümmer dementierte. Er wollte auf dem Kopfpolster nicht darüber diskutieren. Nicht im Schlafzimmer. Doch Frau Lümmer ließ nicht locker – eine ihrer herausragendsten Eigenschaften. Das qualifizierte sie auch als hochrangige Kriminalistin.

Wenn man eher an Vorherbestimmung glaubte als an den Zufall, dann hatte das Schicksal die beiden zusammengeführt. Frau Lümmer hatte in Wien Rechtswissenschaften studiert und dann eine Stelle im Innenministerium bekommen, sozusagen als Polizeijuristin. Auf einer der zahlreichen Fortbildungsveranstaltungen, die sie zunächst besucht hatte und später selbst leitete, hatte sie einen charmanten Tiroler kennengelernt. Sie dachte oft darüber nach, was das Geheimnisvolle an ihm ausmachte, das sie von Anfang an faszinierte. Vermutlich war es seine Art, wie er sie fixierte. Wie er ihre Blicke einfing und wieder losließ. Und der Dialekt. Sein Tirolerisch wirkte gut. Sie verliebte sich in ihn, bevor sie wußte, wer er war.

Seit damals waren sie ein Paar, und ab und zu ein Team. Er hörte sich an, was sie zu seinem neuesten Täterprofil über den Serienkiller aus der Lobau zu sagen hatte, und sie berichtete ihm über die neuesten Ermittlungen in der Szene. Sie hatte sich bis zur stellvertretenden Leiterin des Verfassungsschutzes hochgearbeitet, Gerüchten zufolge nicht ohne seine Hilfe. Meistens begnügten sich beide mit lockeren Diskussionen. Zu harten Auseinandersetzungen kam es nicht, weil sie beide noch nie mit einem gemeinsamen Fall beschäftigt gewesen waren. Bisher. Das hatte sich geändert. Frau Lümmer avancierte zur Leiterin der eigens gebildeten Briefbomben-Sonderkommission. Auf diesem Sessel hatten sich schon mehrere versucht. Es war ein Schleudersitz.

Schon die Bildung dieser Kommission hatte für Aufregung gesorgt. Noch eine Truppe mit Bombenjägern. Als ob die Staatspolizisten und der Verfassungsschutz nicht schon genug wären. Die Neider überwogen. Zum Beispiel bekam die SOKO ohne bürokratischen Aufwand hochmoderne Computer – zweifelsohne notwendig, doch die anderen mußten seit Jahren um eine bessere Ausstattung kämpfen und wurden für ihre erfolglose Arbeit noch gescholten. Die neuen Bombenjäger wurden räumlich von den bisherigen getrennt: Platz für Mißtrauen. Und auch über einen Mangel an höchstqualifizierten Mitarbeitern konnte sich die SOKO nicht beklagen. Das Wort »Planstelle« existierte nicht. Hatte es auch nur ansatzweise den Anschein, die SOKO könnte ihre Aufgaben aufgrund fehlenden Personals nicht erfüllen, wurde sofort aufgestockt. In ihr fanden sich die hochrangigsten Kriminalbeamten des Landes.

Frau Lümmer also war die Chefin dieser Spezialeinheit geworden und konnte, wenn sie es für notwendig hielt, die Hilfe ihres Mannes, des Kriminalpsychologen, in Anspruch nehmen. Oder aber auch andere Grundlagen als seine für die Bombenfahndung verwenden. Sie ließ nur selten die Gelegenheit aus, ihm zu zeigen, was sie von seinen Ermittlungsansätzen in diesem Fall hielt. Zum ersten Mal, seitdem sie zusammen waren, befaßten sie sich berufsbedingt mit ein und derselben kriminalistischen Fragestellung. Sie waren, ohne es angestrebt zu haben, mit denselben Akten befaßt. Zündstoff.

Sie wiederholte ihre Frage und zupfte, um ihr Nachdruck zu verleihen, an einigen seiner schwarzen Haare. Er solle endlich antworten. Lümmer hatte nie gesagt, daß er an einen Einzeltäter glaubte. Zumindest noch nicht offiziell. Das wußte seine Frau. Aber sie wußte auch, daß er nur mehr in dieser einen Kategorie dachte. Kein Streit an diesem Morgen, bitte nicht. Doch er bahnte sich, für Lümmer unaufhaltsam, an. Sie zog ihm die Decke weg. Das war das Zeichen zum Angriff. Sie hatte angefangen. Also gut. Der Attentäter war in seinem Bedürfnis, die inhaftierten Neonazis Jost und Beilner zu verteidigen, sehr weit gegangen, nicht wahr? In eher unregelmäßigen Abständen verschickte er an Zeitschriftenverlage, Landesräte und Rechtsanwälte Bekennerschreiben der Bajuwarischen Befreiungsarmee. Und jetzt zu den Bomben, die er baute. Sie waren nicht alle baugleich. Nein, das sprach nicht automatisch für mehrere Attentäter. Lümmer mochte es auch bei seiner Frau nicht, wenn sie ihm ins Wort fiel. Die Bomben waren einander sehr ähnlich, aber es gab Unterschiede: Einmal waren sie komplizierter, mit allen möglichen technischen Raffinessen ausgestattet, einmal waren sie etwas einfacher. Ohne Schnickschnack.

Für seine Bemerkung, gewisse Bomben seien »einfacher« gestaltet, erntete Lümmer von seiner Frau ungläubiges Kopfschütteln. Ja, das war schlecht ausgedrückt. Nicht einfacher, aber eben nicht so aufwendig wie die anderen. Keine Rohrbomben. Und keine Zusatzelemente wie Selbstzerstörungsvorrichtungen, die mittels Röntgenstrahlen aktiviert wurden. Verschiedene Güteklassen. Stimmt? So, und zwischen den Güteklassen der Sprengfallen und den Bekennerschreiben gab es einen Zusammenhang. Natürlich, sie standen zueinander in Beziehung, eines gehörte zum anderen. In den Beipackzetteln zu den Bomben: *Wir wehren uns*. Und in den Briefen: Die genau Beschreibung des Aufbaues und die Bekennungen. Zu Klagenfurt. Zu Oberwart. Zu allem anderen. Aber es gab nicht nur diese Beziehung. Es bestand auch ein zeitlicher Zusammenhang. Bomben der Güteklasse I – keine Schreiben oder nur solche von bescheidener Länge. Standardware, etwa bei Briefbomben – ausführlichste Traktate, seitenweise historische Abhandlungen. Viel Zeit für die Bomben, aber wenig, um sich hinter die Tastatur zu klemmen, und umgekehrt. Nach Lümmers Ansicht eine klare Korrelation: Der Bombenbauer und der Briefeschreiber waren ident. Ein Mann.

Lümmers Frau schüttelte den Kopf. Sie verwarf seine Argumentationslinie mit den Worten »nicht stichhaltig« und brachte altbekannte Argumente vor. Nicht einmal tausend Österreicher hatten die Fähigkeit, über geschichtliche Themen derart fundiert zu berichten wie der Historiker der Bajuwaren. Dazu reichte nicht einmal ein einschlägiges Geschichtsstudium. Gewisse Begriffe konnte man überhaupt nur in Fachvorlesungen aufschnappen, die ausschließlich in Salzburg und Klagenfurt auf dem Studienplan standen. Ein Geschichtsprofessor legte sich in einem Gutachten klar fest: Die Wahrscheinlichkeit, daß der Briefeschreiber bei ihm oder einem seiner zwei Kollegen Kurse besucht habe, sei sehr groß. Alle Verdächtigen, alle auffindbaren Studienabbrecher, alle Absolventen, alle Seniorenstudenten, alle, die jemals in den Matrikellisten aufgeschienen waren, waren überprüft worden. Einige heiße Spuren: permanente Observierung der Personen. Bis zu jenem Zeitpunkt, als neue Bomben auftauchten. Fehlanzeigen.

Hervorragende Linguisten der Universität Wien untersuchten alle Schreiben, die bisher aufgetaucht waren. Das Ergebnis: Sie trugen die Handschrift mehrerer Autoren. Stilanalysen, aber auch die genaue Betrachtung von Zeichenabständen ergaben, daß es mindestens drei sein mußten, darunter ein »Hauptredaktor«, der die verschiedenen Teile zusammenfaßte: die Ausführungen des Technikers, die des Historikers. Man konnte sogar nachweisen, daß einzelne Textpassagen auf verschiedenen Disketten gespeichert waren, die dann untereinander weitergegeben und auf einem Computer zusammengesetzt worden waren. Außerdem gab es Briefe und Bomben gleichzeitig.

Lümmer schwieg nicht weiter. Eben in einem Arbeitsgang. Der Täter erledigte sicher alles alleine. Die Landkarte der Aufgabeorte, sowohl die der Briefe als auch die der Bomben – alle im Osten. Bis auf eine Ausnahme. Relativ enger Wirkungskreis. Alles mit einem Auto machbar, in einer Nacht, unerkannt. Der Attentäter, Lümmer war fest davon überzeugt, wollte die Sicherheitsbehörden mit seinen Kampftrupps in die Irre führen. Ein Vorhaben, das ihm in weiten Teilen vollauf gelungen war. Über ganz Österreich verteilt, in den verschiedensten Bundesländern sitzend, stets einsatzbereit. Und darüber hinaus gab es noch ein Sekretariat, auf das die Bajuwarische Befreiungsarmee zurückgreifen konnte, wann sie nur wollte. Für Lümmer eine Scheinwelt, hinter der sich ein Einzeltäter verschanzte. Eine Tarnung, die, wie der Bomber selbst einmal geschrieben hatte, auf Dauer nur mühsam aufrechtzuerhalten war. Gäbe es tatsächlich verschiedene Kampftrupps, verschiedene Zellen, müßte doch auch eine Arbeitsteilung auszumachen sein, die Lümmer aber nicht feststellen konnte. Auch er hatte sich zu Beginn der Bombenserien beeindrucken lassen –

Respekt für Graf Starhemberg und seine Mitstreiter. Doch die gab es nicht. Mit jeder Bombe, mit jedem neuen Schreiben verfestigte sich dieser Eindruck. Es mußte ein einzelner sein. Sein Wirkungsgebiet war der Osten Österreichs. Von hier aus nahm alles seinen Lauf.

Daß, wenn es wirklich mehrere waren, längst einer angesichts der vierzehn Millionen Schilling Belohnung für sachdienliche Hinweise geplaudert hätte, erwähnte Lümmer nur mehr mit einem halblauten Nachsatz. Ebenso, daß es gegen gruppendynamische Erfahrungen spreche, daß sich Terrorgruppen, die so eng miteinander arbeiten würden, ja vollends aufeinander angewiesen seien, über Jahre hinweg aufrechterhalten könnten. Sie wären mit einem Haltbarkeitsdatum versehen, das schon längst überschritten war. Interne Auseinandersetzungen, Machtkämpfe, Streit, Aussteiger und schließlich Überläufer. Auf das alles hatte man schon die ganze Zeit gewartet. Vergeblich. Mit gutem Grund.

Für Lümmer war die Diskussion beendet. Er hatte seiner Frau genügend Anhaltspunkte für seine Denkrichtung gegeben, doch sie blieb irrational und gefühlsbetont und ließ sich nicht überzeugen. Es war ihr gutes Recht, weiterhin an die »sektenartige Gruppe« zu glauben. Immerhin hatte sich Lümmer auch nicht deutlich gegen Jost und Beilner als Täter ausgesprochen, als sie verhaftet worden waren. Daß er nach und nach seine Meinung geändert hatte, interpretierte seine Frau als Unsicherheit. Er meinte nur, niemand könne ihn daran hindern, klüger zu werden. Frau Lümmer zwang ihre Überzeugung in der SOKO niemandem auf, auch wenn sie die Leiterin der Spezialeinheit war. Sie nahm in dieser Frage keine Richtlinienkompetenz in Anpruch. In der SOKO wurden einfach zwei Teams gebildet – für zwei verschiedene Ermittlungsansätze.

Dieses Nachspiel. Es zeigte Lümmer, was der Bomber verändert hatte. Wie groß sein Einfluß auf ihn geworden war. Lümmer hatte, im Gegensatz zu seinen Kollegen oder auch zu seiner Frau, an den meisten Tagen noch immer Zeit für ein kleines Frühstück, bevor er ins Büro ging. Er konnte auch regelmäßig seinen Sohn zur Schule bringen. Aber mit der Unbeschwertheit war es vorbei. Seine Gedanken kreisten unentwegt um den Bajuwaren. Wenn sich Lümmer bewußt ablenkte, konnte er ihn verdrängen. Aber sobald er seinem Gehirn freien Lauf ließ, tauchte er wieder auf. Wenn ihm der kleine Jan noch einmal zuwinkte, nachdem er die Wagentüre zugeschmissen hatte und sich auf den Weg in seine Klasse machte, hatte Lümmer Angst. Schuld daran war eine Zeile in einem der Briefe. Angst. Lümmer gestand sie nur sich selbst gegenüber ein. Keine Emotionen, auch nicht in Ausnahmesituationen. Er wußte, daß ihn der Briefbomber kannte. Nicht unbedingt persönlich, aber vielleicht sogar das.

Viele waren in seinen Ergüssen namentlich bedacht worden. Frühere Opfer, potentielle weitere Attentatsziele, Moderatoren der Hauptnachrichten, Richter, Staatsanwälte. Viele, die in das Verfahren gegen Jost und Beilner verwickelt waren. Doch der eigene Name liest sich anders. Schwarz auf weiß, kurz und prägnant, im Brief an ein Wochenmagazin. Sein Name und eine Botschaft, die Anlaß zu Spekulationen gab. Die Worte wie ein Messerstich. *Herr Magister Lümmer, das waren kurze Sätze.* Der Bomber wußte, wer ihm auf der anderen Seite gegenübersaß. Nicht aus einer undichten Stelle im Innenministerium, wie schnell gemutmaßt wurde, sondern aus den Medien. In zahlreichen Blättern war der Name Lümmers aufgetaucht. Nicht unmittelbar nach den ersten Bomben, sondern im Laufe der Fahndung. Lümmer hatte nur wenige Interviews gegeben. Über den Briefbomben-Fall sprach er sowieso nur mit engsten Vertrauten. Mit niemandem von der Presse. Aber es war bekannt, daß er an der Aufklärung der Bombenanschläge mitarbeitete. Und Beiträge über ihn und seine Tätigkeit liefen seit den Morden des Jack Urbach selbst im deutschen Privatfernsehen. Der Attentäter war also darüber informiert, wie der

Kriminalpsychologe hieß, der ihm möglicherweise auf der Spur war. Wer in seinem Katz-und-Maus-Spiel mit dabei war.

Herr Magister Lümmer, das waren kurze Sätze. Ein Satz. Sehr viel Aufregung. Eine Anspielung, die niemand so recht verstand. Lümmer hatte den Satzlängen in den Bekennerbriefen nie eine herausragende Bedeutung beigemessen, keinen tieferen Sinn. Im übrigen auch die Linguisten nicht. Bohrende Fragen an Lümmer. Mit wem er sich über den Fall unterhalten habe. Was der Briefeschreiber mit dieser Feststellung gemeint haben könnte. Der Generaldirektor zeigte sich von einer penetrant hartnäckigen Seite. Lümmer solle gefälligst nachdenken, was damit wohl gemeint sein konnte.

Er dachte nach und fand eine Antwort, eine, die in seine Theorie paßte. Und doch war er verblüfft. Der Kriminalpsychologe erinnerte sich nur dunkel. Die Unterlagen aus seinem Ordner halfen ihm. *Das waren kurze Sätze.* Tatsächlich. Im Wiener Sicherheitsbüro. Vor Jahren. Böse Verleumdungen zwischen rivalisierenden Gruppen. Anonyme Anzeigen. Diffamierungen. Einer von Lümmers ersten Erfolgen. Er hatte den Urheber der schriftlichen Drohungen gegen einen leitenden Beamten ausfindig machen können. Der Schreiber hatte sich um eine ausgeprägte Verschleierung seiner Täterschaft bemüht. Er hatte einen Stil entwickelt, der seinem tatsächlichen kaum mehr ähnelte. Eine Kunstsprache. Die schriftlichen Ausfälligkeiten auf ihn zurückzuführen, war schwierig gewesen. Immer, wenn er seinen Worten Gewicht verleihen wollte, wenn er besonderen Wert auf die Wahrheit seiner Ausführungen legte, vergaß er auf die Schachtelsätze. Auf die sich über mehrere Zeilen erstreckenden Haupt- und Nebensatzpartituren. Er verwendete kurze Sätze. Daran erinnerten sich seine Kollegen, die Lümmer in unzähligen Gesprächen auf die Couch legte. Schließlich ein Geständnis. Die kurzen Sätze.

Lümmer hatte diese Episode aus seinen Anfangszeiten vor Jahren einem Reporter erzählt. Der Attentäter mußte den Bericht des Journalisten damals gelesen haben. Lümmer blätterte und fand den Artikel. »Immer, wenn der Autor um Authentizität bemüht war, verwendete er kurze Sätze. So konnten wir ihn überführen.« Überführen. Journalistisch etwas übertrieben. Immerhin hatte er alles zugegeben. Aber Lümmers Gutachten war stark belastend gewesen.

Herr Magister Lümmer, das waren kurze Sätze. Eine Botschaft. Und was für eine. Lümmer informierte den Generaldirektor. Der Attentäter hatte sich bewußt an Lümmer gewandt. Verklausuliert, aber bewußt. *Kurze Sätze.* Echtheit der Schreiben. Wieder ein Beweis. Zum wiederholten Male. Diesmal an Lümmer direkt. Und wieder ein Beweis dafür, daß alles, was in den Bekennerschreiben stand, völlig ernstzunehmend war. Auch die Entlastung von Jost und Beilner. Der Freispruch war nur mehr eine Frage der Zeit. Eine Sache der Justiz. Sie hätte ja keine Anklage erheben, keinen Prozeß inszenieren müssen.

Die kurzen Sätze. Sie zeigten auch, daß sich der Attentäter intensiv mit Medien auseinandersetzte. Daß er Zeitungsausschnitte sammelte, die er für seine Zwecke gut brauchen konnte. Daß er so Wissen, vermutlich auch über geschichtliche Zusammenhänge, erarbeitete. Aufsaugte. Auch wenn die Staatshistoriker, wie er sie abfällig nannte, meinten, im Selbststudium sei ein derartiger Erwerb von Fachkenntnissen nicht möglich. Er konnte sich über die Medien fortbilden. Nur eine Frage des Systems. Er warf den Gelehrten einen Stein hin, eine Vermutung, eine geschichtliche Passage. *Oadilo.* Er wartete, bis hochrangige Professoren und Archivare in Diskussionen, an runden Tischen, in Talkshows und in Gastkommentaren ihre fachlich fundierte Meinung dazu abgaben. Er bekam ihre Fachmeinungen, die er in den nächsten Schreiben als seine eigenen darstellen konnte, frei Haus. Im Fernlehrgang. Ohne Vorlesungen.

Vielleicht wertete er die Medien auch für die Auswahl seiner Opfer aus. Ein falsches Wort im Fernsehen, ein falsches Interview in den Tageszeitungen. Möglicherweise konnte das ausreichen, um auf seine Liste zu gelangen. Der Attentäter brauchte viel Zeit. Nicht nur, um die Bomben zu bauen. Nicht nur, um seine Briefe zu schreiben. Er mußte auch viel lesen. Sämtliche große Tageszeitungen, die Wochenmagazine. Er mußte zahlreiche Abonnements beziehen, denn es bleibt nicht unverborgen, wenn jemand täglich einen Packen Lektüre aus dem Zeitschriftenladen trägt. Und der Attentäter mußte alles vermeiden, was ihn auffällig machen konnte. Nur keine Spuren legen. Der Generaldirektor war mit Lümmer zufrieden. Weiter so.

Die Zufriedenheit war aufrichtig. Lümmer wußte, daß sein Chef eher der Einzeltätertheorie anhing. Er wollte sich keine Terrorgruppen in seinem Land vorstellen. Lümmer konnte sich über das Lob nicht freuen. Es wäre ihm lieber gewesen, es nicht zu hören. Zum ersten Mal war evident, daß ihn der Attentäter als Gegenspieler ausgemacht hatte.

Seither hatte es sich Lümmer angewöhnt, im Auto zu warten und erst Gas zu geben, wenn er sah, daß sein Sohn tatsächlich im Schulgebäude war. Er wagte sich nie zu weit an die Gleise, wenn er die U-Bahn benutzte. Nichts war mehr selbstverständlich.

Wieviele Briefkästen es plötzlich um ihn herum gab. Er fühlte sich beinahe umzingelt. Lümmer bemerkte sie erst, als er von dem jüngsten Schritt der Briefbombenfahnder unterrichtet wurde. Dabei waren sie mit ihrem leuchtenden Gelb eigentlich gar nicht zu übersehen. An jeder besseren Straßenecke stand einer, vermutlich schon seit Jahren. Nun fielen sie Lümmer auf. Die Bombenjäger spekulierten mit dem nächsten Auftauchen des Attentäters und verkabelten die Briefkästen. Nicht die Gesamtzahl der in Österreich aufgestellten, sondern nur eine Auswahl. Nur die, die sich an strategisch interessanten Plätzen befanden. Zweitausendzweihundert Briefkästen. Eine unkonventionelle kriminaltaktische Maßnahme. Bisher noch nie dagewesen.

Die Fahnder machten mögliche weitere Aufgabeorte aus, basierend auf den bisherigen Erfahrungen. Niederösterreich, Steiermark, Burgenland, Wiener Raum. Keine im Westen des Landes. Sie nahmen die Briefkästen unter die Lupe und überwachten sie mit Videokameras und mit Spähtrupps. Die Post hatte sich kooperativ gezeigt. Sie hatte gestattet, daß man ihre Kästen kräftig umbaute. Sensoren sollten Bomben innerhalb weniger Sekunden erkennen, nachdem sie eingeworfen worden waren. Die Alarmauslösung würde eine Ringfahndung möglich machen. Der Bomber in Handschellen. So hatten es sich die Staatspolizisten vorgestellt.

Die Installation war unerwartet rasch abgeschlossen. Die Detektoren waren scharf, die Jäger lauerten. Soweit stimmte alles. Doch der Gejagte ließ sich nicht blicken. Er tappte nicht in die aufgestellten Fallen.

Es gab einige im Sicherheitsapparat, die, im Gespräch mit Lümmer, dem Briefbombenterror positive Seiten abgewinnen konnten. Natürlich bedauerten sie die Opfer und waren betroffen, weil der Attentäter auch vor Mord nicht zurückschreckte. Doch dank ihm hatten die Verfassungsschützer und die Staatspolizisten endlich ihre Daseinsberechtigung. Sie liefen zur Höchstform auf. Subjektiv gesehen. Zumindest, was die Überstunden betraf. Die Spurensicherer, die Sprengstoffexperten, die Kriminaltechniker. Sie alle lernten aus den Bomben. Aus den Schreiben. Sie übten neue Methoden, die sie nur aus den Lehrbüchern kannten, knüpften internationale Kontakte, die sie vor den Bombenserien nicht benötigt hatten. Learning by doing – das neue Prinzip in der Polizeiarbeit.

Lümmer konnte dem Briefbombenterror nichts abgewinnen. Selbst wenn nun mehrere Abteilungen im Innenministerium und auch in den Landesgendarmeriekommandos wußten, daß es einen kriminalpsychologischen Dienst gab. Zweifelsohne hatten gewisse Gruppen in der Exekutive von den Attentaten profitiert. Gewisse Personen. Seine Frau beispielsweise. Für Lümmer hatten die Anschläge jedoch nur ein Gesicht. Ein häßliches. Er konnte das Gerede von den zwei Seiten einer Medaille nicht mehr hören. Der Briefbomber hatte die Republik in Geiselhaft genommen. Da brauchte man sich nichts vorzumachen. Das wußten auch alle, die in den neugegründeten Sonderkommissionen saßen. Die mit dem neuen Gerät experimentieren und Fortbildungskurse in Großbritannien und in Wiesbaden besuchen durften. Sie alle hatten den Zweck, der permanenten Bedrohung ein Ende zu setzen.

Das Klima im Land hatte sich verändert. Schockzustände. Bei der einen Bevölkerungshälfte herrschte Betroffenheit über die Motive des Terrors, schätzte Lümmer. Bei der anderen Hälfte eher stille Zustimmung – fast eine Mehrheit.

Der Kriminalpsychologe saß unverändert in seinem Büro in der Bräunergasse. Lümmer durfte noch immer an dem Fall arbeiten. Niemand hatte ihn abberufen. Wer hätte ihn auch ersetzen sollen? Profiler gab es in diesem Land nicht im Überfluß. Doch an der Spitze des Ministeriums kamen und gingen sie. Der Attentäter hatte zwei Minister verschlissen, einen Hardliner und einen gutmütigen. Der nunmehr amtierende war ein Pragmatiker und knüpfte an die Inhalte des Hardliners an. Der hatte sich mit markigen Sprüchen zur Ausländerpolitik einen Namen gemacht und ein Buch über Fremde in Österreich geschrieben. Er hatte die Asylgesetze geprägt. Die ersten, nachdem ein massiver Anstieg der Asylsuchenden registriert worden war. Lümmers Kollegen im Innenministerium, die Beamten des betreffenden Referates, exekutierten kalt die Gesetze, die als Gegenstrategie angelegt waren, um die Rechtspopulisten mit ihren eigenen Mitteln zu schlagen, ihnen Wind aus den Segeln zu nehmen. Sie rühmten sich: Tödliche Brandstiftungen auf Asylantenheime wie in Deutschland gab es hier nicht. Rechtzeitig war auf die Stimmung in der Bevölkerung Rücksicht genommen worden.

Lümmer mußte mit seinen Äußerungen vorsichtig sein. Die Spitzen des Hauses kannten seine Meinung, wollten aber davon nichts hören. Gefestigte Demokratie. Diesen Status nahmen sie für Österreich in Anspruch. Der Briefbomber habe sich ein falsches Land für seine Aktionen ausgesucht, behaupteten Schriftsteller, Künstler und Journalisten.

Die Rechtspopulisten bereiteten den Boden. Vielleicht fühlte er sich berufen, selbst Hand anzulegen, weil die anderen nur redeten. Wenn auch in seinem Sinn. Aber sie wollten eben nicht zupacken. Das hatte er geschafft. Er trieb sie vor sich her. Hautnah hatte Lümmer in den vergangenen Monaten erlebt, wie sehr sein Gegner die Abläufe bestimmte. Entscheidungen wurden auch unter jenem Gesichtspunkt gefällt, wie er darauf reagieren könnte.

Ein früherer Verdächtiger hatte die Republik geklagt. Die Staatspolizisten, so sagte er, hätten sich bei der Amtshandlung aufgeführt »wie eine wilde Horde«. Sie hätten zwar einen Haftbefehl gehabt, nur habe ihn der Beschuldigte nie gesehen. Völlig nackt war er von den Beamten im Bett gestellt und gefesselt worden. Eine Unterhose durfte er sich erst nach demütigenden Szenen anziehen. Ein Terrorüberfall, so beschrieb er die Szene. Er galt als Neonazi und wurde mit den Anschlägen in Verbindung gebracht. Das genügte. Ob er die Klage wegen »unverhältnismäßigen Verhaltens der amtshandelnden Personen« gewinnen würde – zweifelhaft.

Unverhältnismäßigkeit. Diskussionen im Zeichen des Bombers. Spiegelbild politischer Kultur in Deutschland und Österreich. Das wäre ein schönes Seminarthema gewesen. Lümmer erschrak, als er bemerkte, daß sich manche seiner Gedanken wie Titel von Universitätslehrveranstaltungen anhörten.

In Deutschland stand der große Lauschangriff über Jahre hinweg auf der politischen Tagesordnung. Keine Beschlußfassungen, ausgiebige Auseinandersetzungen auf hohem Niveau: Die Würde des Menschen ist unantastbar. Ein kurzer Satz. Deshalb mit hohem Wahrheitsgehalt. Die deutsche

Bundesjustizministerin hatte geweint, als es im Parlament zur Abstimmung über die gezielte Observation gekommen war.

Mit Richtmikrophon auf Verbrecherjagd. Fernab aller Intimsphäre. Das war beängstigend, für Lümmer bei der Fahndung nach dem Briefbomber aber äußerst hilfreich. Die Rasterfahndung wurde ohne Aufhebens beschlossen. Ohne fundierte Debatte. Zum Drüberstreuen. Grünes Licht für neue Fahndungstechniken. Dem Attentäter sei Dank. Ohne ihn hätte es in dieser kurzen Zeit keinen Lauschangriff gegeben. Und die Zeit drängte, das sah Lümmer ein, obwohl er sich mehr Raum für tiefgründigere Auseinandersetzungen gewünscht hätte. Aber wer wußte schon, wann der nächste Sprengstoff frei Haus geliefert wurde? Die Spitzen der Exekutive rieben sich die Hände. Wieder einmal hatte sich eine Umwegrentabilität der Bomben ergeben. Lauschangriffe. Natürlich gegen die Bajuwarische Befreiungsarmee, aber auch gegen andere.

GEGENMASSNAHMEN

Der Generaldirektor wollte von Lümmer wissen, ob man den Lauschangriff in den Briefbombenermittlungen schon vorzeitig einsetzen könne. Vor dem erlaubten Start. Er drückte sich ungeschickt aus. Die neuen Fahndungsmethoden illegal anwenden – das war es natürlich nicht, was ihm vorschwebte. Es ginge nur darum, Druck auszuüben. Dem Attentäter immer wieder zu zeigen, daß der Lauschangriff startete. Die Rasterfahndung anlief. Nur für ihn. Ankündigung als besondere Kriminaltaktik.

Lümmer bewunderte diese Idee neidlos. Dafür eigneten sich die sogenannten modernen Fahndungsmethoden tatsächlich. Die Botschaft mußte bewußt gesendet werden, im Fernsehen, im Radio, in den Tageszeitungen. Kommunikationsfachleute mußten eingesetzt werden und Signale setzen, die der Attentäter unbewußt wahrnehmen würde. Stärke durch Permanenz. Lümmer dachte nach. Die Idee hätte von ihm sein können. Sie sind mir auf den Fersen. Das sollte der Attentäter spüren und in dieser Situation Fehler machen, sich verraten, Spuren hinterlassen, unvorsichtig werden, Haare lassen. Das hatte er bisher penibelst vermieden. Die Spurensicherer waren schon verzweifelt. Keine Hautschuppe und schon gar keine Haare. Sie brauchten nicht einmal ein Kopfhaar, um arbeiten zu können. Ein Körperhaar würde genügen. Ein Fussel. Aber der Attentäter vermied alles, was ihn identifizierbar machen könnte. Von Fingerabdrücken gar nicht zu reden. Einmal konnte ein Fingerabdruck ausgemacht werden. Kurze Freude, dann Ernüchterung und Schelte. Das charakteristische Hautmuster gehörte einem Fahnder. Es hatte lange gedauert, ihn ausfindig zu machen. Schließlich hatte er sich noch nie etwas zuschulden kommen lassen und war deshalb in keinem der einschlägigen Computer gespeichert.

Erhöhter Druck, erhöhte Fehlerwahrscheinlichkeit, das war die Rechnung des Generaldirektors. Lümmer zeigte sich zuversichtlich. Dann sprach er aber doch warnende Worte. Es könnte funktionieren, genausogut aber auch das Gegenteil der erwünschten Wirkung erreichen. Provokation, die neue Anschläge nach sich zieht. Der Bomber hatte sich bisher sehr sicher gefühlt. Zu Recht: falsche Verdächtige, keine Anhaltspunkte. Warum sollten ihn plötzlich Lauschangriff und Rasterfahndung irritieren? Doch er war ein technikgläubiger Mensch. Deshalb gingen seine Bomben auch hoch. Und vielleicht auch er. Lümmer wollte den Generaldirektor nicht von seinen Plänen abbringen. Sie waren gut genug.

Lümmer empfahl eine Erweiterung der Strategie. »Proaktive Gegenmaßnahmen« hieß diese Kriminaltaktik. Die Briefbomben waren unüblich und einzigartig. Deshalb waren auch unkonventionelle Schritte der Gegenspieler angebracht: Täterprofile waren üblicherweise nur für die

Fahnder bestimmt. Sie könnten ihm aber auch genausogut zeigen, wie weit sie schon waren, und sein Bild veröffentlichen. Das Profil. Das ging nur mit Zustimmung des Generaldirektors. Doch der Minister wäre vermutlich dagegen. Für ihn gab es keinen Einzeltäter. Deshalb gäbe es auch nichts zu veröffentlichen. Sie könnten auch ein Buch schreiben lassen: »Das Profil des Briefbombers«. Viel Werbung, Reaktionen in den Medien und in weiterer Folge auch des Briefbombers – überführt. Er könnte für jeden seiner Nachbarn erkennbar werden. Das würde ihn treiben. Hetzen. Endlich eine Rollenverteilung, die den Tatsachen entsprechen würde. Er der Gejagte, sie die Jäger. Nicht umgekehrt. Neue Bedrohungsbilder für ihn tauchten auf: mögliche Verräter an jeder Ecke, ausgestattet mit dem Täterprofil. Die Mutter, der Vater, die freundliche Dame an der Supermarktkasse. Einkaufen gehen mußte sogar er.

Der Generaldirektor war begeistert. Aber leicht würde es nicht werden, wegen des Innenministers. Nur ein engster Personenkreis durfte über die Veröffentlichung informiert werden. Lümmer, die noch zu bestimmenden Autoren des Buches, ein Verlag des Vertrauens und der Generaldirektor. Je kleiner die Gruppe, desto besser die Chancen, das Projekt ohne Probleme durchzubekommen. Der Minister sollte erst zu einem günstigen Zeitpunkt informiert werden, am besten einen Tag vor der Pressekonferenz zur Buchpräsentation.

Der Innenminister sei aus allen Wolken gefallen, als er vom Generaldirektor informiert wurde. Angeblich auf dem Rückflug von einem Arbeitsessen. So wurde es Lümmer erzählt, der auf die Reaktionen natürlich neugierig war. Entgegen seinen Erwartungen war es bis zuletzt gelungen, die Veröffentlichung seines Täterprofils geheimzuhalten. Die Autoren, die rund um die charakteristische Beschreibung des Attentäters an einem Sachbuch gearbeitet hatten, waren diskret vorgegangen. Die Präsentation wurde ein voller Erfolg. Zahlreiche Medien transportierten die beabsichtigten Inhalte weiter. Das Täterprofil wollten alle, die sich in den vergangenen Jahren mit dem Briefbombenterror beschäftigt hatten.

Der erste Schritt der proaktiven Gegenmaßnahmen war gelungen. Lümmer hatte sich Mühe gegeben und seine ersten Täterprofile kontinuierlich weiterentwickelt. Seine Frau warf ihm vor, wie er denn sagen könne, daß nun nichts mehr zu tun war als auf die nächsten Schreiben zu warten. Auf die nächsten Bomben. Lümmer brauchte diese Botschaften für seine kriminalpsychologische Arbeit. Seine Frau hingegen meinte, er freue sich auf die nächsten Anschläge. Sie verstand ihn gründlich falsch. Diese ständigen Auseinandersetzungen belasteten die Beziehung. Sie hatten sich auseinandergelebt, obwohl sie gemeinsam an einem Fall arbeiteten. Keine glückliche Fügung, wie sich nun herausstellte. Über zwanzig Anschläge, an die zehn Bekennerschreiben – Lümmer hatte genug Material gesammelt, recherchiert, seine Kollegen vom FBI mit dem Fall befaßt. Internet-Suche. E-mail-Konferenzen. Er erinnerte sich daran, wie er die ersten Notizen gemacht hatte, gleich nach der ersten Bombenserie. Einiges stimmte noch immer, anderes war reif für den Papierkorb geworden. Das gedruckte Täterprofil war zweckmäßig und relativ ausgefeilt. Die psychologische Begründung hatte allerdings nur populärwissenschaftlichen Charakter. Benutzerfreundlichkeit von großer Bedeutung. Breitenwirkung war erwünscht, denn nur sie ermöglichte eine Erhöhung des Fahndungsdruckes auf den Attentäter. Lümmer war von Bombe zu Bombe sicherer geworden. Es ärgerte ihn nur, daß er sich zu Beginn von der Hektik um die jungen Neonazis hatte anstecken lassen.

Die Richtung, die zum Attentäter führte. Vorgegeben nun in jeder Zeitung. Aufgelegt in jeder Buchhandlung. Dem Briefbomber mußte sein Frühstück im Halse steckenbleiben. Er mußte sich erkennen. Das Täterprofil war ein Spiegel, der ihm vorgehalten wurde. Bei jeder Gelegenheit. Vielleicht würde er vor Selbsterkenntnis verrückt werden. Die Fahnder wollten den Druck so lange erhöhen, bis er daran zerbrechen würde.

Der Steckbrief: eine Zusammenfassung. Noch immer kein Name. In Österreich geboren. Dieses Land ist ihm etwas wert, wahrscheinlich liebt er es sogar. Er trug sich nie mit dem Gedanken, auszuwandern. Seiner Heimat verhaftet, betrachtet er Fremde als Bedrohung. Will darum sein Land ausländerfrei halten. Wehrt sich gegen andersartige Einflüsse. Gegen die Vermischung der Kulturen. Er empfindet Haßgefühle, die aus seiner Sicht diese negativen Entwicklungen begünstigen. Wohnort im Osten Österreichs, wahrscheinlich Niederösterreich. Oder die Steiermark. Im Westen so gut wie nie tätig geworden, nur einmal, um Briefbomben aufzugeben. Logischer Schluß: mit gefährlicher Fracht immer nur kurz unterwegs. Aus Sicherheitsgründen. Vor 1940 auf die Welt gekommen, ein Pensionist, der viel Zeit hat, um Bomben zu bauen. Um Briefe zu schreiben. Ungestört, deshalb alleinstehend. Ohne Familie. Seine Eltern verstorben oder in einem Altersheim. Wenig Kontakt zur Umwelt. Eigentumswohnung oder eigenes Haus. Keine lästigen Mitbewohner, die unangenehme Fragen stellen oder einen unangemeldeten Besuch abstatten könnten, während er mit Silberfulminat hantiert. Würde kein gutes Bild machen. Um seinen Entschluß, Sprengfallen zu bauen, in die Tat umsetzen zu können, braucht er Vorkenntnisse in Chemie und Elektronik. Erworben vielleicht bei einem früheren Arbeitgeber. Einschlägige Berufserfahrungen von großem Nutzen. Um solche Briefe schreiben zu können, muß er über Bildung in historischen Zusammenhängen verfügen. Also zumindest Matura, vielleicht auch ein einschlägiges Studium. Sein Wissenserwerb hängt aber vor allem mit dem Konsum von verschiedenen Zeitungen und Zeitschriften zusammen. Dazulernen über die Medien. Benutzt diese aber auch für die Auswahl seiner Anschlagsziele. Der Erwerb der Blätter müßte auffallen. Außerdem war anzunehmen, daß er über eine Ausstattung mit Kabel- oder Satelliten-TV verfügt. Das äußere Auftreten: gebügelte Hemden, saubere Wäsche, anständig rasiert, keine fetten Haare. Er legt Wert darauf, gut auszusehen. Das verlangt sein Hang zu Ordnungsliebe und Perfektionismus. Gepflegte Ausdrucksweise, wohl gewählte Worte. Er denkt nach, bevor er spricht. Nur manchmal sarkastische Ansätze, die er im allgemeinen gut verbergen kann. Ein Meister der Tarnung.

Der Steckbrief schien gelungen, da war sich Lümmer sicher. Nur wenige offene Fragen, zum Beispiel das auslösende Moment. Irgend etwas mußte passiert sein, vor 1993. Vor dem Advent. Vielleicht hatte ihn seine Frau verlassen. Darauf gab es einen Hinweis in einem seiner Bekennerschreiben. Doch dazu nur Mutmaßungen, keine kriminalpsychologisch gestützten Erkenntnisse.

Die Fahnder waren guter Dinge. Das Täterprofil hatte einen hohen Bekanntheitsgrad erreicht. Als Nachteil konnte nur gelten, daß Hobby-Detektive die Staatspolizisten von ihrer Arbeit abhielten. Aber das hatten sie vorausgesehen. Das mußte in Kauf genommen werden. Lümmer war nun in vielen Zeitungen – ein Teil der Strategie. Immer wieder die Botschaft: Wir kriegen dich, wo immer du dich auch versteckst. Deine Zeit ist abgelaufen.

Doch der Gejagte holte zum Gegenschlag aus. Zweimal gleich. Zwei Geniestreiche. Der Druck hatte ihn inspiriert und seine Kreativität beflügelt, was die Opferauswahl betraf. Er hatte sich die Stiefmutter des Innenministers ausgesucht. Des gutmütigen. Die Frau glaubte an übersinnliche Kräfte. Sie kommunizierte mit ihrem verstorbenen Mann, dem Komponisten. Ein Glücksfall: Der Attentäter hatte eine veraltete Adresse verwendet. Die Stiefmutter war umgezogen. Die Briefbombe landete im Postkasten jenes Astrologieinstitutes, das als Absender angeführt worden war. Verletzt wurde niemand. Sein Versuch, die Stiefmutter des Innenministers zu treffen, sorgte für einen Aufschrei in der Öffentlichkeit.

Die Staatspolizei hatte den Innenminister persönlich immer als besonders gefährdet eingestuft, denn er war in den Bekennerschreiben oftmals beschimpft worden. Man konnte den Haß des Attentäters spüren, wenn man die betreffenden Zeilen las. Der Innenminister stand auf der Liste ganz oben, und mit ihm sämtliche seiner Verwandten. Auch wenn diese davon nichts wußten.

Die Fahnder hatten von der Fähigkeit des Attentäters, menschliches Verhalten vorhersagen zu können, schon Kostproben erhalten. Doch auch die Kriminalisten fanden sich mittlerweile in den Gedankengängen des Briefbombers einigermaßen gut zurecht. Wenn er den Innenminister treffen wollte, war eine Briefbombe an ihn direkt ein untaugliches Mittel. Die Chance, daß ein Regierungsmitglied die Post selbst öffnete, war sehr gering. Das Kuvert würde bestenfalls das Ministerbüro erreichen. Sein Vorzimmer. Doch auch dort käme es zu keiner Explosion, denn sämtliche Briefe an Minister wurden seit Beginn der Attentate durch den Scanner geschickt. Mit einer Briefbombe war nichts zu machen, nicht gegen einen Minister. Also suchte er sich ein weniger stark bewachtes Opfer aus.

Peinliche Vorwürfe: Der Innenminister könne nicht einmal seine eigene Schwiegermutter schützen. Blamage und schließlich Rücktritt. Es war trotzdem keine besonders gelungene Vorstellung des Attentäters gewesen, und der Rücktritt erfolgte erst zu einem späteren Zeitpunkt.

7.9111511116000000

Vielversprechender als die Briefbombe, die im Astrologieinstitut gelandet war, klang das jüngste Bekennerschreiben. Mit einem Code verschlüsselt. Ein Beweis seines Könnens, aber auch seines psychischen Zustandes. Eine Seite war lesbar. Sie gab Hinweise zu Chiffrierung und Dechiffrierung. Der Rest war ein Zahlengewirr. Eine satte Drohung. Jost und Beilner waren verurteilt worden. Nicht wegen der Briefbomben – in dieser Frage glatter Freispruch –, aber wegen NS-Wiederbetätigung gab es Haftstrafen. Der Briefschreiber war uneinsichtig. »Die von der deutschfeindlichen Tschuschenkaste über Beilner und Jost wegen gewaltfreier politischer Gesinnungsdelikte und politischer Gefährlichkeit verhängten Haftstrafen verpflichten uns zu weiteren acht Briefbomben und 0.8 Staatsbegräbnissen.« Er kündigte einen Mord an. Bei den Ermittlern machte sich Nervosität breit. Vor allem, weil sie die restlichen Seiten nicht lesen konnten. Noch nicht. Die Uhr tickte. In ein paar Tagen sollten Nationalratswahlen abgehalten werden. Es lag im Bereich des Möglichen, daß er sich aus diesem Anlaß etwas Besonderes hatte einfallen lassen. Der Code war nicht leicht zu knacken. Meinte der Attentäter. Er teilte mit: »Der Entschlüsselungsaufwand wurde von unserem Fachmann so bemessen, daß die eingedrungenen Ausbeuter, Umvolker und Völkermörder ohne Hilfe der National Security Agency nicht mehr zeitgerecht vor den Herbstwahlen an die kodierte Wahlkampfmunition herankommen.«

Der Verfasser war überheblich geworden. Er glaubte, er müsse den Fahndern einen Hinweis geben, an wen sie sich wenden sollten. An amerikanische Experten. Geheimdienstler. Verteidigungsministerium. Der Generaldirektor faxte ihnen das Schreiben. Ihre Dechiffriermaschinen brauchten zu lange. Schneller war ein Oberst des Bundesheeres. Zwei Tage vor den Wahlen wurden aus den endlosen Zahlenreihen Sätze. Er hatte einen militärischen Code verwendet. Nicht einfach anzuwenden, aber machbar. Verschiedene Buchstaben entsprachen verschiedenen Zahlen. Anschließend verschiedenste Rechenoperationen. Im Brief war ein Beispiel für eine Transformation angeführt: Textdateien mit dem IBM-Code 000 bis 255, also mit allen Steuerzeichen, Leerzeichen und lesbaren Zeichen, werden in Klartext-Segmente unterteilt. Länge und Reihenfolge sind normalerweise unregelmäßig. Das unmittelbare Rechnen mit solchen

Buchstabenfolgen ist nicht möglich. Folglich sind sie – auf dezimaler Ebene und ohne Datenverdichtung – in Klartextzahlen zu transferieren. Die Himmelsrichtung »Ost« = IBM (079/115/116) – 079 als Kombination für O, 115 für s, 116 für t. Die Himmelsrichtung wird zur natürlichen Zahl 79115116 oder zur Fließkommazahl 7.91115111600000. Die Umkehrtransformation für die Klartextzahl 79115116 ergibt selbstverständlich die Vokabel »Ost«.

Es klang kompliziert für einen Laien wie Lümmer, doch Fachleute konnten damit etwas anfangen. Die entschlüsselten Seiten lasen sich nicht besonders aufregend. Der Verfasser hatte seine Zeit offensichtlich auf die Verschlüsselung des Schreibens verwendet. Nicht, um durch neue Inhalte zu bestechen. Wiederholte Bekennung zu Oberwart, technische Details und Ausführungen über die geschichtlichen Anfänge der Illyrer 1200 vor Christus. Niemand begriff wirklich, warum der Briefbomber die Illyrer derart ins Spiel brachte, auch Lümmer nicht. Doch das war ihm auch nicht weiter wichtig. Die Gegenmaßnahmen der Polizei brachten Erfolge: die Veröffentlichung des Täterprofils, die penetrante Ankündigung von Lauschangriff und Rasterfahndung. Zwar hatte noch niemand verdächtige Personen angezeigt, und oft gab es nur falschen Alarm. Doch der Briefbomber fühlte sich beobachtet. Er war nervös geworden, machte Fehler und verschickte Briefbomben, die ihm wichtig waren, an die falsche Adresse. Die benötigte Zeit für die Entschlüsselung des codierten Schreibens sagte er unkorrekt voraus. Er zeigte Anzeichen psychischer Instabilität.

Der Innenminister hatte es treffend ausgedrückt. Lümmer nickte anerkennend, als er dessen Auftritt in einer Diskussionsrunde verfolgte. Niemand hatte ihm nahegelegt, es so zu formulieren. Aber es war ein Volltreffer. Eine Botschaft, die dem Attentäter die Zornesröte ins Gesicht getrieben haben mußte. Wir müssen davon ausgehen, meinte der Minister, daß wir es mit einem Irren zu tun haben. Daß er einen Schaden hat. Einen Knall. Vor laufenden Kameras. Im Hauptabendprogramm. Die Wahrscheinlichkeit, daß der Briefbomber die Sendung sah, war hoch. Daß er in diesem Augenblick fast ohnmächtig wurde vor Ärger: sehr hoch. Lümmer verspürte wieder einmal das angenehme Gefühl von Zufriedenheit.

Der Bajuware hatte bisher keine Spuren hinterlassen. Es gab keine Zeugen, die etwas zur Aufklärung des Falles beitragen konnten. Keine Anhaltspunkte naturwissenschaftlicher Art. Nur das Täterprofil. Mit dem waren die Fahnder seit Monaten auf Jagd gegangen. Schließlich die proaktiven Gegenmaßnahmen. Die Veröffentlichung des Wissensstandes. Und immer wieder der Hinweis, daß die stärksten Waffen der Kriminalisten erst zum Einsatz kommen würden. Die angeblich stärksten. Eigens für ihn eingeführt. Maßgeschneidert. Sie wollten ihn damit zur Verzweiflung bringen, vielleicht auch zur Aufgabe. Zur unfreiwilligen. Der Kriminalpsychologe war so optimistisch wie schon lange nicht mehr. Der Attentäter war auf die Taktik der Fahnder eingegangen. Das war sein entscheidender Fehler. Zum ersten Mal gab es eine Schlinge, die sich zuziehen konnte – mit etwas Glück.

Lümmer blätterte in seinem Kalender. Es war wieder Dezember geworden. Er gab dem Attentäter nur mehr wenige Monate. Lümmer fühlte sich sicher wie noch nie, seit er an diesem Fall arbeitete. Er glaubte sich nahe am Ziel. Nahe am Briefbomber.

7.

Ausbefreit

Er war tot. Die Zeitungen hatten ihn einfach sterben lassen. Das Bombenhirn, schrieben sie, sei wohl einer schweren Krankheit erlegen und die Bajuwarische Befreiungsarmee damit außer Gefecht gesetzt. Dabei hatte sich der Generaldirektor so sehr gewünscht, den Fall noch vor der anstehenden Pensionierung zu den Akten legen zu können – zu denen, die den Vermerk »erledigt« trugen. »Wenn der Täter aber tatsächlich tot ist, wird die Causa für immer ungeklärt bleiben«, hatte er gemeint. Franz Hofer wußte nicht, ob die Ermittler ihn nur auf Lümmers Geheiß wieder einmal provozieren wollten oder ob sie ihn gar vermißten; schließlich war er doch regelrecht staatstragend geworden. Zwei Innenminister, die ohnehin keiner wollte, mußten infolge seiner Anschläge zurücktreten, er hatte vier Leiter der Sonderkommission verbraucht, die sich nicht durch besondere Qualifikation, sondern durch das richtige Parteibuch ausgezeichnet hatten, und sein Terror hatte das Land nach rechts getrieben. Österreich war unbemerkt, aber radikal zum Polizeistaat geworden. Er hatte der Regierung ermöglicht, endlich die totale Überwachung ihrer Bürger zu verwirklichen. Das Parlament würde im Herbst die Rasterfahndung beschließen, dann den Späh- und Lauschangriff. Die Asylgesetze konnten endlich restriktiv verschärft werden, ohne daß die Linke aufgeschrien hätte. Selbst die Zeitungen schrieben schon gegen die Ausländer an. Es war zum Trend geworden, die Grenzen dichtzumachen. Und er war schuld daran, daß der Staat aufrüsten mußte. Daß Hausdurchsuchungen auf der Tagesordnung standen und dafür schon ein Leserbrief reichte. Er trug die Verantwortung dafür, daß der Innenminister plötzlich keine weiteren Asylanten mehr dulden konnte, zu fruchtbar sei der Boden für noch mehr Bomben oder noch schlimmeren Terror. Wenn er also tot wäre, müßten sie sich neue Rechtfertigungen suchen, einen neuen Anlaß. Sie brauchten ihn. Er war lebensnotwendig geworden, er durfte gar nicht abtreten. Er mußte am Leben erhalten werden, jetzt erst recht, wo er offenbar handzahm geworden war, sich zurücknahm, nur noch Briefe schrieb oder Bomben aufgab, die niemanden mehr verletzten. Ein Terrorist im Koma war besser als gar kein Terrorist. Viel besser.

Franz Hofer erkannte, daß sie eigentlich recht hatten. Er war tot. Ein verwundetes Schlachtroß. Ein Soldat, der nur noch danach trachtete, zu überleben. Er schleppte sich von Schützengraben zu Schützengraben, apathisch, nur mehr auf Verteidigung bedacht, er aß kaum etwas, hatte sich seit Wochen nicht mehr geduscht, war gereizt, unruhig und fror. Eigentlich war ihm ständig kalt in letzter Zeit. Er saß stundenlang zusammengekauert in einer Ecke und wartete. Manchmal ertappte er sich dabei, wie er sich wünschte, endlich gestellt zu werden. Er träumte davon am Tag, er sah, wie sie kamen, wie sie ihn anbrüllten, auf den Boden, los, auf den Boden, wie sie die Sturmgewehre entsicherten, er hörte die hysterischen Stimmen, das Surren der Rotorblätter, die schrillen Kommandos. Er fühlte, wie sie ihn umdrehten, ihn in die Genitalien traten, das taten sie immer, offenbar ein zutiefst österreichisches Bedürfnis, und er genoß es, angegriffen zu werden. Er spulte den Film, der vor ihm ablief, immer wieder zurück, so schön war das Gefühl, berührt zu werden, so angenehm warm. Es war, als ob er sich dadurch wieder selbst spürte. Er lag in seinem Loch, seit weiß Gott wie langer Zeit, und war sich selbst der größte Feind geworden. Er hatte das Sprechen verlernt, war unfähig, einen Schritt nach vorne zu machen, und sehnte sich danach, daß der Krieg endlich aus wäre. Vorbei. Dann könnte er wieder radfahren, Brot einkaufen gehen, mit der Mutter in der Küche sitzen und Unsinn reden. Einfach Unsinn reden.

Die Bajuwarische Befreiungsarmee war aufgerieben. Sie hatte so viele Kampftrupps in die Schlacht geworfen. Andreas Hofer, Herzog Oadilo von Bayern, Friedrich II. der Streitbare, Markgraf Gerold, König Marbod, Thietmar. Doch letztlich war sie abgekämpft, ermattet. Ihre Angriffe waren ins Leere gegangen, sie machte keine Verletzten mehr, keine Toten, keine Panik. Sie war berechenbar geworden, immer noch ein lästiger Gegner, unangenehm, verzichtbar, aber nicht mehr gefürchtet. Er hatte sich zu weit vorgewagt. Die fünfte Serie, im Dezember 1995, war komplett fehlgeschlagen. Vier Bomben, vier Blindgänger. Er hatte so viele Extras eingebaut, daß zwei der Sprengkörper noch im Briefkasten hochgegangen waren, verendet an Unterkühlung. Die Kältesensoren, gedacht für die Entschärfer, hatten auf die niedrigen Temperaturen im Advent angesprochen. Die beiden anderen Kuverts waren in den Boxen der Beamten explodiert, auf der Fahrt nach Wien. Der Brief, den er so mühevoll codiert hatte – er war davon ausgegangen, daß die Fahnder zumindest achttausend Tage benötigen würden, um die Bekennung zu knacken –, war nach drei Tagen entschlüsselt. Ein Beamter des Bundesheeres hatte den Code durchschaut. Die Wahlkampfmunition war nach hinten losgegangen. Und die letzte Briefbombe, die an die Stiefmutter des Innenministers, war von der Post verschlampt worden. Sie hatten sie erst nach zehn Tagen gefunden, an der Adresse des fingierten Absenders.

Nur manchmal war Franz Hofer glücklich. Dann setzte er sich in sein Auto und fuhr durch das Land, dem er den Krieg erklärt hatte. Er hörte Musik von Schumann, tankte voll, drehte das Heizgebläse auf die höchste Stufe und dachte daran, was er alles erreicht hatte.

Vernehmungsprotokoll vom 26.10.1997

Im wesentlichen ist es um die Bekämpfung des Trios Bundeskanzler, Vizekanzler und Kunstminister gegangen, das die Österreicher auseinanderdividieren wollte und nur mehr den nicht deutschösterreichischen Teil der Bevölkerung für fähig hielt, Führungspositionen einzunehmen. Man las nur noch von Neuernennungen, die am Namensende ein -ics, -itsch, -ak oder -al aufwiesen. All diese Namensendungen sind nicht deutschösterreichisch. Auf die Frage, warum dann nicht der Bundeskanzler, der Vizekanzler und der Kunstminister die Bomben erhielten, sondern andere, gebe ich an, daß womöglich die Genannten noch zwanzig Jahre im Amt geblieben wären, ihre Rolle als Märtyrer ausgekostet hätten, und jeder hätte die »Armen« gewählt. Ich denke schon, daß der Abgang des genannten Trios zu einem erheblichen Teil auch ein Verdienst der BBA war.

Vernehmungsprotokoll vom 20.01.1998

Es war auch sicher ein Erfolg, daß der Kanzler zurückgetreten ist. Das war sicher ein großer Erfolg der unternommenen Aktivitäten. Am allermeisten dürfte den Bundeskanzler die Stelle aus einem Bekennerbrief getroffen haben: »Ein ferngesteuerter Politiker, der aus dem Burgenland stammende, mit Speckrolle am Hals, mit Kongolippe ausgestattete Slawenhäuptling und Germanenfresser.« Dieses Zitat aus einem Bekennerbrief wurde in allen Zeitungen veröffentlicht und hat den Kanzler wahrscheinlich mehr getroffen als alles andere. Der Kanzler soll in Albanien Bundespräsident werden, dort kann er ruhig Unruhe stiften. Der Name des Regierungschefs bedeutet meines Wissens nach in irgendeiner slawischen Sprache, wahrscheinlich in polnisch, »schwarzer Vogel«. Das trifft auf ihn genau zu. Sein Vater war langjähriger verbohrter Kommunist, seine Mutter stammte aus dem Burgenland. Unter seiner Regierung sind aus 7 Millionen Österreichern plötzlich 8 Millionen geworden, aber der Satz mit den Kongolippen hat ganz schwere Wunden bei ihm hinterlassen, dieser Satz hat viel mehr bewirkt als alle Bomben zusammen. Der Bundeskanzler hat zweimal schon den Sekt eingekühlt, weil er gesagt hat, zu Weihnachten haben wir die Täter. Dann ist aber wieder Weihnachten gekommen, und es hat sich nichts getan. [Festgehalten wird, daß der Beschuldigte beim Zitieren der inkriminierten Stellen in schallendes Gelächter ausbricht, er setzt dann fort.] Diese Textstelle, wo der Kanzler als Germanenfresser mit Kongolippen bezeichnet wurde, hat besonders gut gepaßt. Zu Beginn der Neuzeit haben die Geistlichen darüber diskutiert, ob der Sklavenhandel gerechtfertigt ist oder nicht. Sie sind dabei zum Ergebnis gekommen, daß Menschenfresser, also Leute, die andere Menschen fressen, gar keine Menschen sind, also sei der Sklavenhandel gerechtfertigt.

Vernehmungsprotokoll vom 18.11.1997

Diese Aktionen waren notwendig, um etwas zu bewegen. Ich würde diese Aktionen wieder machen. Wer für einen moslemischen Hilfsverein oder so etwas arbeitet und dafür auch Geld verdient, lebt halt gefährlich. Aber wenn Gendarmen einem besoffenen Autofahrer hinterherschießen und ihm in den Rücken schießen, lebt der auch gefährlich. Gewaltanwendung ist immer unberechenbar, so ist das.

Sie würden ihn nicht sofort verhaften. Es lag im Wesen des Krieges, den Feind gewähren zu lassen, wenn man ihn aufgespürt hatte. Wenn man wußte, daß er nicht mehr entkommen konnte. Wenn er sich im Visier befand. Man wog ihn in Sicherheit, ließ ihm bisweilen sogar Waffen zukommen, kontrollierte ihn, schlug aber nicht zu. Die Generäle wollten zuerst sehen, wer den Feind da drüben versorgte, woher der Nachschub kam, mit wem er in Verbindung stand. Sie riskierten sogar weitere Tote, nur um zu erfahren, wie die Linien verliefen.

Franz Hofer konnte sich vorstellen, daß Thomas Lümmer ihn bereits ausgemacht hatte. Daß er längst unter Kontrolle stand. Daß sie nur noch herausbekommen wollten, wer die Mittäter waren. Sie hatten ja recht, so zu verfahren. Was hätten sie schon von einem verhafteten Terroristen, wenn zehn weitere in Freiheit blieben? Was nützte es dem Staat, einen der Kampftrupps auszuschalten? Die anderen würden ja doch weiter bomben. Er selbst hatte sie davor gewarnt, sich zu früh über den ersten Fahndungserfolg zu freuen. Sie taten nur, was die Lehrbücher der Kriminalistik vorschrieben. Observieren, dokumentieren, provozieren. Und er mußte das Spiel mitmachen. Er haßte es, zu zappeln. Er haßte es, Köder zu sein. Dafür herhalten zu müssen, daß die gesamte Armee ausgeräuchert werden konnte. Er vernichtete Spuren. Verbrannte im Ofen des Badezimmers Disketten, Briefe, auch elektronisches Material, Widerstände, Drähte, Transistoren. Er schaffte die Laboreinrichtung aus dem Haus, vernichtete eine der alten Festplatten und ließ den Drucker verschwinden. Und doch hatte er stets das Gefühl, das Falsche zu tun. Dabei war er es, der das Land an der Nase herumführte. Der die Behörden dumm aussehen lassen konnte. Der bestimmte, was geschah.

Als es Frühling wurde, setzte sich Franz Hofer noch einmal hin. Er schnitt ein gelblich-grünes Gel, den Treibsatz, in dünne Scheibchen, schob drei verzinkte Wasserleitungsrohre, ein halbes Zoll, dreiviertel Zoll und ein Zoll stark, ineinander, wählte einen passenden Eisenzylinder als Geschoß aus und fixierte dieses exakt zwei Zentimeter vor dem Mündungsbereich mit Epoxidharz. Danach verband er den Batterieblock mittels lackisolierter Kupferdrähte mit dem Elektronikensemble und betrachtete noch einmal die vierstufige Transistorschaltung. Die Elektronik hatte er so konstruiert, daß ein Betätigen des Schalters den Kontakt schloß. Dadurch wurde die Batteriespannung an die Elektronik angelegt und nach Ablauf einer bestimmten Zeit – Franz Hofer hatte sie mit sechs Sekunden bemessen – der Glühzünder unter Spannung gesetzt. Über den offenen Bereich des Sprengkörpers montierte er einen Deckel. Er würde die Wohnung nun nicht mehr ohne die Schußvorrichtung verlassen. Sie sollte ihm ein stolzes Ende, ohne Gefängnis, erlauben; der Schalter würde das Licht löschen, das die Bajuwarische Befreiungsarmee über das Land gebracht hatte.

Er hatte nun wieder die Kraft, weitere Bomben zu bauen. Sie waren nicht mehr so schön, so einzigartig wie bisher, aber dafür um so tödlicher. Wenn sie ihn ohnehin schon kannten, brauchte er sich nicht mehr zu beweisen. Er goß Hunderte zugespitzte Nägel in einen Blumentopf und befüllte ihn mit Sprengstoff. Eine der Grazer Schulen, in denen fast nur noch Ausländer unterrichtet wurden. Oder noch einmal der slowenische Minderheitenverein. Er hatte ja Zeit, das Ziel zu bestimmen. Er konstruierte eine Handgranate und ließ sie mit Nitroglycerin vollaufen, das er mit Treibladungspulver gelatiniert hatte. Und er schrieb ein Konzept nach dem anderen. »Übereinstimmenden Medienberichten läßt sich entnehmen, daß unsere deutschfeindliche und papstfeindliche Herrenkaste eine Kompanie von 100 Mann unterhält, deren alleiniger Auftrag darin besteht, unsere deutschösterreichische Widerstandsbewegung aufzuspüren und zu zerschlagen. Aufgrund des überaus bescheidenen Jahresbudgets unserer Gegner von etwa 300

Millionen Schilling und des inferioren intellektuellen Niveaus im politisch gesäuberten Parteibuchministerium für Inneres siegten bislang die Gerechten und Wehrbereiten aus dem antiken Volksstamm der Bajuwaren über die Chaoten, Streuner, Umvolker, Völkermörder und Heiden. Wenn es um Sekunden und Meter oder um objektiv meßbare Kopfarbeit bei Schülerolympiaden geht, siegen seit jeher hauptsächlich Personen mit deutschen Namen. Im Mannschaftssport und in der Politik, wo es aufs Antäuschen, Hakenschlagen und Foulspielen ankommt, liegen eher jene Tachinierer voran, die sich in fremden Ländern nicht bewährten und die deshalb (seit etwa 1850) nach Deutschösterreich kamen.«

Nach der Lektüre jener Zeitschrift, in der der Innenminister gemeint hatte, »daß der Briefeschreiber ohne Zweifel einen Stich hat«, notierte er: »Wir danken dem Herrn, daß er unseren Verfolgern einen ›Mann mit Stich‹ vorgesetzt hat, und wir ergötzen uns an der Hilflosigkeit und den Hirngespinsten der Armen im Geiste!« Franz Hofer merkte, daß die Texte beleidigt klangen. Sie waren nicht kalt, zynisch und nüchtern wie die bisherigen, sondern hatten den Nachgeschmack der Gekränktheit. Er schickte sie nicht ab. Er machte erneut Studien zu deutschen Namen. »-kle, -hold, -wald, -land, -fried, -ke, -lieb, -häusel, -bert, -ram, -wirt, -man, -herr, -egg, -igg, -eg, -ich, -son, -sohn, -heim, -le, -schuh, -stingl, -ens, -rahm. Hahn, Wolf, Haas, Hase, Damm, Herz, Fuchs, Hofer, Lederhaas, Graf, Franz, Papst, Hilmar, Pauls, Lenz, Weiss, Weiß, Schwarz, Riffel, Mayr, Mair, Haselmayr, Fürbaß, Ruef, Rabe, Raab, Korn, Stein, Baum, Seicht, Leitgeb, Leutgeb, Bischof, Brand, Brandt, Hummel, Hirsch, Klein, Groß, Rat, Thoma, Hell.«

Er setzte einen Brief an das ungarische Gymnasium auf. »Wer gewürgt wird, tritt um sich. Es gibt keinen alteingesessenen Burgenländer, der Ungarisch besser beherrscht als Deutsch. Ein ungarischsprachiges Gymnasium wurde den Deutschen von den slawischen Rassenkriegern und dem zionistischen Unterrichtsminister hingesetzt, um die Deutschen zu schwächen und zurückzudrängen. Den Ungarnflüchtlingen des Jahres 1956 und ihren Nachkommen bleibt es unbenommen, in ihr freies Land zurückzukehren und dort in Ungarisch oder Romanesk unterrichtet zu werden. Die Deutschburgenländer können in diesem Fall nur profitieren, wenn sich die Engpässe bezüglich Wohn- und Verkehrsflächen, bezüglich Gewinnung erneuerbarer Energie und bezüglich Umweltbeanspruchung von selbst lösen, und Lebensqualität und Geburtenrate der Einheimischen werden steigen. Reinrassige Ononguren, Awaren, Osmanen, Mittelmeerrassen, Mediterrane, Inder ist gleich Roma und sonstige dunkle finstere Typen sind auf unserem Territorium in jedem Fall unerwünscht. Denn auch wir helle Minderheitsrasse brauchen unseren Platz auf der Welt.«

Franz Hofer konnte nicht einfach Schluß machen. Irgend jemand mußte sich doch darum kümmern, die Regierung unter Druck zu setzen, sie zwingen, das zu tun, was die Mehrheit wollte, und nicht die Minderheit. Er wußte, was Recht war, und er hatte erfahren, daß man dieses Recht herbeibomben konnte. Ein Schlag ins Gesicht tat immer weh, trieb einem die Tränen in die Augen, machte wütend, führte zuerst dazu, den Gegner zu beschimpfen, ihn zu verhöhnen. Letztlich aber bewirkte er, daß derjenige, der austeilte, respektiert wurde. Verletzt zu sein, hieß auch, Fehler eingestehen zu können, leiser zu werden, vorsichtiger. Franz Hofer war froh, im Dezember 1993 aufgestanden zu sein.

Bericht des psychiatrischen Gutachters

Ebenfalls typisch für die zwanghafte Persönlichkeitsstörung ist beim Beschuldigten die Starrheit in allen Fragen von Moral, Ethik oder Wertvorstellungen. Es ist geradezu ein moralischer Rigorismus festzustellen, der trotz der alles überragenden fanatischen Idee und der feststellbaren spaltenden Tendenzen gut erkennbar ist. So hat er eine genaue und unverrückbare Vorstellung, was die Kirche und deren Repräsentanten, der Staat und die Politiker, die Justiz und die Beamten zu tun haben, zu welchen Leistungen die Justizwachebeamten verpflichtet sind, welche Aufgaben die Ermittler zu erbringen haben usw. Damit ist auch einiges zur psychoanalytischen Struktur seines Über-Ichs gesagt. Diese von Sigmund Freud als höchste Instanz der Persönlichkeit bezeichnete unbewußte Vertretung aller moralischen Richtlinien und Beschränkungen, welche die Forderungen von Kultur, Moral, Gebot, Gesetz usw. übernommen hat, ist bei Franz Hofer ausgeprägt und dominant: Er hat genaue Vorstellungen von Recht und Ordnung, betrachtet seine eigenen Straftaten – denen er durchaus ambivalent begegnet – mit dem Verweis auf das dem staatlichen und religiösen Recht übergeordnete »Naturrecht«. Er hat hohe Ideale von Ehe und Familie, er schätzt in weiten Bereichen das Strafgesetzbuch oder die Strafprozeßordnung außerordentlich. Er arbeitet in der Ermittlung dort sehr gründlich und motiviert mit, wo er eine Notwendigkeit sieht, während er es in anderen Bereichen als Pflicht der Experten und Beamten betrachtet, »ihre Aufgabe ordentlich zu erfüllen«. So hat er sich z. B. deswegen zur psychiatrischen Untersuchung bereiterklärt, weil diese ja durch Untersuchung der Person gemacht werden »müsse« bzw. nur durch persönliches Gespräch möglich sei.

Zu dieser Über-Ich-Dominanz paßt auch die schon angeführte Ambivalenz, mit der er seinen eigenen BBA-Aktivitäten begegnet. Er betont wiederholt und ausführlich, daß diese mehr gewesen seien als »nur Notwehr« oder »nur Fahrlässigkeit« und daß er »ja schon einiges getan habe, wofür eine Strafe gerechtfertigt« sei.

Schließlich ist im Zusammenhang mit der genannten Über-Ich-Struktur auf die Figur bzw. das Phantom der

BBA einzugehen. Zwar kann man ausschließen, daß Franz Hofer mit wahnhafter Gewißheit an die Existenz der BBA glaubt, sich als Mitglied einer verschwörerischen Gruppe wähnt oder sich durch imperative Halluzinationen oder Depersonalisationsprobleme von einem derartigen Phänomen beeinträchtigt fühlt. Die Vorstellung, daß aber viele Menschen in der Frage der Bevölkerungsgruppen so denken wie er und – wenn sie die Möglichkeit hätten – auch so handeln würden, erleichtert sein Gewissen und wird (wohl eher in Art einer Wunschvorstellung) in einer fiktiven Gruppe symbolisiert. Unabhängig davon, ob die BBA zur Verschleierung des gesamten Kriminalfalls und der Klärung der Rolle des Untersuchten eingesetzt wird oder der Aufrechterhaltung einer fanatischen Idee dient, hat die Schaffung einer derartigen Modellvorstellung, die auch vom Una-Bomber verwendet worden ist, bei Franz Hofer entschiedene Über-Ich-entlastende Funktionen: Als Mitglied einer Gruppe, als einer, der so denkt und handelt wie viele andere, stammen die Ideen ja nicht nur von ihm, er handelt als Vertreter von vielen anderen Bürgern. Er übernimmt Befehle von einer breiten Meinung und agiert, da er aus äußeren Umständen die Möglichkeiten dazu hat, im Auftrag vieler Wehrloser. Er unterstützt eine seiner Meinung nach gerechte Sache, die Anliegen vieler ist, er setzt sich dabei besonders für Schwache und gegen Ungerechtigkeit ein, er übernimmt, mit einem Wort – ebenfalls eine das Gewissen erleichternde Vorstellung –, die Rolle des Robin Hood.

Franz Hofer hatte schon lange bemerkt, daß sie da waren, daß das Netz um ihn enger wurde. Der Generaldirektor hatte im Fernsehen bestätigt, daß ein kanadischer Spezialist für geographische Täterprofile nach Auswertung aller mutmaßlichen Fahrten der Terroristen zu dem Schluß gekommen war, das Bombenhirn könne nur im Großraum Graz wohnen. Dort, wo er wohnte. Der Polizist hatte nichts anderes getan, als auf einer Landkarte alle Punkte, die von der BBA besucht worden sein mußten, die Aufgabeorte der Briefbomben, der Bekennerschreiben – Klagenfurt, Oberwart, Stinatz – mit Reißzwecken zu markieren und diese mit Kreisen zu verbinden. Gekoppelt mit der These, daß die Terroristen mit ihren gefährlichsten Bomben wohl nicht allzuweit fahren wollten, ergab sich ein eindeutiges Bild. Sie wußten, wo er zu finden war. Sie hatten ihn festgenagelt. Allein in den letzten Wochen hatte er mehr als sechzig Begebenheiten dokumentiert, die belegten, daß er observiert wurde. Die neuen Mieter in den Nachbarhäusern. Junge Männer, die nicht aus Greifen waren. Sie grüßten freundlich, fragten ansatzlos, wie es ihm ginge oder ob er heute noch wegfahre, und dann verabschiedeten sie sich wieder.

Im Juni machte er mit seiner Schwägerin und der Nichte einen Ausflug auf die frisch renovierte Burg Deutschlandsberg. Schon beim Aufgang zur Burg bemerkte er am Fluß ein Zelt des österreichischen Bundesheeres, vor dem ein hagerer, vielleicht vierzigjähriger Mann stand, den Franz Hofer bereits kannte. Er war ihm Dutzende Male mit dem Auto gefolgt. Vor drei Wochen hatte er den Mann schließlich darauf angesprochen, warum er während des Autofahrens ständig telefoniere. Er antwortete, daß er nur seine Arbeit mache und was ihn das kümmere. Das Zeughaus in Graz. Unmittelbar nach seinem Eintreffen waren in allen Stockwerken die Alarmglocken losgegangen. Die Landesausstellung in Leoben. Zwei Frauen gingen die ganze Zeit hinter ihm her, schauten ihm aber nicht in die Augen. Er merkte deutlich, daß das ganze Personal enorm erleichtert war, als er das Haus verließ. Der Besuch der Ausstellung auf Schloß Eggenberg. Zwei Gendarmeriebeamte warteten am Parkplatz auf ihn, notierten das Kennzeichen und parkten sich dann genau neben ihm ein. Der Autostopper. Mitten in Graz hielt ihn ein etwa 50jähriger Mann an und bat darum, bis zur nächsten Straßenbahnhaltestelle mitgenommen zu werden. Der Mann war betont unfreundlich und entgegen seiner Behauptungen sehr wohl ortskundig, er selbst zeigte sich aber trotzdem zuvorkommend. Unmittelbar nach diesem Vorfall war in den Medien ein Täterprofil erschienen, in dem es hieß, das Bombenhirn sei wohl »ein freundlicher Mann, der Ihnen im Urlaub die Blumen gießen würde«. Die PC-Firma in Graz. Er wollte ein Buch über Computer-Aufrüstung kaufen, als plötzlich ein Mann zur Kassa gelaufen kam und rief, daß Bombenalarm sei. Die dauernde Verfolgung seines Wagens. In immer gleichem Abstand. Blieb er stehen, blieb auch der Wagen der Verfolger stehen. Stieg er vom Gas, nahm auch der Wagen hinter ihm Tempo zurück. Wenn er eine bestimmte Strecke mehrmals hintereinander abgefahren war, sprach das Innenministerium postwendend die Warnung vor neuen Bomben aus. Die Streife in Greifen. Er war in den letzten Tagen oft wachgeblieben und hatte hinter dem Vorhang beobachtet, daß die Gendarmerie jede Stunde an seinem Haus vorbeifuhr. In einer Seitengasse, jede Stunde, mitten in der Nacht. Dazu die Kontrolle seines Bruders durch sechs Beamte auf der Autobahn.

Franz Hofer war sich sicher, daß sie mittlerweile alles über ihn wußten. Sie würden nur noch darauf warten, bis die Rasterfahndung auch per Gesetz genehmigt wäre. Das sollte ab 1. Oktober der Fall sein. Es waren nur noch vier Tage bis zu diesem Datum. Sie würden das Haus stürmen, die Eltern auf die Straße treiben, seine Zimmer auf den Kopf stellen und schreien. Er wußte, daß sie schreien würden. Er hatte vorgesorgt. Die Bomben waren scharf.

Bericht des psychiatrischen Gutachters

Herr Hofer kommt sehr ausführlich zur Entwicklung im letzten Jahr zu sprechen. Er wisse, daß er in diesem Punkt »ein Problem für den Psychiater sei«, das heißt, es wolle ihm niemand glauben, daß er tatsächlich observiert worden sei. Er hoffe nicht, daß man aus dieser seiner Meinung falsche psychiatrische Schlüsse ziehe. Er habe ja bereits bei früheren Gesprächen zahlreiche Hinweise, die für eine Observierung sprachen, aufgezeigt. Losgegangen sei alles mit einer Anzeige gegen seinen Bruder nach dem Bombenanschlag von Oberwart, in der man diesem anonym vorgeworfen habe, er sehe dem Mann auf dem Fahndungsfoto ähnlich und habe als Maler wohl auch das Schild mit der Aufschrift »Roma zurück nach Indien« angefertigt. Damals habe man wohl nicht nur den Bruder, sondern die ganze Familie überprüft und in der Folge observiert.

Er selbst sei ab Oktober 1996 verdächtigt und immer intensiver observiert worden. Die Überwachung habe sich anfangs vor allem auf den unmittelbaren Wohnbereich bezogen. Immer wenn er weggefahren sei, sei bald hinter ihm ein Beobachtungsfahrzeug aufgetaucht. Etwa um diese Zeit herum habe der Generaldirektor für öffentliche Sicherheit in einem Interview gesagt, daß der Bombenleger möglicherweise mit den Geheimdiensten zu tun habe. Daraus folgerte Franz Hofer, daß die Ermittlungsbeamten möglicherweise von der Observierung gar nichts gewußt hätten, da sie ja sonst verpflichtet gewesen wären, ihn festzunehmen. Es habe sich zumindest in diesem Stadium um eine reine Geheimdienstaktion gehandelt.

Das bei Franz Hofer beschriebene Wahnsystem ist nicht bizarr und hat mehrere Monate angehalten. Er hat nie das Symptombild einer Schizophrenie aufgewiesen. Seine Leistungsfähigkeit war, abgesehen von den direkten Auswirkungen der Wahnphänomene, nicht wesentlich beeinträchtigt. Er hat während dieser Zeit nie unter affektiven Psychosen gelitten, war nicht krank und hat keine psychotropen Substanzen abundiert. Die charakteristische soziale Isolation ist eindeutig eingetreten, die intellektuelle Leistungsfähigkeit war ungetrübt. Der bei Franz Hofer zu diagnostizierende Wahn gehört aber nicht in den Bereich der endogenen oder exogenen Psychosen, vielmehr ist er aus seinem eigenen Erleben entstanden. Psychodynamisch betrachtet, hat sich der Wahn des Beschuldigten aus der Trias von Charakter, Erlebnis und Milieu entwickelt. Das Erlebnis, welches bei der bei Franz Hofer gegebenen Persönlichkeitsstruktur wie der Schlüssel zum Schloß gepaßt hat, waren die Folgen des Sprengstoffanschlags von Oberwart. Es hat sich bei den Einvernahmen und bei den Explorationen gezeigt, daß er trotz seines grundsätzlichen Bekenntnisses zu seinen Ideen und zu seinen Taten wegen der Toten ein schlechtes Gewissen bekommen hat. Dieses manifestierte sich in den bei manchen Untersuchungen zu beobachtenden, sicherlich nicht gekünstelten Weinanfällen und in seiner Abwehr von irgendwelchen Dekulpationsmomenten. Nach eigenen Worten lehne er es ab, in irgendwelchen kindlichen Konflikten oder Belastungsfaktoren in der Jugend »Entschuldigungen« für sein strafrechtlich relevantes Tun zu sehen. Der beschriebene Gewissenskonflikt ist bei dem differenzierten und sehr intelligenten Mann zum Schlüsselerlebnis schlechthin geworden. Infolge der charaktereigenen Affektretention und der weitgehenden Isolierung konnte der traumatisierende Konflikt vom Beschuldigten nicht verdrängt oder abreagiert werden, sondern hat sich aufgrund einer sogenannten »Leitungsstörung« zu einer überwertigen Idee, einem das Erleben beherrschenden und quälenden Bewußtseinsinhalt entwickelt, der nach monatelanger Kumulierung durch die immer enger werdenden Fahndungsmaßnahmen und die überkochende innere Dynamik unerträglich wurde. Man kann somit sagen, daß die Konfliktsituation, in der sich Franz Hofer befunden hat, deren affektive Dynamik und auch seine spezifische Erlebnisweise dem psychologischen Verständnis zwar zugänglich sind, die Interpretation und das Verfangensein jedoch eindeutig krankhaft waren: Das, was er »gewähnt« hat, nämlich von Agenten, Polizisten und Ermittlungsbeamten observiert und verfolgt zu werden, läßt sich in verständlicher Weise ableiten. Zum Umschlagen des Erlebens in den Wahn ist es gekommen, nachdem das pathogene Schlüsselerlebnis durch die Affektverhaltung, die Isolierung, die mangelnde Kommunikation und den Außendruck sich zur Übermächtigkeit entwickelt hat und schlußendlich nicht in eine Neurose, sondern einen Wahn umgeschlagen ist. Das wahnhafte Erleben hat das Verhalten des Untersuchten von da an völlig beherrscht, er war im wahnhaften Empfinden und Denken verhaftet und hat sich deswegen – was in krassem Widerspruch zu seinem zwanghaft vorsichtigen Agieren in den Jahren zuvor steht – selbst verraten.

Franz Hofer dachte jetzt wieder viel an Thomas Lümmer. Er würde wohl nicht mitkommen. Er würde in Wien bleiben und via Handy informiert werden. Er haßte ihn und war ihm dankbar zugleich. Je näher der Stichtag der Rasterfahndung kam, desto ausgeglichener fühlte sich Franz Hofer. Er wußte, daß es nun bald vorbei sein würde. So oder so. Er spürte das Ende. Die Kapitulation der Bajuwarischen Befreiungsarmee. Keine Angst mehr, kein Durchfall, keine falschen Beschuldigungen. Er hatte erfahren, wie mühsam es war, im Untergrund zu leben. Wie anstrengend es war, die Urheberschaft für Anschläge zuerkannt zu bekommen. Er war müde, aber zufrieden. Er hatte erreicht, was er erreichen wollte. Nur die Eltern taten ihm leid. Er hatte abgeschlossen. Er spürte, daß er keine Bomben mehr legen würde. Daß er keinen Brief mehr schreiben würde. Und er würde niemanden mehr befreien. Ausbefreit.

8.
Die Begegnung

Grau außerhalb der Seitenfenster. Regentropfenperlen. Nur mehr Restbestände von Blättern an den Bäumen. Bei Lümmer stellten sich erste Anzeichen einer Herbstdepression ein. Kurz vor dem Ziel. Das letzte Gerücht, das sie in die Welt gesetzt hatten, war der Tod des Attentäters. Möglicherweise nach längerem Krankenhausaufenthalt. Jetzt suchten sie vergeblich nach Lebenszeichen von ihm. Keine Bomben mehr, nicht einmal Briefe. Die Fahnder waren verunsichert, soweit sie an einen Einzeltäter glaubten. Der Terror war nun vielleicht tatsächlich für immer vorbei. Kein Grund zur Freude. Ein stilles Ende – das Schlimmste aller Szenarien. Die Chance auf eine Klärung des Falles schien vertan. Ein Mythos, der weiterlebt. Wie Jack the Ripper. Über den Bajuwaren würden sich die Kinder in hundert Jahren geheimnisumwitterte Geschichten erzählen und sogar Lieder über ihn singen.

So lautete die Lageeinschätzung des Kriminalpsychologen. Selbstzweifel plagten ihn, und seine euphorischen Zustände erschienen nunmehr, angesichts des Versagens, unbegründet. Er konnte das Gerede von den proaktiven Gegenmaßnahmen nicht mehr hören. Die Veröffentlichung des Täterprofils. Die Androhung des Lauschangriffes und der Rasterfahndung. Er warf sich Naivität vor. Der Briefbomber hatte sich einfach zurückgezogen, vielleicht auch außerhalb des Landes, und bastelte an neuen Plänen, die noch ausgefeilter waren. Das war die eine Möglichkeit. Die andere Möglichkeit: zu starker Druck. Die latent vorhandenen und feststellbaren Wahnvorstellungen könnten sich manifestiert haben, und der Attentäter war nun im Irrenhaus. Weitestgehend unbetreut. Und unerkannt. Mit seinem Geheimnis vor sich hin siechend. Zu spät für ein Geständnis, denn niemand würde ihn mehr ernst nehmen. Valium bitte.

Seinen Abschied hatte sich der Briefbomber sicherlich ganz anders vorgestellt. Mit der Terrorwelle hatte er in den vergangenen Jahren vor allem eines erreicht: Aufmerksamkeit. Die war ihm sicher. Die Zeitungen, das Fernsehen. Sie berichteten schon über den kleinsten seiner wahrnehmbaren Schritte. Er brauchte nur einen Zettel in ein Haltestellenhäuschen zu legen, einen Zettel mit Drohungen, und schon hatte er seine Schlagzeilen. Und selbst daß er nun schon seit Monaten nichts von sich hören ließ, füllte die Seiten. Nur ein Brief, und die Politiker reagierten. Unterschiedlich zwar, aber irgendeine Antwort gaben sie ihm immer. Scheinwerferlicht allemal. Ein leiser Abgang wäre daher sicher nicht in seinem Sinne. Wenn er noch könnte, würde er groß Abschied nehmen, mit Schlußvorhang und Ovationen.

Franz Hofer war früh aufgestanden. Heute würden sie kommen. Er hatte noch viel zu tun. Den Begrüßungscocktail anrichten, die Handgranate trocknen, das Zimmer aufräumen, die Eltern wegschicken. Franz Hofer war bester Laune. Gelöst. Thomas Lümmer würde wohl auch schon auf sein. Letzte Besprechungen in der Sonderkommission. Die steirischen Kollegen waren zu instruieren, mit einem heftigen Appell an höchste Konzentration. Nur jetzt nichts mehr falsch machen. Gehen Sie davon aus, daß er bewaffnet ist, daß er sein Hausrecht mit dem Leben verteidigen wird.

Er ging zum Glasschrank und griff nach dem Fläschchen Silberfulminat. Es sah schön aus, kitschig fast: Die Morgensonne ließ die Flüssigkeit, die ihn so lange begleitet hatte, türkis schimmern. Die Zündkapsel, die er am Vortag in den

Flaschenhals eingeklebt hatte, war eingetrocknet. Er schloß die Drähte, die er aus der Flasche hatte stehen lassen, an die Batterien an. Dabei fiel ihm auf, wie geschmeidig seine Finger waren. Immer noch. Auch die Hände fühlten sich nach wie vor weich an. Sie hatten vier Menschen umgebracht und zwei Dutzend Auserwählte verletzt. Sie hatten soviel Gutes getan. Sie hatten ihn nicht enttäuscht. Franz Hofer wußte, daß der Minister nur auf diesen Tag gewartet hatte. Diesmal waren sie es, die den Takt vorgaben, das Datum, den Anschlag. Er wußte es und war doch sitzen geblieben. Er war keiner, der flüchtete. Der sich davonstahl, die Koffer packte und in Südamerika Unterschlupf suchte. Er war nicht Kisson. Er gehörte hierher. Er würde seine Armee nicht allein lassen, die Kampftrupps, den Grafen. Wenn sie ihn ausgeforscht hatten, war das eine Leistung. Er würde sie anerkennen.

Es war früh dunkel geworden. Die Dämmerung, dachte Franz Hofer, wäre der richtige Zeitpunkt, sich dem anrollenden Feind entgegenzustellen. Er zog den Adidas-Trainingsanzug an, frisierte sich und richtete die Bombe unter dem Bett aus. Sie mußte parallel zur Längskante des Lattenrostes liegen. Darunter die Bekennung: *Wir wehren uns*. Dann schaute er sich noch einmal um. Hier also war er zum größten Verbrecher der Zweiten Republik geworden. Er machte das Licht aus, drehte den Schlüssel zweimal herum, rückte die Bombe im Blumentopf ein Stück näher zur Eingangstür und setzte sich in den Wagen, den er vor dem Gartenzaun geparkt hatte. Das Handtuch auf dem Vordersitz war frisch gewaschen. Dienstbeginn.

Er notierte die Kennzeichen aller Autos, die an seinem Haus vorbeifuhren. Wenn sie schon da waren, sollten sie wenigstens wissen, daß er das auch wußte. Ein enttarnter Ermittler wäre ein toter Ermittler und müßte zurückgezogen werden. Ausgetauscht. Ein paar Mal mußte er sich mit dem Fernlicht helfen; die Nummernschilder waren nicht leicht erkennbar. Ein Auto hatte ihn innerhalb von zwanzig

Minuten bereits zum dritten Mal passiert. Er startete und verfolgte den Alfa. Schließlich war es schon kalt geworden, und er hatte keine Standheizung.

Niederschriften, aufgenommen am
Gendarmerieposten Leibnitz,
am 01.10.1997, 23.00 Uhr

Mein Name ist Gabriele S. Zu den Ereignissen vom 01.10. des heurigen Jahres befragt, gebe ich folgendes wahrheitsgemäß an:
Ich fuhr heute gegen 20.00 Uhr mit meinen beiden Kindern zu meiner Freundin Sabine K. nach Greifen, da wir gemeinsam nach Slowenien fahren wollten, um zu tanken. Ich parkte meinen PKW der Marke Alfa Romeo 33 16V vor dem Haus der Freundin und begab mich ins Innere des Hauses. Als ich kurz darauf wieder in mein Fahrzeug einstieg, blinkte mich plötzlich der Lenker eines weißen Mitsubishi Lancer an. Ich reagierte nicht weiter darauf. Als meine Freundin S. ins Auto einstieg und wir wegfuhren, mußten wir an dem weißen Mitsubishi Lancer vorbei. Dabei hupte uns dieser an und fuhr an uns vorbei. Gegen 20.45 Uhr kamen wir von Slowenien zurück. Als wir in Greifen wieder Richtung Obergreifen (Wohnhaus von Sabine) fuhren, stand plötzlich wieder der weiße Mitsubishi Lancer am rechten Straßenrand, diesmal im Bereich einer Pferdestallung.
Ich fuhr am Mitsubishi vorbei und wollte Sabine bei ihr zu Hause aussteigen lassen. Nun sahen wird jedoch, daß sich der Mitsubishi in Bewegung setzte und in unsere Richtung fuhr. Ich sagte zu Sabine, daß ich sie nun nicht aussteigen lasse, weil ich Angst hätte bezüglich des Mitsubishi. Deshalb fuhren wir weiter in Richtung B 76, wobei uns der Mitsubishi folgte. Ich bog an der B 76 in Richtung »Waldwirt« ein und schaltete das Licht aus.

Der Mitsubishi fuhr weiter und bog bei der nächsten Einfahrt nach links ein. Vom Gasthaus »Waldwirt« verständigten wir den Mann von Sabine, Mirko K. Zu ihm sagten wir, daß er draußen auf unser Eintreffen warten solle. Kurze Zeit darauf fuhren wir wieder zum Haus von Sabine. Dort sahen wir wieder den weißen Mitsubishi stehen. Als wir kurz vor dessen Standort waren, konnte ich beobachten, daß er rückwärts in unsere Richtung fuhr. Ich schaltete bei meinem Fahrzeug das Licht aus und fuhr zurück zum Gasthaus Meister, von wo aus wir wieder Mirko anriefen. Wir ersuchten ihn nun, daß er die Gendarmerie verständigen möge. Danach fuhren wir wieder zum Wohnhaus von S. Wieder sahen wir den Mitsubishi im Bereich der Pferdestallungen stehen. Nun fuhren wir jedoch an ihm vorbei, da wir Mirko draußen stehen sahen. Wir begaben uns ins Haus. In der Zwischenzeit war der Mitsubishi wieder etwas näher an unseren Standort gefahren. Kurz darauf begaben wir uns vor die Haustür.

Meine Name ist Mirko K. Heute gegen 21.15 Uhr rief mich meine Frau Sabine aus einem Gasthaus an und teilte mir mit, daß sie und ihre Freundin Gabriele S. von einem PKW verfolgt werden. Sie ersuchte mich daher, daß ich vor das Haus gehen und dort auf ihr Eintreffen warten solle. Weiters solle ich die Gendarmerie verständigen. Nachdem ich mich angekleidet hatte, wartete ich vor dem Haus auf Sabine und ihre Freundin. Im Freien sah ich im Bereich der Pferdestallungen, ca. 150 Meter von meinem Standort entfernt, einen weißen Mitsubishi Lancer stehen. Kurze Zeit später läutete wiederum das Telefon. Abermals war Sabine am Telefon. Sie war offensichtlich sehr nervös und schilderte mir zuammenhanglos, daß sie von einem PKW verfolgt werde. Daraufhin ging ich nach draußen. Der Mitsubishi stand immer noch im Bereich der Pferdestallungen und hatte das

Begrenzungslicht eingeschaltet. Sabine und Gabriele näherten sich nach einiger Zeit mit ihrem PKW von hinten dem Mitsubishi. Als sie an ihm vorbeifuhren, betätigte dieser mehrmals die Lichthupe. Sabine und Gabriele hielten vor unserem Haus an und stiegen aus dem Fahrzeug. Gabriele nahm ihren Sohn mit aus dem Fahrzeug, ihre Tochter verblieb im Fond des Fahrzeugs. Unmittelbar darauf fuhr der Lenker des Mitsubishi los und im Schrittempo an uns vorbei. Einige Meter danach wendete er sein Fahrzeug und fuhr wieder zurück in unsere Richtung. Als er auf Höhe meines Standortes war, hielt er sein Fahrzeug kurz an, schaute zu uns und fuhr wieder weiter. Den Lenker konnte ich nicht erkennen, jedoch konnte ich wahrnehmen, daß er einen Trainingsanzug trug.
Im Bereich der Pferdestallungen wendete der Mitsubishi wieder und hielt dort kurz an. Zu diesem Zeitpunkt verständigte ich per Handy die Gendarmerie. Kurze Zeit später fuhr der Mitsubishi wieder in unsere Richtung. Diesmal hielt er jedoch einige Meter vor unserem Standort, im Bereich der Müllcontainer, zirka zehn Meter hinter dem PKW von Gabriele S. an. Ich verblieb im Freien, weil im Fahrzeug von Gabriele S. deren Tochter noch im Fond schlief.
In der Zwischenzeit kam mein Nachbar Franz P. zu meinem Standort, und ich erzählte ihm von dem Vorfall. Beim Eintreffen von P. betätigte der Lenker des Mitsubishi wieder die Lichthupe. Ansonsten verhielt er sich ruhig. Als die Gendarmerie eintraf, war P. nicht mehr bei mir. Die Gendarmeriepatrouille hielt ihr Fahrzeug hinter dem Mitsubishi an. Es stiegen zwei Beamte aus dem Fahrzeug.

Protokolle der Gendarmeriebeamten zur Amtshandlung in Greifen, 01.10.1997

Name: Bernhard S.
Beruf: Bezirksinspektor der Gendarmerie
Am 01.10.1997 versah ich gemeinsam mit Inspektor Arno Sch. Sektorstreifendienst. Um 21.45 Uhr wurden wir von der Bezirksleitzentrale Leibnitz in Kenntnis gesetzt, daß Mirko K. aus Greifen die Anzeige erstattet habe, daß eine Person mit dem PKW seine Frau und ihre Bekannte verfolgt habe und jetzt vor ihrem Haus stehe. Daraufhin fuhren Inspektor Sch. und ich in Richtung Anwesen Obergreifen 154. Zirka 50 Meter vor dem Anwesen stand am rechten Fahrbahnrand der helle PKW mit dem angeführten Kennzeichen auf der linken Seite der Fahrbahn. Ich hielt den Dienst-PKW zwei bis drei Meter hinter dem Kombi, Inspektor Sch. begab sich auf die linke Seite des zu kontrollierenden Fahrzeuges und ging auf Höhe der Fahrertür. Er klopfte an das Seitenfenster, und die Person im Fahrzeug fragte: »Wollts einen Ausweis haben?« Inspektor Sch. sagte zu ihm, daß er aussteigen solle. Die Person öffnete die Fahrertür und sprang rasch aus dem Fahrzeug und blieb dicht daneben stehen. Vermutlich aufgrund des ungewöhnlichen Verhaltens des Unbekannten machte Inspektor Sch. einen Schritt zurück, während ich einen Schritt in seine Richtung machte, um bei einem eventuellen Angriff auf meinen Kollegen eingreifen zu können. In diesem Moment machte es einen lauten Kracher, und ungefähr in Bauchhöhe des Täters war ein rosaroter Blitz zu sehen. Weiters war eine starke Rauchentwicklung bemerkbar. Als Inspektor Sch. laut schrie, daß seine Augen verletzt seien, lief ich auf den Täter zu und versuchte, ihn zu erfassen. Dieser flüchtete zu Fuß zwischen Inspektor Sch. und mir hindurch in Richtung Süden. Wir nahmen unverzüglich

die Verfolgung auf und gaben zur Erzwingung der Festnahme mehrere Warnschüsse ab. Der Täter flüchtete in weiterer Folge an der nördlichen Seite des dortigen Anwesens in Richtung Westen und bog hinter dem Gebäude wieder in Richtung Süden ab. Auf Höhe eines Strauches konnte er von uns zu Boden gerissen und mittels Knie am Arm fixiert werden. Ich versuchte, dem Täter die Handschellen anzulegen, und bemerkte dabei, daß ihm die Finger fehlten. Da Inspektor Sch. über starke Schmerzen klagte, ersuchte ich ihn, sich zur beleuchteten Fahrbahn zu begeben, während ich kurz danach, als ich vom Täter keine Regung merkte, ebenfalls Richtung Dienst-KFZ ging, um die bei der Verfolgung verlorengegangene Taschenlampe zu holen. Inspektor Sch. wurde von einem hinzugekommenen Zeugen und von einem in der Zwischenzeit eingetroffenen Beamten versorgt. Ich lief mit Revierinspektor G. mit einer Taschenlampe zum Täter, und wir stellten fest, daß ihm an beiden Armen die Hände im Bereich der Handgelenke abgerissen worden waren. Wir leisteten Erste Hilfe durch Abbinden der beiden Arme.

Name: Arno Sch.
Beruf: Inspektor der Gendarmerie
Ich war in der Nacht zum 02. 10. 1997 zusammen mit Inspektor Bernhard S. zur Sektorenstreife Leibnitz 1 eingeteilt. Um 21.45 Uhr zeigte M. K. telefonisch am Gendarmerieposten Leibnitz an, daß ein PKW seiner Frau und deren Freundin bis vor das Haus in Obergreifen nachgefahren sei und nunmehr vor dem Haus stehe. Die beiden Frauen fühlten sich durch das Nachfahren bedroht. Bezirksinspektor S. und ich begaben uns unverzüglich mit dem Dienstwagen zur angeführten Adresse und dürften dort gegen 22.00 Uhr eingetroffen sein.
Vor dem dem Haus Obergreifen 154 gegenüberliegenden Gehöft stand in Fahrtrichtung Norden unbeleuchtet ein

weißer Kombi mit besagtem Kennzeichen, in dem am Fahrersitz ein uns unbekannter Mann saß. Die Situation dort war durch eine vorhandene Straßenbeleuchtung einigermaßen ausgeleuchtet. Wir näherten uns beide von hinten zu Fuß dem PKW, wobei ich mich auf der Höhe der sogenannten B-Säule zwischen Vorder- und Hintertür mit einem seitlichen Abstand von etwa einem Meter begab und mit der Stablampe den Unbekannten anleuchtete und mit den Worten »Grüß Gott, Lenker- und Fahrzeugkontrolle, bitte aussteigen!« ansprach.
Der Mann im Fahrzeug, bei dem mir ein Schnauzbart und eine Brille aufgefallen waren, fragte durch die geschlossene Fahrertür und bei geschlossener Seitenscheibe in provokantem Tonfall: »Wollts vielleicht an Ausweis a sehn?« Auf mein »Ja« öffnete er die Fahrertür, ich machte einen Schritt schräg zurück nach hinten. Unmittelbar darauf stand mir der Mann in einem Abstand von etwa 70 cm gegenüber und sagte: »Da habts!« Im gleichen Moment gab es eine Explosion. Der Mann muß das Fahrzeug mit einem Sprung verlassen haben, er stand überraschend schnell vor mir. Vor der Detonation, glaube ich mich erinnern zu können, brachte er eine Hand von seinem Rücken zum Bauch nach vorne und hielt beide zusammen vor dem Bauch. Dies in einer Art, als ob er etwas vorzeigen oder übergeben wollte. Meine Erinnerung dazu ist aber nicht sehr deutlich. Ich hatte die Situation jedenfalls in der geschilderten Weise empfunden. Dann sah ich einen grellen Lichtblitz zwischen uns beiden, der mir riesig vorgekommen war. Unmittelbar nach der Explosion war ich ganz kurze Zeit taub, nahm einen von mir nicht näher zu definierenden Geruch wahr, hatte einen weißen Lichtfleck vor dem Auge, ließ die Taschenlampe fallen und hielt meine Hände vor die Augen. Ich drehte mich, nach vorne gebückt, links zur Seite. Schmerzen empfand ich zu diesem Zeitpunkt keine. Meinen Kollegen Bernhard S. hörte ich rufen:

»Stehenbleiben!« Ich hörte auch einen Pistolenschuß. Ich richtete mich auf und rieb mir die Augen, wobei ich bemerkte, daß ich nur mit dem linken Auge sehen konnte.
Offenbar war der PKW-Lenker weggelaufen. Ich erkannte, daß sich das Geschehen in Richtung Süden verlagert hatte, und lief nach. Ich hatte nun einige Warnschüsse in die Luft abgegeben, weiß aber nicht mehr, wieviele.
Der Mann lief weiter über eine Querstraße zu einem Haus, wobei er an der nordöstlichen Hausecke kurz stehenblieb. Ich versuchte, mich auf ihn zu stürzen. Noch ehe ich ihn erfassen konnte, entlief er entlang des Hauses in Richtung Westen weiter. B. Sch. war vor mir da, konnte ihn an der Westseite des Hauses niederreißen und verlangte von mir die Handschellen. Fast zugleich hörte ich ihn sagen: »Der hat ja keine Hände mehr.«

Franz Hofer spürte nur, wie warm ihm plötzlich war. Es war schön, zu laufen. Die Großmutter, die ihn auf den Tisch hob, er mußte vorbeten, dem Dechant, komm Kleiner, zeig uns, wie du mit dem lieben Gott sprichst. Die Lehrerin, die ihn nach Hause brachte, dunkel ist es bei euch, schmutzig. Der Vater, draußen auf dem Gehsteig, gebrochen, er, im Wagen der Gendarmerie, Einweisung in die Psychiatrie, die Tränen im Mundwinkel, Franz, warum, warum. Die Flutung des Kraftwerks, das Stottern. Es war schön, so langsam schwach zu werden. Er mußte weiterlaufen. Verbluten. Wie ein weidwundes Reh. Er hörte Musik von Schumann. Die Ellenbogen bohrten sich in seinen Hals. Die Mutter hatte ihn so lieb gestreichelt. Es macht doch nichts, wenn du nicht arbeiten gehst. Der Vater würde zusammenbrechen. Aber er hatte das Zimmer aufgeräumt. Marie, ich liebe dich. Die Augen wurden schwer, der Ton war weg. Er hörte die Schreie nicht. Nur das Blut rieselte. Die Menschen über ihm waren zerschnitten. Sie liefen. Wie flimmernde

Monitore. Er wollte nicht mehr zurück. Er hatte ja schon aufgeräumt.

Der Anruf des Bezirksgendarmeriekommandos im Innenministerium. Bei einer Amtshandlung, einer Fahrzeugkontrolle, hatte sich ein schwerer Zwischenfall ereignet.

Der erste Bericht lag vor. Aus der Steiermark wurde eine Stellungnahme zur weiteren Vorgangsweise erbeten. Im Journaldienst der Staatspolizei und in der Sonderkommission war man nicht besonders entschlußfreudig. Nur nichts überstürzen. Gut, der Mann wollte sich selbst in die Luft sprengen, das war ungewöhnlich. Vielleicht war er ja ein Mitglied der Bajuwarischen Befreiungsarmee, am Ende das Bombenhirn selbst. Der Terrorist. Möglich. Aber nichts überstürzen.

In den Stabsstellen des Ministeriums einigte man sich auf die vom Generaldirektor abgesegnete Vorgangsweise. Hausdurchsuchung beantragen und am nächsten Tag Beamte der Sonderkommission vorbeischicken. Nachschau halten. Lümmers Frau war aufgeregt, als zum zweiten Mal in dieser Nacht das Telefon läutete. Er selbst nicht. Wenige Minuten danach änderte sich die Lage plötzlich. Die dienst habende Richterin hatte schnell gearbeitet und den Hausdurchsuchungsbefehl schon ausgestellt. Mündlich. Sie ortete besondere Dringlichkeitsstufe. Die Beamten mußten die geschockte Mutter beruhigen und den weinenden Vater. Dann erst erhielten sie Zugang zu dem Zimmer, in dem der Mann wohnte, der sich selbst sprengen wollte. Franz Hofer. Das Zimmer war aufgeräumt. Sehr durchschnittlich, aber voll mit speziellen Gegenständen: Elektronikbauteile, Schaltpläne, Metallrohre, Sprengstoffe, eine halbfertige Splitterbombe. Und das war nur die erste Auswertung. Die augenscheinliche. Lümmer beobachtete seine Frau. Er hatte sie lange Zeit nicht mehr richtig angesehen. Wie sie den Telefonhörer auf die Gabel legte – ein versteinertes Gesicht. Die Gendarmen hatten bei Franz Hofer einen

Zettel gefunden. Kalte Schauer liefen ihnen über die Rükken, als sie ihn aus einer Schuhschachtel unter dem Bett hervorkramten. Auf weißem Papier drei Wörter. *Wir wehren uns.*

Nach diesen Nachrichten brach Hektik aus. Mobilmachung noch in der Nacht. Die gesamte Briefbombensonderkommission und ein Heer von Staatspolizisten waren unterwegs nach Greifen. Besprechungen mit dem Generaldirektor, der es für angebracht hielt, den Innenminister zu verständigen. Ein umgänglicher Politiker, dem man allerdings nichts vormachen konnte. Er bedankte sich für den originellen Weckruf, für die beste Nachricht, seit er im Amt war. Der Karriere konnte das nur dienlich sein. Da spielte die Uhrzeit keine Rolle. Sie vereinbarten einen Termin im Ministerium. Trotz der fortgeschrittenen Stunde. Lümmer hätte eigentlich schlafen können, seine Anwesenheit war noch nicht erforderlich. Trotzdem brach er in die Zentrale auf. Wenn er es wirklich war, dann wollte Lümmer dabei sein. Ganz nah.

Wie oft hatte er diesen Moment herbeigesehnt. Wenn es einen Erfolg in der Briefbombenfahndung gab, war es sein Erfolg. Die Ernüchterung folgte auf dem Fuße: Es gab noch keine verläßlichen Angaben über die Person. Kein Abgleich mit dem Täterprofil möglich. Aufgenommen war bis jetzt nur das Alter. 48 Jahre – vielleicht ein Treffer. Auf jeden Fall kein junger Mensch. Franz Hofer befand sich noch in der Notaufnahme eines kleinen Landeskrankenhauses. Hoffentlich konnten sie ihn durchbringen, denn angeblich hatte er einen starken Blutverlust erlitten. Pessimistische Assoziationen des Kriminalpsychologen: Ein völlig überforderter Primar einer solchen Anstalt hatte seine Mutter verrecken lassen. Nierenkomplikationen. Die Spezialisten der Universitätskliniken wären damit fertiggeworden, doch die verbohrten Landärzte dachten nicht daran, sie zu kontaktieren. Das verbot ihnen ihr Stolz. Und ein Totenschein war schnell geschrieben. Lümmer mußte sich gedulden. Notoperation, Versorgung der Armstümpfe.

Inzwischen waren die ersten Anfragen von Reportern eingelangt. Ein Gendarm hatte geplaudert. Wie üblich. Sie hätten nichts zu berichten, wenn es keine Gesprächspartner gäbe, also briefte Lümmer den Generaldirektor für die ersten Interviews. Es könne sein, daß man ein Mitglied der Bajuwarischen Befreiungsarmee festgenommen hatte. Vielleicht auch den Kopf der Bande. Der Generaldirektor schickte die erste offizielle Mitteilung über den Ticker der Agenturen und bestätigte eine Festnahme und eine währenddessen absichtlich herbeigeführte Explosion. Zusammenhänge zwischen den Briefbombenanschlägen der BBA könnten nicht ausgeschlossen werden. Ansonsten Nachrichtensperre.

Franz Hofer war inzwischen aus der Narkose erwacht. Den schweren Eingriff hatte er überraschend gut überstanden; er war ansprechbar, aber noch etwas beeinträchtigt durch die Schmerzmittel. Er sprach nur ein paar Worte. Nicht mit den Vernehmungsspezialisten der Fahnder, die inzwischen im Krankenhaus angekommen waren und versuchten, mit ihm Kontakt aufzunehmen. Vergebens. Hofer machte seine ersten Bemerkungen zu einer Schwester im Aufwachraum. Es sei ihm immer klar gewesen: bei Verhaftung Selbstzerstörung. Mehr kam nicht. Fürs erste.

Stündlich Neuigkeiten. Lümmer nahm sie auf. Er war noch in seinem Büro, doch sein Wagen stand bereit. Die Kriminaltechniker machten ihre Sache gut, sie arbeiteten effizient und zuverlässig. Der Innenminister im Radio, ein Sonderjournal knapp vor Mittag. Die Beweislast gegen Franz Hofer verdichtete sich. Eine Analyse der in seinem Zimmer gefundenen Chemikalien und Elektronikbauteile hatte ergeben, daß sie mit Elementen der Briefbomben übereinstimmten. Silberfulminat, Glühwendelzünder, Nitroglycerin. Ebenfalls sichergestellt wurden Unterlagen über seine berufliche Tätigkeit, Berechnungen, Maßtabellen. Seine Arbeiten als Vermessungstechniker und Kraftwerksbauer hatte er genauestens dokumentiert. Offensichtlich sehr ordnungsliebend. Die sichergestellten Disketten müßten noch genauer ausgewertet werden, aber die ersten Erkenntnisse seien vielversprechend. Vielversprechend. Lümmer schnappte auf dem Gang noch etwas von Resten eines angeblich entdeckten Verschlüsselungscodes auf. Sein Pulsschlag erhöhte sich.

Erster Punktsieg des Polizeioberssts. Seine Berufserfahrung brachte ihn offenbar weiter als andere. Franz Hofer hatte bisher mit niemandem sonst geredet. Er nickte nur, etwa wenn er trinken wollte, oder schüttelte den Kopf. Nonverbale Kommunikation mit Gesten. Doch mit dem Oberst funktionierte es: erste Brocken eines Geständnisses, bei optimistischer Betrachtungsweise. Franz Hofer bezeichnete sich selbst als Auftragstäter, als kleines Rädchen in der Bajuwarischen Befreiungsarmee.

Lümmer befand sich auf der Autobahn, unterwegs zur Begegnung seines Lebens. Große Gedanken. Sie waren nicht übertrieben. Er lächelte vor sich hin. Die Briefbombenfahndung. Eine größere Herausforderung als alles bisher dagewesene. Jack Urbach – mit ihm hatte alles angefangen. Doch er war nur ein Serienkiller gewesen. Sexuelle Triebe. Billige Motive. Damals eine spannende Sache. Doch der Briefbomber gehörte einer anderen Liga an. Nur mehr wenige Stunden bis zum Showdown. Wenn er sich nicht verrechnet hatte. Alles, was er bisher über Franz Hofer wußte, paßte. Zumindest gab es keine groben Ungereimtheiten. Etwas älter hatte er ihn sich vorgestellt, aber Unschärfen gehörten eben zu einem Täterprofil. Schwankungsbreiten, wie bei einer Hochrechnung. Was auch nicht übereinstimmte, war das Wohnverhältnis. Die Eltern und Hofer unter einem Dach. In diesem Haus konnte er die Bomben nicht gebaut haben. Das Risiko, dabei von der liebevollen Mutter überrascht zu werden, die die Bettwäsche wechseln will, wäre unkalkulierbar. Also müßte die Bombenwerkstatt gefunden werden, vielleicht in einem Weinkeller.

Alles andere war deckungsgleich: zwanghaft penetrantes

Verhalten, Matura, einige Semester Studium, elektronische Kenntnisse. Ein Genauigkeitsfanatiker mit Erfahrung in Chemie und Physik. Allerdings bestanden noch keine Hinweise auf historisches Fachwissen, abgesehen von einigen Bänden eines Lexikons mit handschriftlichen Einträgen bei historischen Stichwörtern. Unter günstigen Voraussetzungen wäre das jedoch ausreichend, wenn man die Informationen aus den Medien in Betracht ziehen konnte. Darüber gab es noch keine Gewißheit.

Die fehlenden Hände. Lümmer dachte immer wieder an sie. Irgendwer soll auch ein Foto von den Fingern geschossen haben, die im Gras gelegen waren. Die Spuren, die der Briefbomber hinterlassen hatte.

Vielleicht war es ein Zufall gewesen, daß sich Franz Hofer an dem Tag, als Lauschangriff und Rasterfahndung eingeführt worden waren, das Leben nehmen wollte. Vielleicht auch nicht. Warum hatte er aufgegeben? Die Gendarmen hatten nur seinen Führerschein sehen wollen, sonst nichts. Hofer war nicht amtsbekannt gewesen, und schon gar nicht war er in den Verdacht geraten, das Bombenhirn zu sein. Unauffällig bis zu jenem Zeitpunkt, als er die Frauen mit seinen Lichtsignalen verängstigt hatte.

Es existierte kein einziger Hinweis auf mehrere Täter, auf Komplizen. Lümmer sah also keinen Grund, von seinem Ermittlungsansatz abzuweichen. Erst recht nicht nach dieser Verhaftung, die vielversprechend war. Vielversprechender als alles andere, was sich bisher in der Briefbombenfahndung abgespielt hatte. Zum ersten Mal besaß er Beweismittel, die seine Annahmen stützten. Briefbomber - Hofer - Einzeltäter. Noch hatte ihm niemand diese Fragen gestellt, die für Lümmer ohnehin nur von rhetorischem Wert waren: Ob er sich eingekreist fühlte; ob er glaubte, die Fahnder hätten schon alles vorbereitet für den großen Lauschangriff, für die Rasterfahndung; ob er Polizeispitzel gesehen hatte, die ihm bei seinen nächtlichen Ausflügen gefolgt waren; ob er das Buch mit dem Täterprofil gekauft hatte; ob er in seinem

Nachbarn jenen gesehen hatte, der ihn verraten könnte. Oder in den beiden Frauen, die er vielleicht ohnehin für verdeckte Fahnder gehalten hatte. Und plötzlich war sein Wagen umstellt. Endstation. Hofers Kapitulation. Lümmer war überzeugt, daß die Strategie der Fahnder ihn dazu gezwungen hatte. Sie hatten ihm das Leben zur Hölle gemacht. Die Revanche war vollends gelungen.

Hofer lag bereits in seiner Spezialzelle. Mit Spitalsbett und einer Schwester, die seine Wunden gut versorgte. Der Bomber war ein seltenes Exemplar, er mußte gut beschützt werden. Lümmer drückte die Türklinke langsam hinunter. Auf dem Metall hinterließ er Reste seines Handschweißes. Die erste Frage: Lange hatte er überlegt und sich für *Wie geht es Ihnen* entschieden. Das war unverfänglich. Der Mann mit den verbundenen Armstümpfen ließ sich durch den Auftritt nicht beirren. Er sagte nichts. Keine Antwort. Nur dieser Blick, kalte Augen. Mandelaugen. Franz Hofer hatte ihn nicht so rasch erwartet. Er starrte an die Decke, einige Minuten lang, bevor er seinen Kopf in Lümmers Richtung drehte. Größer war er, weit größer, als er ihn sich vorgestellt hatte. Ein stattlicher Mann. Er schaute zu ihm auf, die Augen weit aufgeschlagen, ein kindliches Lächeln. Grüß Gott, Herr Lümmer.

Lümmer schwieg. Franz Hofer hatte das Gefühl, als ob er ihn schon lange kannte. Er wußte, was er dachte. Er wußte, daß er jetzt nichts sagen würde. Franz Hofer schaute ihm in die Augen. Sog an dem Wattestäbchen, das die Schwester mit Zitronensaft beträufelt hatte. Sie dürfen noch nichts trinken, noch nicht, die Narkose. »Ich glaube, es ist für mich besser, wenn ich nicht alles sage. Es ist eine lange Geschichte und auch keine lustige Geschichte.«

Epilog

Die These von der Einzeltäterschaft des mutmaßlichen Briefbombers Franz Hofer wird von Politikern und Journalisten schon fast im Chor begrüßt. Sie kommt daher wie ein »anschwellender Bocksgesang« (Botho Strauß) der politischen Klasse, als möchte sie sich anhand dieses Befundes von Fehlern freisprechen. Nicht einmal einen rechtsextremen Terror gebe es in Österreich, schreibt der Herausgeber einer Sonntagszeitung. Was wir alle für Terror gehalten haben, seien bloß die »Seelenblähungen eines Sonderlings«. Stimmte diese Einschätzung der Taten, würde man sich tatsächlich viel ersparen. Denn im bisher größten Kriminalfall der Zweiten Republik wäre der Umfang der Aufklärungsarbeit wesentlich geringer. Der aufkeimende Parteienstreit bliebe innerhalb überschaubarer Grenzen. Man müßte keine Rückschlüsse auf den gesellschaftlichen Zustand Österreichs ziehen. Wir könnten behaupten, was wir immer am liebsten tun: Dieses Land ist im Grunde in Ordnung. Zu blöd, daß es immer noch Fachleute gibt, die davor warnen, endgültige Urteile zu fällen, die These von der Einzeltäterschaft als gesichert zu betrachten. Dieser Vorhalt ist wichtig, auch wenn es wenige Hinweise auf die Gültigkeit einer (vorwiegend von der politischen Linken argumentierten) Schuldtheorie gibt. Auf einen Täter als logisches Produkt einer kranken, korrupten oder zum Terror neigenden Gesellschaft. Aber selbst dann, wenn sich die Indizien für schwere psychische Deformationen erhärten sollten, wird es nicht gelingen, die Existenz dieses Mannes von der österreichischen Wirklichkeit abzukoppeln. Die Frage bleibt am Tapet, warum dieser in seinen Bekennerbriefen hochpolitische Attentäter ausgerechnet rechtsradikale Vokabeln verwendet hat. Der Sturz des Kommunismus im Jahre 1989 kann nicht der alleinige und ausreichende Grund sein, warum Hofer in seinen verbalen Bombardements keine marxistischen Argumente benützt hat. Schwer vorstellbar, daß er nur deshalb aus den verborgensten Winkeln der Vergangenheit seine Beispiele für Fremdenfeindlichkeit holte, um gegen den Bestseller »Das Ende der Geschichte« zu protestieren. Wir tappten in eine Falle, den Fall Hofer für politisch geklärt zu halten. Nein, so einfach ist es nicht, diesen Hofer zum tollwütigen Raubtier zu erklären, das am Tage entweder schlief oder an den Bomben bastelte und das nachts die Opfer riß. Es gibt vielleicht wirklich keine Komplizen, vielleicht auch keine Verführer. Doch es existiert ein rechtes Biotop in dieser Südsteiermark, das jeder kennt, der irgendwann einmal mit Politikern, Unternehmern und Funktionären in Teilbereichen des »bürgerlichen Lagers« zu tun gehabt hat. Es gibt sie, diese nationale Denkweise. Sie ist nicht verboten, sie ist nicht strafbar. Und ein Nationaler ist nicht unmittelbar dafür verantwortlich, wenn ein mutmaßlicher Verbrecher seine Sprüche klopft. Unmöglich ist es jedoch, zu behaupten: Da war nichts, da ist nichts, da ist keinerlei Zusammenhang mit »brauner« Ideologie feststellbar. Das Bombenhirn ist ein krankes Hirn, Ende der Diskussion. Im Gegenteil: Über die vielen offenen Fragen sollte eine fundierte Auseinandersetzung stattfinden, denn selbst die psychiatrischen Aspekte dieses Falles sind eine Debatte wert, weil es genug Funktionäre gibt, denen eine netzartige Vorsorge zu teuer ist. Schlecht wäre es, mangels vordergründiger Reizthemen zur Tagesordnung überzugehen. Derzeit wächst der Eindruck: Wenn jemand mit radikalen Vokabeln Bombenpolitik betreibt oder auch nur zum gewalttätigen Sonderling wird, haben wir halt Pech gehabt. Regen wir uns doch wieder ab. (Der Standard)

Umschlaggestaltung: Robert Hollinger
Umschlagfoto: © Tony Stone Bilderwelten / Ed Pritchard
Druck: Wiener Verlag, Himberg
Printed in Austria

ISBN 3-216-30450-7